臆病な従騎士の僕ですが、強面《こわもて》騎士団長に求愛宣言されました！

CHARACTERS
ヤン（ヤンバルクイナ）
臆病で弱いのに、ひょんなことから
「蛇」を倒してしまった青年。
城に英雄として迎えられ、
戸惑っている。
レックス（ハシビロコウ）
強面、無口な騎士団長。
ヤンを見ると何故か無言で
お辞儀をしてしまう!?

アンセル（マガン）

副騎士団長。
手芸が得意でヤンやレックスによく
小物を作ってくれる。

ハリア（ハクトウワシ）

ヤンの住む国の王。
堂々として威厳に満ちている。
レックスたちをからかうのが趣味。

クリスタ（クジャク）

レックスの婚約者で美しい女性。
だが……いつもヤンを
「嬉しそうに」見ている。

ナイル（ベンガルヤマネコ）

ヤンをつけ狙っている猫。
非常に獰猛な性格。

ディクス（ヨタカ）

王都から南にある領地を治める領主。
草花を育てるのが得意で
国立自然公園を管理している。

Shoebill
♥
Okinawa Rail

目次

臆病な従騎士の僕ですが、強面《こわもて》騎士団長に求愛宣言されました！ 7
番外編 キラキラは番《つがい》の証《あかし》 205

臆病な従騎士の僕ですが、
強面《こわもて》騎士団長に求愛宣言されました！

1　ひよっ子、英雄になる

歓声が、空気を揺らした。

空は青々と晴れ、その声は天高くまで昇る。

堅牢な壁に囲まれた王都に、騎士団が帰還したのだ。

王都の住民は彼らの帰還を喜び、口々に労《ねぎら》いと祝いの言葉を投げかける。

「レックス様！　ご無事のご帰還、何よりです！」

「ハリア様もお喜びですよ！」

「これでまた、この王都の平和が守られた！　ありがとうございます！」

「アンセル様、素敵……！」

――ここは鳥や蛇《へび》、猫など、動物が擬人化した世界。そしてこの地域は鳥が住むハリア王国だ。様々な種の鳥が集まるこの国は、常に野盗の脅威に晒《さら》されていた。

「グリーンパイソンの野郎どもはしつこかったけど、今回その頭《かしら》の首を文字通り掻《か》っ切《き》った英雄がいるんだろ⁉」

「ああ！　なんでも、一人で五人の蛇《へび》を相手にしたって噂だ！」

鳥を狙う野盗はいくつかあり、今回は蛇《へび》の集まりで構成された野盗を討伐した。蛇《へび》という特性からか奴らはしつこく、ねちっこいやり方で長年国民を苦しめていたのだ。

そんな蛇《へび》たちを、しかもその頭《かしら》を仕留めたとあって、住民は興奮したように騒ぐ。

「一体その英雄様は、どんなお姿なんでしょう⁉　きっと凜々《りり》しくて、背が高くて、……レックス様みたいな⁉」

「いいえ！　いつも慈悲深い笑みを湛《たた》えながらも、戦闘の時は美しく舞うように戦うアンセル様みたいな方でしょう！」

帰還パレードをうっとりした目で眺める婦人は、まさに目の前をその英雄が通ったとは気付かず、理想の英雄像を妄想し続けている。

今回の英雄――ヤンバルクイナのヤンは、騎士団の一般団員に紛《まぎ》れて、荷馬車に乗っていた。その顔は幼く、暗褐色《あんかっしょく》の髪は細毛で、汚れてはいるがサラサラだ。赤い大きな目は真っ直ぐ前を向いているが、今にも泣き出しそうなほど潤《うる》んでいる。

痩《や》せたのか、元々なのか、細い腕に華奢《きゃしゃ》な身体つきをしているヤンは、荷台の端を掴んで震える手を抑《おさ》えようと必死だった。――とても英雄とは思えない頼りなさだ。

そう、ヤンは英雄ではない。つい二、三週間前まで戦闘とは無縁の生活をしていた、まったくの一般市民である。

しかしせっかくここまできたのだ、とヤンは精一杯堂々と振る舞おうと荷馬車の上で立ち上がった。

すると荷馬車の横に馬——この馬はヒトの姿ではない——が来て、騎兵がヤンの手首を取り上げた。優しげな笑みを浮かべた男がよく通る声で語りかける。

「皆さん、この方こそが蛇《へび》を討ち取った英雄、ヤンですよ！」

ヤンの腕を掴んだ男は、柔和な焦《こ》げ茶《ちゃ》の瞳に、草原のように鮮やかな緑色の髪をしていた。馬に乗りながら長い髪を颯爽《さっそう》となびかせ、民衆に呼びかける。——先程、婦人が噂をしていた、真雁《まがん》のアンセルだ。

「ヤン様！　このかわいらしいお方が、蛇《へび》五人を一人で⁉」

「……っ」

「そうですとも！　私が駆けつけた時にはヤンが蛇《へび》を殲滅《せんめつ》した後でした！」

「なんと！　ありがとうございます、ヤン様！」

「わあ！」と民衆が沸く。

周りの興奮状態にヤンは足が竦《すく》んだけれど、こんなことで情けない姿を見せれば、ここまで来た意味がなくなる。彼は住民からの羨望《せんぼう》の眼差《まなざ》しを受け止めるように、顔を上げた。

小さくても堂々とした立ち振る舞いに、住民は次々とヤンに賛辞を投げかける。

この、帰還パレードが終われば……

ヤンは緊張で震える足をなんとか誤魔化し、民衆に微笑《ほほえ》みかけた。

早く終われ。早く落ち着くところに行きたい。そう願ってやまなかった。

◇　◇　◇

「いやはや、ご苦労だった」

城内の訓練場に集まったヤンたちは、ハリア王に労《ねぎら》いの言葉をかけられた。

さすがは王たる者らしい堂々と威厳に満ちた立ち振る舞いに、騎士たちは羨望《せんぼう》の眼差《まなざ》しを向けている。

ハリアの白い髪は絹糸みたいで、滑《なめ》らかな肌も陶磁器のように美しい。しかし金の瞳は鋭く、その瞳に捉《とら》えられた者は、彼の美しさと妖艶《ようえん》さに射すくめられてしまう。王たる風格と色気を漂《ただよ》わせているハリアは、鳥の王に相応《ふさわ》しいハクトウワシだ。

「それで？　今回、大活躍したという騎士は誰かな？」

「はい、こちらに」

「……っ！」

ハリアの一声に、人陰に隠れるように立っていたヤンは、アンセルに前へ突き出された。初めて彼を見る騎士たちはざわめくが、ハリアは視線だけでそれを止める。

「名は？」

「ヤ、ヤンです……っ」

ハリアの強い視線に射すくめられ、ヤンの身体は硬直する。

それもそうだ、ハクトウワシといえば空の王者と言われるほど強い種、本来、ビビリなヤンバルクイナにしてみると、逆らえばひとたまりもない相手。本能的に足が竦《すく》んでも仕方がない。

「ヤン、君は誰に仕えている？」

「あ、あの……っ」

騎士団員はそれぞれ仕えている貴族がいるか、または貴族出身であることが殆《ほとん》どだ。聞かれたヤンはそのあたりの事情を話そうと思って口を開く。

「ぼ、僕はっ、そんな大層な身分ではなく……っ」

「なるほど、志願者だったのか」

「え、……は、はいっ！」

ヤンの言葉を勝手に解釈したハリアがニコリと笑うと、それだけでヤンは嘘でも本当のことのように話してしまう。王に逆らうなんて言語道断《ごんごどうだん》だし、美しいだけでないその目の鋭さは本物だ。ハリアがいざとなったら容赦《ようしゃ》のない性格であることは、辺境の地出身のヤンだって知っている。

だからここは、黙って流されておくことにしよう。

「ふむ……」

口元に手を当て、何かを考えたハリアは、ヤンの姿をじっと見つめた。強い視線にヤンは負けじと視線を返すが、手足が震える。抑《おさ》えようと思えば思うほど、それがさらに緊張となるのだ。

「……レックス」

「はっ」

ヤンから視線を外さずに、ハリアはレックスを呼んだ。レックスはハリアに負けず劣らずの迫力を持った男だ。

まず驚くのが身長。ハリアも背が高いが、レックスの身長はもっと高かった。背が低いヤンと比べると、ヤンの頭がレックスの胸あたりにくるほどの身長差だ。グレーの短い髪に眼光鋭い金の目をしていて、紺の騎士服の上からでも分かるほど、ガッチリした身体をしている。

ヤンはそんな大男を目の前にして、今すぐどこかに隠れたくなった。けれどここで逃げたら、文字通り決死の覚悟が水の泡だ。どうにか逃げずにレックスを見上げる。

「……うん。やはり英雄にはそれなりの褒美をやらないとな」

そんなヤンを見たハリアはそう言ってニヤリと笑った。その視線がなぜかレックスに向けられる。

「ヤン、お前は今日からレックスの従騎士だ。レックスの身の回りの世話を頼む」

「へっ⁉」

ハリアの視線に気を取られて、思ってもみなかった展開にヤンは思わず声を上げた。アンセルがニコニコしながら肩を叩いてくる。

「よかったねぇヤン、破格の扱いだ。いきなり騎士団長の従騎士になれるのはすごいことだよ」

慌てるヤンをよそに、周りがざわめいた。貴族にも仕えていない騎士志願者が、守りの要《かなめ》である騎士団長の従騎士になることは、アンセルの言う通り、飛ぶ鳥を落とす勢いの大躍進だ。

「あ、……ありがとうございますっ！」

良かった、これでしばらくは安泰だ。ヤンは緊張していた全身から、力が抜けるのを感じた。これでさらに活躍できれば、と空を仰《あお》ぐ。

「では、各々《おのおの》この後は休むといい。……アンセル、レックスの手伝いをしてやれ」

ハリアの言葉に、ニコニコ笑顔を崩さないまま返事をしたアンセル。

ヤンはハリアがその場を去ったのを確認した直後、急に意識が遠のいた。

◇　◇　◇

気が付くと、ヤンは知らない部屋の知らないベッドに寝かされていた。それも、今まで見たこともないような、上質な寝具だ。

「……っ!?」

「あ、目が覚めた？　急に動いたら危ないよ？」

気を失う前のことを思い出して飛び起きると、そばにいてくれたらしいアンセルに顔を覗き込まれる。

「す、すみませんっ！　すぐに起きてレックス様の指示を仰《あお》ぎますので……！」

思い出したついでに、レックスのお世話を仰《おお》せつかったのに職務をこなす前に気を失ったことにまで気が付く。慌ててベッドを降りようとすると、アンセルに止められた。

「まだ動かないほうがいい。……疲れたんだろう？　レックスが食事を持って、じきここに来る」

なんという失態だ、とヤンは息を呑んだ。自分が世話をする立場なのに、逆に食事を持ってこさせるなんて。

そんなふうに驚いていると、アンセルが微笑《ほほえ》んでヤンの頭を撫《な》でた。

「頑張ったね、ひな鳥ちゃん」

「僕は成鳥ですっ」

からかうように伸ばしてきた手を、ヤンは払う。するとアンセルは声を出して笑った。ヤンはムッとして睨《にら》むけれど、効果はないようだ。

「そのナリで成鳥かぁ。かわいいなぁ」

「からかわないでくださいっ」

しかもめげずにまた頭を撫《な》でようとしてくるので、再びその手を払う。

その時、ノックと共に部屋のドアが開いた。入ってきたのはレックスで、ヤンの姿を見るなり、鋭い視線を飛ばす。

「……随分と仲がいいようだな」

「レ、レックス様！　申し訳ございません！」

ヤンは文字通りベッドから飛び下り、頭を下げた。すると視界が回って平衡感覚がなくなる。

「おっと」

そんなヤンを抱きとめたのはアンセルだ。ヤンは視界の端で、レックスがさらに眼光を鋭くしたのを見てしまい、慌てて身体を起こす。

「ほら、動くと危ないって……」

「……そんな状態で俺に仕えようとしていたとは。騎士たる者、そんなことでどうする」

低く唸《うな》るようなレックスの声に、ヤンは震えそうになった。もちろんレックスの言う通りだし、動くなと言われていたのに動いて結局アンセルに助けてもらい、二人の手を煩《わずら》わせたのは事実。

黙って視線を落とす。

「……これを食え。俺とアンセル、三人分持ってきた」

「え……」

てっきり叱《しか》られるのかと思いきや、レックスはドアの向こうからワゴンを押し入れた。そこには所狭しと料理が並んでいる。

とても美味《おい》しそうだ。けれど……

「三人……分？」

思わずヤンは首を傾《かし》げる。どう見ても多い。多すぎるくらいだ。

「あー！　レックス、俺は肉や魚は食わないっていつも言ってるだろ⁉」

「嫌なら食わなきゃいい」

「これは俺への嫌がらせか？　目の前で魚食われると気分が悪いんだよ！」

優しげで穏やかな印象だったアンセルが、髪を振り乱して叫んでいる。その変貌《へんぼう》ぶりに驚いたもののヤンはなるほど、とベッドの端に座った。

「アンセル様は真雁《まがん》だから草食なんですね」

「ヤダなその言い方。ベジタリアンと言ってくれ！」

料理を見て本気で嫌がるアンセルと、それを真顔で聞いているレックスが面白くて、ヤンは思わず噴き出す。二人が石のように固まってヤンを見た。

主人を笑ったことに気付き、ヤンは慌ててまた頭を下げる。

「も、申し訳……！」

またしても失態だ、と震えているとまた身体がふらついた。このままでは床に倒れてしまう、と思った瞬間、胸に衝撃があり、転倒を免れる。

「あ……」

見ると、胸にあったのは片腕だ。しっかりした腕は、ヤンの身体をいとも簡単にベッドに座らせた。その腕の主を見上げると、ものすごい形相でレックスがこちらを睨《にら》んでいる。

「すっ、すすすみま……！」

「早く食事を」

「はっ、はいっ！」

なんにせよ、主人に気を遣わせて食事を運ばせるなんて、従騎士として失格だ。レックスが怒るのも無理はない。それでこんなに怖い顔をしているのだろう。

ヤンは適当にワゴンから料理を取る。綺麗に盛り付けられた皿には緊張したけれど、レックスとアンセルも皿とカトラリーを取ったので、それに倣《なら》ったのだ。もちろん、アンセルは野菜しか載っていない皿だった。

ヤンは見よう見まねでフォークを握る。初めて食べる食材は緊張するとはいえ、食べなければ持ってきてくれたレックスに失礼だろう。

ヤンはレックスが食べ物を口に運ぶ様子を観察しようと彼を見た。するとその視線に気付いた彼が、また鋭い視線でこちらを睨《にら》む。

「……っ」

不躾《ぶしつけ》すぎたか、とヤンは慌てて視線を皿に戻し、フォークで豆を刺して口に入れた。レックスの視線がさらに鋭くなる。

何か間違えたかなとヤンは戸惑《とまど》うけれど、何を間違えたのか分からないので直しようがない。

不意にアンセルが笑い出した。

「ふふ、ヤン、美味《おい》しい？」

「お、美味《おい》しいです！」

レックスが今度はアンセルを睨《にら》む。

どうしてそんなに怖い顔をしているのかと聞きたいものの、多分自分が何かを間違えたのだろうから火に油を注ぎそうで、ヤンは質問を躊躇《ためら》った。レックスが怖すぎて食事の味がしない。

「あ、レックス～、顔怖いよ」

レックスの表情に気付いたアンセルが、笑いながら言う。

それにしても、騎士団長、副団長という階級の差があるのに、二人は仲が良さそうだ。特にアンセルは上の立場であるレックスにタメ口だ。何か特別な事情があるのだろうか。

（それを今聞いたら、確実にレックス様に睨《にら》まれそう）

そう思って、ヤンは久しぶりの食事を続けた。

久しぶりに口にしたまともな食事は、レックスのおかげで食べた気がしなかった。それでも腹は満たされたので、ヤンはフラつきがなくなって満足する。

腹ごしらえをした後は、レックスに仕事内容と普段使う城内の施設を教えてもらうことになった。

三人で城内を歩いていく。

けれど肝心のレックスはヤンを睨《にら》んでばかりで話さず、呆れたアンセルが案内役を買って出てくれた。

普通なら、部下にさせることらしく、レックスも「それでいい」と言ったのだが、なぜかアンセルが「それはやめたほうがいい」と主張してレックスを渋面にさせていた。

ヤンは案内役がアンセルになって正直、安心する。ずっと睨《にら》まれているのは緊張するし、仏頂《ぶっちょう》面《づら》であまり話さないレックスよりも、ニコニコしているアンセルのほうが話しやすいからだ。

「やっとレックスにも従者ができたと思ったら……これじゃあひな鳥ちゃんにも逃げられちゃうよ」

「そもそも俺に従者など要らない。そうハリア様にも伝えてあったはずだ」

アンセルの発言だけには、レックスは返事をする。

受け入れられていないのか、とヤンは落ち込んだ。けれど、やっと手に入れた居場所だ、そう簡単に手離したくない。

「あはは、ハシビロコウだから一匹狼《おおかみ》なのは仕方がないけどさ。もう少し歩み寄りとか……」

「これがハリア様のご命令でなければ、戦闘に役に立たなそうなヤンバルクイナなど、邪魔になるだけだ。ハリア様のお相手にでも、押し付けてやれば良かった」

「え……」

心底嫌そうに言うレックスに、ヤンは目を丸くする。

王の相手なら、それはどう考えても今の立場よりいい身分だ。戦闘をしなくてもいいならそのほうがいいし、そもそもビビリな性格なので気質的にも合っている気がする。

（……本当は、優しい人……なのかな？）

大柄で見た目は怖いけれど、レックスはやはり騎士に相応《ふさわ》しい強くて優しい心の持ち主なのかもしれない。そう思うと俄然《がぜん》、レックスの従騎士として働く意欲が出てきた。

「レックス様。僕、頑張って早く仕事を覚えますね！」

ヤンがそう言うと、レックスは足を止める。そして振り返った彼の表情に、ヤンは思わず悲鳴を上げそうになった。

レックスの眉間には深い皺《しわ》が刻まれており、目尻がこれ以上ないくらいに吊り上がっている。口を一文字に結び、彼の身体からは怒気がヒシヒシと伝わってきた。

「あ……」

ヤンの足が震える。今までにないくらいのレックスの表情に気圧《けお》され、反射的にすみません、と謝った。

「あー、ほらレックス、眉間の皺《しわ》取って」

今しがた優しいと感じたのは違ったようだ。やはり受け入れられているわけではないらしい。

ヤンは視線を落とす。視界の端でレックスが拳を握るのが見えた。

「く……っ」

彼が歯を食いしばる声がして、ヤンはそっと視線を上げた。

レックスは苦悶《くもん》に満ちた表情で深々とお辞儀をしている。腰を九十度曲げ顔だけを上げて上目遣いでヤンを睨《にら》んでいるため、ものすごい迫力だ。

「ひ……っ」

「レックス、ほら、ひな鳥ちゃん怖がってるから」

レックスがこれ以上ないほど怒っているようなのに、アンセルは気にしていない。彼の肩を叩いて姿勢を戻した。

それにしても、どうやらアンセルはヤンに対するひな鳥ちゃん呼びをやめるつもりはないらしい。

「す、す、すみませんっ。怒らせてしまったみたいで……！」

怖いけれど、今ヤンが頼れるのはレックスたちしかいない。原因は分からないが、怒っているなら謝ったほうがいいだろう、とヤンは声を上げる。

するとまた、二人は石のようにピシッと固まった。そしてレックスは顔を逸《そ》らし、アンセルは声を上げて笑う。

「あっはっはっは！　ひな鳥ちゃんかわいいねぇ！　いいよ、俺、ひな鳥ちゃんのこと気に入った！」

「へぇっ!?」

アンセルにいきなり抱きしめられ、ヤンは声をひっくり返した。この流れでどうしてそうなるのか。

ヤンはぎゅうぎゅう抱きしめてくるアンセルから逃《の》がれようともがく。

「ハリア様の命令じゃなかったら、俺の従騎士にしたかったなぁ」

「アンセル様っ⁉」

「ねぇレックス、ひな鳥ちゃん俺にちょうだい？」

抱きしめながら頬を擦り付けそうな距離で、アンセルが言う。レックスは大人しく抱きしめられているヤンを睨《にら》んだ後、視線を外して再び歩みを進めた。

「ハリア様のご命令だ」

「あら残念」

レックスの後ろ姿を眺めながら、アンセルが小声で「素直じゃないねぇ」と呟《つぶや》く。どういうことかとヤンは彼を見上げた。

アンセルが綺麗な笑みを浮かべてヤンの背中を撫《な》でる。

「頑張りな。一匹狼《おおかみ》のレックスが大人しく従者を受け入れるなんてこと、ほぼないんだから」

「え⁉」

今までのレックスの態度からして、到底ヤンを受け入れているとは思えない。

けれどアンセルがそう言うなら、本当のことなのかもしれない、とヤンは思う。……とても怖い顔で睨《にら》んでくるけれど。

（なんでもいい。……この先に安心して暮らせる道があるなら）

騎士団というところには若干不安はあるけれど、そうも言っていられない。ヤンが先日まで暮らしていた場所は、もうないのだから。

——ヤンは野盗によって住んでいたところを追い出されたのだ。

衣食住を手に入れる代わりに目つきの悪い主人の世話をするなど、自分の命が危険に晒《さら》され続けるより遥《はる》かにマシだ。

ビビリでも、乗りかかった船なら最後まで乗り切ってやる、とヤンは意気込む。

そのためにはまず、主人であるレックスに認めてもらい、騎士として一人前になることだ。

「……よし」

とにかく、やれることを一生懸命やろう、とヤンは前を行く二人を小走りで追いかけた。

2　ひよっ子、従騎士になる

城の中は複雑に入り組んでいて、初めてのヤンには到底道順を覚えられるものではなかった。レックスはある部屋の前で足を止めると、「ここがアンセルの部屋だ」と教えてくれる。そしてさらに廊下の奥を指さし、その隣がレックスの部屋、さらに奥がハリアの部屋だと言った。

「有事の時以外はハリア様の部屋には入るな。これは俺たちでも守らなければならないことだ」

ヤンが頷《うなず》くと、「それと」とレックスが続ける。

「俺の部屋にも入らないこと。俺の世話は俺が部屋を出てから……」

「ちょっと待ってよ、レックス。それじゃあ従騎士の意味がない」

身分の高い人の私室に勝手に入らないことには納得だが、部屋にも入らずにレックスのお世話はできない。それはアンセルにも分かったのだろう、驚いた声で止めに入る。

「そもそも、俺は今まで一人でやってきたんだ、事足《ことた》りてるから世話は必要最低限でいい」

レックスにそう言われてヤンは視線を落とす。仕事を与えられないのなら、ここにいる意味がなくなる。かといって、戻る場所はないのだ。文字通り、決死の覚悟で来たのに。

そんなことを考えていると、ぐい、と腕を引かれた。長い腕に囲われ見上げると、またアンセルに抱きしめられている。

「じゃあ、手が空《あ》いてる時は俺のところにおいでよ」

「え？」

「おいアンセル」

レックスが鋭い視線でこちらを見た。ヤンからはアンセルの顔は見えないけれど、いい雰囲気ではないのは感じる。

「……分かった。こっちに来い」

レックスがため息をついて嫌そうに言うと、アンセルはヤンの背中を押した。彼がフォローをしてくれたのだと分かり、ヤンは一礼してレックスのもとに急ぐ。相変わらず怖い顔をしてこちらを見ていたレックスは、ヤンが追いつくのを待たずにまた歩き始めた。

「いいか、部屋に入るのは許可するが、寝室だけには入るな。それが守れなかった場合は即座に従騎士を降りてもらう」

「はい！」

良かった、とヤンはホッとする。

そもそも主人の寝室にまで入ってする仕事などなさそうだ。

そして、レックスに続いて彼の部屋に入る。

そこは、騎士団長という立派な肩書きがある人物のものとは思えないほど、シンプルな部屋だった。唯一やはり高い身分なのだなと思わせるのは、大きな窓と飾られたタペストリー、家具が壊れていないところだ。

お偉いさんってもっと華美な部屋にいるかと思った、とヤンは部屋の簡素さに驚く。けれどもすぐに、レックスに呼ばれて背筋を伸ばした。

「こっちが寝室。ここは何があっても入るな」

「はい」

真剣な顔で頷《うなず》くと、レックスはすぐに顔を逸《そ》らす。合わない視線に拒絶を感じるが、認めてもらうまで頑張らないと、とヤンは心の中で気合を入れた。

「お前が寝泊まりする場所は、寄宿舎だ。毎日ここに来て仕事をすることになる」

「はい」

「仕事内容は明日、一日を過ごしながら伝える。そのほうが覚えやすいだろう」

「はいっ」

レックスから従騎士としての具体的な仕事を教えてもらえると知り、ヤンは笑顔で返事をする。するとレックスは片手で顔を覆《おお》い、大きなため息をついた。

また何かやってしまったのだろうかと心配になり、ヤンはレックスの顔を覗き込む。

「レックス様？」

「……騎士たるもの、そんな気が抜けそうな顔を見せるんじゃない」

手を外してもこちらを見ないレックスにそう言われ、ヤンは首を傾《かし》げた。

確かに戦闘中にまで笑っていたら良くないのは分かるけれど。騎士とは普段も引き締まった顔をしていないとだめなのか。それでは、アンセルはどうなるのだろう？

「いいか、従騎士とは主人の世話をするだけではなく、騎士としての心構えなども教わるんだ。お前はろくな下積みなしに騎士候補になった。気を抜いていたら引きずり下ろされるぞ」

なるほど、とヤンは思う。もう自分は騎士として生きる道に乗ってしまったのだ。一気に緊張した。やはり気を引き締めなければ、と拳を握る。

「が、頑張りますっ！　レックス様、よろしくお願いします！」

「……っ」

ヤンは大きな声でそう言って、お辞儀した。すると、レックスはなぜか息を詰める。

見上げた彼は頭だけを下に向けて身体の横で両手を力一杯握っていた。その手は小刻みに震えていて、何かを耐えているようだ。

「あの、レックス様？」

体調でも悪いのだろうか。顔色を窺《うかが》うヤンの前で、ゆっくりと彼の頭が下がっていく。それは先程も見た、お辞儀のような行動だ。

すぐに姿勢を戻したレックスは一つ咳払いをする。

「その、……癖でお辞儀をしてしまうが、気にしないでくれ」

気まずそうに言うレックスは、やはりヤンを見ない。ヤンは礼儀正しいレックスに少し好感を抱き、はい、と素直に返事をした。

「……では、この部屋での仕事はやりながら覚えてもらうとして。これから寄宿舎と訓練場を案内する」

「よろしくお願いします」

ヤンの返事に頷《うなず》いたレックスは、「その前に」と、とあるチェストの前に向かう。そして引き出しを開け、服を出した。

それをヤンに差し出すと、「身だしなみも騎士として恥ずかしくないように」と言う。

もしかして、この服を着ろというのだろうか。

ヤンは受け取り、それを床に置いて着ている服を脱ぐ。すぐに渡された服に袖を通した。

案の定、ものすごく大きい。

それでもこれはレックスの厚意だろう。今着ている服がボロボロで、みすぼらしいからこの服を渡されたんだな、と下穿《したば》きも替える。

しかし、どこもかしこもブカブカで、襟《えり》ぐりから肩が出た。

どうしよう、これでは動きにくい。

「あの、レックス様……これで……」

「アンセル!!」

これで正解なのだろうかと主人を見ると、彼はよく通る大きな声でアンセルを呼ぶ。しかもなぜか壁のほうを向いて。

「アンセル！　早く来い！」

「はいはい、なんですか、そんなに大声で」

すぐに部屋に来たアンセルは、ダボダボの服を着たヤンを見てニヤリと笑った。

ヤンはこの格好がおかしくてアンセルが笑ったのだと気が付き、レックスが直視できないほど不格好なのだと悟った。

やはり自分は服を着替えたくらいじゃ、騎士として認めてもらえないらしい。

「少し詰めてやってくれ。あまりにも……その……」

「身長差考えたら分かるでしょー？　それなのに騎士団長様がご自分の服をお与えになるとは」

笑いながらヤンが着た服を摘《つま》んだアンセル。彼の言葉は、ヤンには嫌味のように聞こえる。言われたレックスは、視線で貫《つらぬ》きそうなほど鋭くアンセルを睨《にら》んだ。

「ひぃ……っ」

しかしその鋭さに怯《ひる》んだのはヤンで、アンセルは気にせず「動かないで」と手のひらや指で長さを測っている。どうして睨《にら》まれても平気なのだろう。ヤンはアンセルの心の強さを尊敬した。

「す、すみませんっ。服はこれしかない上に、せっかく頂いたものも着こなせず、みすぼらしくなってしまって……！」

「あはは、ひな鳥ちゃんはほんと、かわいいねぇ」

せめて優しいアンセルからでも、騎士らしくなったねと言われるようにならないと、ただの穀潰《ごくつぶ》しになる。

ヤンは密《ひそ》かに頑張るぞ、と気合を入れ直した。

「――よし、これでとりあえずはいいかな」

マネキンよろしくじっと待っていると、しばらくしてアンセルが満足げに頷《うなず》いた。

一度部屋に戻ったアンセルが持ってきた服を着たのだが、ヤンにピッタリだった。まさかアンセルは、小さい服を着る趣味があるのだろうか。

「あの、これは……？」

その紺の服はレックスやアンセルのものと似ているが、刺繍の色が違う。

「ん？　俺からのプレゼント。というか、うちは代々、王家御用達《ごようたし》の仕立て屋でね」

それは親戚の子が着るはずだった服だよと言われ、ヤンは裾を握る。もしかしてその子は不幸な目に遭《あ》って着られなかったのかなと思うと、大切なものかもしれないのに自分が貰《もら》っていいのか不安になる。

「思った以上に成長が早い子で、その服を作った頃にはもう大きさが合わなかったんだ」

あははと笑うアンセルに、ヤンは拍子抜けした。ということは、アンセルの親戚も騎士団にいるのだろう。

ホッとして、「不幸な話じゃなくて良かったです」と笑うと、アンセルも満足そうに笑った。

「家族経営なの。皆、手芸が得意で何かしら作ってるよ」

そう言って彼はヤンが脱いだ服と、大きすぎたレックスの服をレックスに渡す。レックスはそのまま寝室だという扉の向こうに消えた。

「特に妹が作るアクセサリーはね、王都で流行《はや》ってるんだ」

これね、とアンセルは彼の髪をまとめている紐に付いたチャームを見せてくれる。花をモチーフにしたそれはキラキラしていた。こんなに綺麗なものは初めて見る、とヤンは感動する。

「ヤンはこのチャーム好き？」

「はい、綺麗だと思います」

素直にそう返事をすると、アンセルは笑みを深くした。同時にレックスが戻ってきて、寄宿舎と訓練場に行くぞ、と促《うなが》す。

「城の中は複雑だからな。早く場所を覚えてくれ」

「はいっ」

ヤンは軽い足取りでレックスについていった。一方、レックスは長い足でスタスタと歩いていく。まるで、ついてこないと置いていくと言わんばかりの速さだ。アンセルが「待ってよー」と声を上げた。

◇　◇　◇

迷路のような城の中を抜け外に出ると、城壁に沿うように建つ建物があった。その前は広場になっていて、タイミングよく訓練をしている騎士たちがいる。

「あ、レックス様、アンセル様！」

彼らはレックスたちを見つけると、敬礼した。その表情には一様に敬念が見て取れる。ヤンはこの二人がただ偉いだけでなく、尊敬されている存在なのだと悟った。

「……もしかして、その方が蛇《へび》を倒した英雄ですかっ？」

「えっ？」

二人ともすごいなぁ、と思っていたところにいきなり注目されて、ヤンは戸惑《とまど》った。その間に、わらわらと団員たちが集まってくる。

「すごい！　あのしつこかった蛇《へび》を倒したのが、こんなにかわいらしい方だなんて！」

「お名前は!?」

「ぜひ今度、手合わせを……！」

ヤンは大いに困った。自分の背格好を見れば、大半の人が、これが英雄だと信じないだろうと思っていたのだ。自分には武術の嗜《たしな》みもなければ、一般市民が持っているであろう常識すらない。いつまで誤魔化せるか心配していたが、ここでもう化けの皮が剥《は》がれそうだ。

「あ、あのっ、僕は全然……剣を持ったことも……っ」

「ゲホン！」

これはもうだめだ、と真実を語ろうとした時、レックスがむせる。それで一気に団員たちが静かになった。視線が彼に集中する。

「……騎士たるもの、騒いで他人の素性を根掘り葉掘り聞こうとするとは……よっぽど俺と手合わせしたいらしいな？」

それを聞いた団員たちは、一気に青ざめた。そして蜘蛛《くも》の子を散らすように広場に戻り、再び訓練を始める。

今のは、もしかして助けてくれたのだろうか。

ヤンはレックスを見上げる。そもそも見た目からして頼りない自分がどうやって蛇《へび》を倒したのか、レックスが聞いてこないのが不思議だった。

(まさか、気付いてる？)

ヤンがそう思っているのを知ってか知らずか、レックスは団員を黙らせた時以上に険しい顔でこちらを見下ろす。

「お前は……英雄なら英雄らしく堂々としていろと言っただろう」

「すっ、すみませぇん……！」

だとしたら、どうして騎士とは程遠い自分をここに置いておくのか。ハリアは何を考えて、ヤンをレックスの従騎士にしたのだろう？

(僕が考えても無駄なことだ)

まともな生活すらしていなかった自分が、国を統《す》べる王の考えなど分かるはずがない。それならやはり、自分は名ばかりの英雄ではなく、本物の英雄に近付かなければ。

「ふふ、レックスも気が気じゃないいんだね」

再び先を歩くレックスについていく途中で、アンセルがコソッと耳打ちをしてきた。これまで英雄としての立ち振る舞いなどできていないに等しいヤンは苦笑する。

「僕が至らないせいで心配をかけてるんですよね。頑張ります」

時間が経てば経つほど、この場から逃げられなくなるのは自分でも分かっていた。

けれど、何度考えてももう戻る場所はないのだ。レックスに睨《にら》まれるたびに心が折れそうになっても、やるしかない。

すると、アンセルが苦笑いで頭を撫《な》でてきた。そこに、からかうニュアンスはない。優しい手つきに、ヤンは何もかも投げ出して身を委《ゆだ》ねたくなる。

「お前ら、何やってる⁉」

その時、レックスの怒鳴り声が聞こえた。反射的に肩を震わせたヤンに、アンセルは綺麗に微笑《ほほえ》んで言う。

「大丈夫。きみは立派な従騎士になれるよ」

ほら行こう、と促《うなが》され、ヤンはアンセルとレックスのあとを追った。


レックスの歩く速度は、速い。長い足で大股で進むから、四十センチの身長差があるヤンは、小走りでついていかなくてはならない。

訓練場そばの建物に入ると、そこは確かに寄宿舎と呼ばれるような内装をしていた。大きな食堂に水浴び場、そして就寝するための共同部屋がある。

ヤンはそのうちの一つを寝室だと案内された。

「え、一人部屋ですか……？」

決して広くはないが、共同で暮らす建物で一人部屋なのは、特別扱いされているとすぐに分かる。

ヤンが思わず零した言葉に、レックスは睨《にら》みながら「何か問題でも？」と言った。

「い、いえ……。ただ、一人寝は慣れていなくて……」

生まれてこのかた雑魚寝《ざこね》が主だったヤンにとって、一人部屋は初めてのことだ。本来の臆病な性格もあり、何かに囲まれていると感じられないか、と部屋を見渡す。

しかし、石の段に藁《わら》が敷いてあるだけの寝床に、レックスの部屋で見たものとは雲泥《うんでい》の差のチェストがあるだけ。これでは隠れる場所がない。

するとと、レックスがなぜか拳を握って頭を少し傾けそうになっていた。もしかして、癖のお辞儀をしてしまう行動が出そうなのかな、とヤンはそっとしておくことにする。

「起床は日の出と同じ。起きたら朝食と支度を済ませ、俺の部屋に来て仕事だ」

軽く咳払いをして気を取り直したらしいレックスが、「必要なものがあれば遠慮なく言え」と言いながら上から睨《にら》みつけてくる。

出会ってからずっと睨《にら》まれている、そんな状態ではとてもじゃないが言えない。

「ちょっとレックス、そんな怖い顔してちゃ言いたいことも言えないって」

そんなヤンの気持ちを代弁してくれたのはアンセルだ。

ねー、と同意を求められて困っていると、大きなため息をついたレックスが「善処する」と呟《つぶや》いた。いかにも仕方がないという態度に、ヤンはしょんぼりする。

すると「ギン！」と音がしそうなほど強くレックスがヤンを睨《にら》んだ。ヤンが肩を落としたのが気に食わなかったらしい。

ヤンは、ひぃぃ、と頭を抱えてアンセルの後ろに隠れた。そのやり取りを見ていたアンセルは呆れ顔だ。

「す、すみませんっ！　か、身体を覆《おお》うくらいの布があると助かりますっ」

「分かった」

後で渡す、と言ったレックスはすぐに踵《きびす》を返す。アンセルも「またねー」と手をヒラヒラさせて部屋を出ていった。

「……ふう」

しばらく二人が出ていったドアを見つめ戻ってこないと確信したヤンは、ため息をついてベッドらしい石段に腰掛ける。

部屋は薄暗く、小さな窓からは城壁しか見えない。殺風景さが、本当にここまで来てしまったのだという実感をもたらす。

体格的にも性格的にも騎士にとことん向いていないのは、自覚している。けれどここまでヤンを突き動かした、たった一つの感情が、もう退《しりぞ》くなと訴えるのだ。

その時、ドアがノックされた。レックスに頼んだものが来たにしては早い。

そっとドアを開けると、そのまま勢い良く広げられ、わらわらとたくさんの人が入ってきた。驚いたヤンは後ずさる。

「貴方が蛇《へび》を討ち取ったっていう英雄ですか!?　すごい！　こんなにかわいらしいのによくやった！」

「ぜひ手合わせを願いたい！　あ、この後、食事も一緒にどうですか!?」

「いきなり一人部屋か……。相部屋は臭いから羨《うらや》ましいです……」

「それはお前が臭いんだろー」

戸惑《とまど》っている間に、入ってきた人たちに囲まれた。石段や床に座ってこちらへ向けている視線は、どれも柔らかい。

「えっと？」

「さっきはレックス様に咎《とが》められましたからね。皆、ヤンと話がしたいんですよ」

先程、訓練場で出会った人たちだったのか、とヤンは納得する。

レックスには、気を引き締めないと引きずり降ろされると言われていた。けれど、少なくともここにいる人たちは、ヤンを好意的に見ている。友好的な彼らにヤンも好感を持った。

「あ、えっと！　ふつつかものですがよろしくお願いしますっ！」

仲良くしてくれるならありがたい。レックスはずっと睨《にら》んでばかりだし、アンセルも立場的に気安く話せるとは思えなかった。聞けばこの人たちも従騎士らしいので、話しやすそうだ。

すると、あれだけ楽しそうにしていた皆が、一度に口を閉じた。ヤンを見つめたまま固まる。

何か変なことをしたのかとヤンは慌てた。

「あ、あの……？」

「こちらこそ！　強い上に謙虚《けんきょ》とか、さすがレックス様の従騎士だな！」

けれどすぐに、わあ、と皆が沸いたのでヤンは安心した。背中を叩かれたり肩を組まれたりして、その距離の近さに心が温かくなる。元々、こんなふうにワイワイした雰囲気の集団で暮らしていたので、家みたいだ、と微笑《ほほえ》んだ。

「ヤンは笑うともっとかわいらしいですね！　これはハリア様やレックス様がお気に召すのも分かる！」

「え、え？　なんですか、それ」

「知らないのか？」と仲間たちは楽しそうに教えてくれる。

「ハリア様は面食いで、見目麗《うるわ》しい方に地位と領土を分け与えていらっしゃるんだ」

「これはハリア様ご本人のお言葉だぞ」

ヤンはなるほど、と感心した。

ハリア王国の貴族は皆、騎士で、与えられた領土を守っているそうだ。そういえば、自分が住んでいた地域の領主も綺麗な人だったな、とヤンは思い出す。

「けどほら、蛇《へび》の一件で襲われた領土はハリア様に返還されただろ？　次は誰が領主になるのかって話もある」

「辺鄙《へんぴ》なところだからなかなか決まらないらしいですよ」

彼らに悪気はないとはいえ、元いた場所を辺鄙《へんぴ》と言われたヤンは複雑な気持ちになった。確かに王都からは遠く豊かな地域ではなかったけれど。

不満はあるが、黙っていたほうが賢明だ。

そんなふうにヤンは、仲間たちに色んなことを教えてもらった。

騎士はハリア様に仕えているから城にいて、この寄宿舎にいるのは騎士見習いや従騎士だとか、アンセルの家族は大人数で一個旅団並の数が城やその周辺で働いているらしいとか、従騎士は黄色い刺繍の騎士服を着ているからすぐに分かるとか。確かに、皆、ヤンと同じ揃《そろ》いの紺の服を着ている。

「この辺で真雁《まがん》と聞けば、まずアンセル様の親戚だからな」

「へぇ」

元々真雁《まがん》は家族単位で群れる種だ。アンセルも家族想いな節を見せていたし、大切な存在があるっていいな、とヤンは胸が温かくなる。

「そうそう、アンセル様の親戚が作った服とかアクセサリーを女性に贈ると上手くいくって話だ」

そういえば、家族経営で王室お抱えとも聞いた。それだけ質が良いものをプレゼントされたら、女性はさぞかし嬉しいだろう。

「ヤンはどんな服が欲しい？」

「え？　僕ですか？」

「あ、ずるいぞ。俺だってヤンに贈りたい！」

「俺も！」

どうやらヤンに荷物がないことに気付いて、気を遣ってくれたらしい。

優しくていい人たちだなぁ、とヤンは笑う。すると、肩を組んでいた仲間がヤンの太ももに手を置いた。

「レックス様は厳しいけど、めげずに俺たちと一緒に頑張ろうな」

「はいっ」

ヤンは素直に返事をする。

途端、仲間たちの目尻が下がった。中には鼻の下が伸びた者もいたが、ヤンは気付かない。

「レックス様は実質、この国二番手の実力者だからな」

ちなみに一番はハリア様な、と皆が言う。

「そんな人に認められたヤンは本当にすごい、自信持てよ？」

そう言って、仲間たちはぞろぞろと部屋を出ていく。話すだけ話して、気が済んだので帰るらしい。別れ際に頬を合わせてきたので、挨拶《あいさつ》かと思ってヤンは同じように応じた。


しんとなった部屋で、ヤンは先程貰《もら》った言葉を噛み締めていた。

死にものぐるいで動いた結果、奇跡的にも蛇《へび》をやっつけた、という事実は変わらない。

ようやく自分が役に立てたこと、人に感謝されたこと。その大きさを自覚できる。

じわりと視界が滲《にじ》んだ。

初めて、生きている意味が見いだせた。それがこんなにも嬉しいなんて。

「……頑張ります……っ」

袖で涙を拭《ふ》き、決意を言葉にする。

この優しい人たちに釣り合う自分になりたい。そう思うと、部屋で休むことなんてできず、何かしなきゃ、と焦《あせ》りにも似た気持ちで立ち上がる。

部屋を出て食堂へ向かった。レックスに案内された時にも人がいたから、まだ彼らがいるかもしれないと覗いてみる。

「あ、噂の英雄ちゃんだ」

「ホントだ。うわ、マジでかわいいっ」

少し覗いただけだったのに、目ざとく気付いた従騎士たちがわらわらと集まってきた。どうやら彼らの間で、ヤンは有名人らしい。

「食事に来たの？」

「い、いえ、何もすることがなくて……。ここなら、誰かいるかなって」

「なんだ、ハリア様に休めって言われたなら休むんだよ」

どうやらここにいた人たちは、先程の人たちよりも少し穏やかな性格のようだ。ニコニコと笑っているのは同じだけれど、押しの強さや豪快さが彼らより弱い。

「いいかい？　きみは騎士と馴染《なじ》みがなかったみたいだから言うけど、休むのも大事な任務だよ」

「は、はい……」

注意されてしまった、とヤンは視線を落とす。すると、肩を抱かれた。背中をそっと押されて席に案内され、別の人が飲み物を持ってきてくれる。

「これを飲んだら部屋に戻ろう」

「あ、ありがとう、ございます……」

そう言って、ヤンは飲み物を口にした。その様子を周りが微笑《ほほえ》ましそうに見ていて、なんだか落ち着かない。

「……きみは従騎士になる前、どこに仕えていたんだ？」

「えっ？」

いきなりの質問に、ヤンはドキリとする。しかし皆は気にしていないのか、それぞれの主人の名前を挙げていた。

「騎士と貴族はイコールだよ？　実績を積んでハリア様に認めてもらうんだ、知らなかった？」

「す、すみません、不勉強で……」

まさか従騎士になるためにも、相応の身分が必要だとは思わなかったヤンは、身体を縮こまらせる。すると皆が慌てた。

「い、いやっ！　そんなことないっ。誰もが初めは知らないんだし」

「そうそう！　俺たちは座学が得意だから、戦略とか地理の話はできるよ！　一緒に勉強しよう！」

慌てる周りに、ヤンはレックスの言葉を思い出す。お前は下積みなしに騎士候補になったと。

それはこういうことも指していたのか、と納得した。

騎士になるという道は、ヤンが想像するより難しいものらしい。

「立場が上なのに、ヤンは威張らないね。俺、ヤンが好きだ」

「俺も！」

「えっ、あっ、……恐縮です……っ」

どうやらヤンの態度を謙虚《けんきょ》と受け取ったらしい仲間たちに、仲良くしようと握手を求められた。

両手でしっかり熱がこもった握手をされて、ヤンはますます恐縮する。

「あ、あの、……皆さんは相部屋ですか？　僕、今まで雑魚寝《ざこね》の生活だったので、一人部屋が落ち着かなくて……」

勉強するついでに落ち着く方法はないかと聞いてみると、みんなで勉強しながらそのまま寝たらいいよ、と言ってくれた。ヤンはその言葉に甘えることにする。

ヤンが出されたものを飲み終わると、コップを洗って片付ける場所も教えてくれた。

基本この寄宿舎は、自分のことは自分でやる方針らしい。当番制で食事を作ることはあるけれど、お腹《なか》が空《す》いたら調理場のものを自由に使っていいようだ。随分と大盤振る舞いだ。

すぐに、その理由を周りが教えてくれた。

「俺たちは市民の税金で生かされてるからね。いざという時に腹が減って動けないじゃ、市民を守れないだろ？」

なるほど、とヤンは納得する。

いつ何時《なんどき》も、動けるように備《そな》えておく。その心構えも騎士道だよ、とも教えてもらった。


案内されて入った部屋は、ヤンの一人部屋がいかに優遇されているか、分かるようなものだった。皆が早くここから抜け出して、城のいい部屋で生活したいと思うのも無理はない。

ヤンの部屋と変わらない広さに、平均四人が暮らしているのだ。当然ベッド代わりの石段もなく、藁《わら》を敷いたスペースが個人のテリトリーとなっている。

けれど、これこそヤンが過ごしていた部屋とそっくりで、懐かしささえ感じた。

「貴方が蛇《へび》を倒したっていうヤン？　小さいのにすごいな！」

部屋にはさらに数人いて、ヤンを見るなりそう言う。なんだか定番になりつつある「小さいのにすごい」と「かわいいのにすごい」が恥ずかしくなった。ヤンは身を小さくする。

「蛇《へび》はしつこかったろ？　どうやって倒したんだ？」

「それ、俺も聞きたかった！」

「アンセル様もその場にいたんでしょ？　戦ってるところ見たのか？」

口々に質問され、「勉強するのでは？」と、ヤンは消極的に制止を促《うなが》す。けれど、「そんなの後！」と口を揃《そろ》えて返された。そして期待に満ちた目で見られ、ヤンは隠れたくなる。

「む、無我夢中で、よく覚えてないんです……とにかく必死で、気が付いたらアンセル様がそばにいました」

ヤンは当時を思い返すが、実は記憶が飛んでいて、気付いたら荷馬車に寝かされていたのだ。アンセルがヤンが蛇《へび》を倒すところを見たと言うので、偶然が重なって自分は無事だったと思うことにしていた。

そこで周りが固まって自分を見ていることに気付く。レックスから英雄らしくしろと言われていたのに正直に話しすぎたかな、とヤンは冷や汗をかいた。

「どこまで謙虚《けんきょ》なんだ！　すごい、俺も見習いたい！」

「武勲をたてても驕《おご》らず威張らず……まさに騎士の鑑《かがみ》ですね」

「どういう訓練をしたら、そうなれる⁉」

「ええ……？」

迫りながら聞いてくる従騎士たちに、身を引く。

どうしてか、ここの人たちはヤンを歓迎しているようだ。それはいいのだが、自分が思ったのとは違う方向で尊敬されているようで、居心地が悪くなる。

「い、いえっ。僕はほんとに……剣を握ったこともなくて……っ」

「それなのにハリア様に認められるなんて、やっぱりすごいじゃないか！」

わぁ、と皆が沸いた。

ヤンは遠い目になり、抱きついたり頭を撫《な》でてきたりする手を受け入れる。

これはもしかして自分ではなく、ハリアへの絶対的な信頼と尊敬があるからでは。そうでなければ、こんなポッと出の田舎者を崇《あが》めるように見るわけがない。

その後、結局勉強などそっちのけで、ハリアやレックス、アンセルの話で盛り上がり、ヤンは話し疲れて寝てしまう。

話した内容は多岐に亘《わた》ったが、特にヤンについては色々聞かれた。どんな人が好みだとか、この中で誰がカッコイイと思うかとか、なぜか色恋の話にまで発展する。

恋人どころか、恋もしたことがないヤンは顔を真っ赤にして誤魔化したが、そのせいでだいぶ体力を使ったのだろう。

そんなヤンを見ていた視線が微笑《ほほえ》ましげなものばかりではなかったことに、ヤンは気付かなかった。

「……ん」

皆が寝静まった頃、ヤンは何かの気配を感じて意識を浮上させた。まだ身体を動かすことはできず、なんの気配だろうと夢うつつの中を行き来する。

「……部屋にいないと思ったら……探したぞ」

頬に何かが触れた。

……温かい。低い声は心地よく、昼間とは大違いだ。そこで気付く。

――これは、レックス様の声だ。

ヤンの意識は再び沈みそうになって、だめだだめだ、と反発する。

しかし頬に触れる体温が優しく、とろとろと意識を溶かしていった。

「……起きないか。仕方がない」

そんな声がしたかと思うと、身体の上に乗っていたものが退《ど》かされる。「抱きつかれながら寝るとは」と聞こえたので、雑魚寝《ざこね》しているうちに誰かに抱きつかれていたらしい。

それから何かを身体に掛けられる。柔らかな肌触りがするそれは、ヤンの身体をすっぽり包んだ。

もしかして、自分がレックスにお願いした布だろうか？

だとしたらレックスはこれをヤンに渡しに来たのだろう。しかしヤンは起きられず、そのままふわりと身体が浮く。

ヤンは混乱した。あれだけ厳しい視線と声を向けていたのに、今のレックスにはその片鱗《へんりん》もない。

むしろ、これ以上ないくらい優しい。

どうして、と確かめたくなるものの、やはり起きられない。

ふっ、と微《かす》かに笑う声がした。

今のは、レックスが笑ったのだろうか？

(僕が情けなくて呆れてる、とか？)

失望されることはあれど、喜ばれる原因は見当たらない。確かに、主人に寝てしまった自分を運ばせるなど言語道断《ごんごどうだん》。今すぐ起きて謝らなきゃ。

なのに瞼《まぶた》は開かないし、意識は落ちようとするのだ。

「ちょっと！　ひな鳥ちゃん連れてきちゃったの⁉」

「大きな声を出すな、アンセル。寝ているだろう」

しばらくすると、慌てたようなアンセルの声がする。連れてきたというからには寄宿舎とは違う場所にいるのだろう。

それでもまだ、瞼《まぶた》が重くて開かない。

しかも、レックスはヤンを起こさないための気遣いまでみせた。本当に昼間とは違いすぎる態度に、ヤンは訳が分からなくなる。

「でも、従騎士は……でしょ？」

「…………だ。いずれ……い」

「そんなに……なら、……」

レックスがヤンを抱きかかえたままアンセルと話をしているのに、ウトウトしているせいで聞き取れない。いずれにせよ、起きたら真っ先に謝罪だ、とヤンは今度こそ意識を落とした。

ヤンが目を覚ますと、目の前にレックスがいた。

「ひ……っ」

「目を覚ましたか。主人を見るなり悲鳴を上げるとはいい度胸だな」

金の瞳に睨《にら》まれて思わず声を上げる。レックスはますます不機嫌そうに視線を鋭くした。

「日の出はとうに過ぎたぞ。いつまで寝ているつもりだ」

「へ!? す、すみませぇん!」

ヤンは勢い良く起き上がる。そこでレックスの部屋だと気付いた。

自分はソファーに寝かされていて、主人の休憩場所を占領したあげく、その世話をそっちのけで眠りこけていたのだ。

ヤンの血《ち》の気《け》が引く。初仕事から大失態だ。レックスを見上げると、彼の頭は下がっていった。

例のお辞儀の癖か、と慌てて姿勢を正し、「おはようございます」と挨拶《あいさつ》をする。無言でお辞儀をするよりも、挨拶《あいさつ》にしてしまったほうがレックスは気にならないかもと考えたのだ。

けれど、「なぜこのタイミングで?」と不思議に思わずにはいられない。

顔を上げたレックスは感情の分からない顔をしていた。ヤンは彼に笑いかける。

「癖なら仕方ないですよね……挨拶《あいさつ》にしてしまえば、気にならなくなると思ったのですが……」

「……おはよう」

そう言って、レックスはまた頭を下げた。まさか彼が素直にヤンの言葉を聞き入れるとは思わず、胸が温かくなる。

厳しいだけの人じゃないんだ。

けれど、レックスの次の言葉でまたヒヤリとした。

「……あてがわれた部屋は使わなかったようだな」

「えっと、それは……！」

「言い訳無用。お前は俺の監視が必要らしい。今後はここで寝るように」

やっぱり、とヤンは肩を落とす。

初日から信頼をなくしてちゃ、そうなるよな。

ヤンは誠心誠意、謝罪した。

「寝る場所が変わろうが、お前のやることは変わらない」

「行くぞ」と言われてヤンは慌ててソファーを下り、レックスのあとを追いかける。小走りで追いついたヤンを確認したレックスは、一日の流れを説明してくれた。

「従騎士は日の出と共に起床し、食事、身支度をして主人の身支度の準備をする」

今日、お前は寝過ごしたわけだがな、とでも言いたそうな目で、レックスが見下ろしてくる。うっ、とヤンは息を詰めた。

「俺は寝室に入るのを許可していないから、俺の身支度の準備、手伝いは不要だ」

「はい」

「次は主人の朝食。日によって食べる場所と相手が違う。前日に伝えるから、給仕係に指示しておくこと」

「はいっ」

レックスの長い足は止まることなく速く動く。背が低く体力もないヤンはついていくのに必死だ。でもレックスに認めてもらうには、こんなところで脱落するわけにはいかない。これも訓練の一つだ、と思うことにする。

「朝食の後は執務や訓練。武器の手入れやハリア様のお相手……それらのサポートが仕事だ」

「は、はいっ」

一気に伝えられるのも、混乱しそうでつらい。要はレックスについてサポートをすればいいようだが。

そこでヤンは起きてすぐに言うことがあったのを思い出し、声を上げた。

「あのっ、布を持ってきていただき、ありがとうございます」

「ああ。散々捜したがな」

冷たい声での嫌味に、ヤンは一瞬怯《ひる》む。けれど、運んでくれた時の優しい声音は嘘じゃないと感じる。だからきちんと伝えなければ。

「その……」

ヤンが口を開こうとした時、レックスも口を開いた。当然こういう場合は主人の話が優先なので、ヤンは先を促《うなが》す。

「一人寝に慣れていないというのはどういうことだ？」

「あ、はい……。僕は隠れていないと落ち着かない習性でして。今までも雑魚寝《ざこね》でしたので包《くる》まる布があれば、と……」

「そうか……」

思案げに呟《つぶや》いたレックスは、少し足の速度を落とした。ヤンは彼を見上げる。

「あの、昨晩は運んでくださりありがとうございました。しかもレックス様の休憩場所を占領してしまって、すみません」

今後は気を付けます、と言うとギロ、と睨《にら》まれた。ヤンは危《あや》うく声を上げそうになったものの、そう何度も怖がる素振《そぶ》りを見せたら失礼だ、となんとか耐える。

「……お前はやはり騎士としての立ち振る舞いから鍛えたほうが良さそうだな。昨晩、どんな状態で自分が寝ていたか、自覚はあるのか？」

「……えっと？」

確か、雑魚寝《ざこね》をしているうちに誰かに抱きつかれていたようだった。でも、それはここに来る前もないわけではなかったし、いつものことだと流していたのだが。

「……寝首をかかれるという発想はなかったみたいだな」

「……あ」

そう言われて初めて、その可能性に気付く。そして、自分の考えの甘さに顔が熱くなった。

本当に、自分は騎士としてまだまだひよっ子だ。

「仲間の中にお前を狙っている奴がいるかもしれない。自分の身を守るのは自分だぞ」

「……はい」

そうか、それを教えるためにレックスは自分を自室まで運んだのかと納得する。アンセルが連れてきちゃったと言っていたのは、レックスがわざわざ手間をかけたからに違いない。

「レックス様のお手を煩《わずら》わせてしまい、すみませんでした……」

情けない、と肩を落として言うと、レックスはピタリと足を止めた。そしてヤンを強い視線で見下ろし、またその頭が下がっていく。

「え、レックス様？」

レックスの灰色の髪を眺めながら、ヤンはその顔を覗き込んだ。彼は「挨拶《あいさつ》だ」と言って身体を起こす。挨拶《あいさつ》はさっきしたし、そんな場面でもなかったのに。癖とはいつ出るか分からないものだなとヤンは一礼を返した。

「ところで、今日はどちらでどなたと朝食なんですか？」

再び歩き出したレックスについていきながら聞く。彼は真っ直ぐ前を見たまま答えた。

「ハリア様とアンセルの予定だ」

いきなり国王との食事に付き合うことになるとは。

ヤンは気合を入れる。今のところきちんと仕事ができていないので、早く信頼を取り戻したい。

レックスがある部屋の前で立ち止まり、ドアをノックした。内側から開けられた扉の奥では、長テーブルにカトラリーが並んでいる。ここで食事をするのだろう。

「お前は俺の後ろの壁際で控えていなさい」

レックスにそう言われ、ヤンは返事をして言う通り壁際に立った。華美な装飾が目立つ内装や家具はハリアが使うためだとすぐに分かったが、肝心の城の主はまだ来ないようだ。

「おはよー……」

しばらくして、アンセルが目を擦りながら入ってきた。身だしなみはきちんとしているものの、起きたばかりなのが分かる。

ヤンが挨拶《あいさつ》をすると、彼は「ん？」と声を上げ、もう一度目を擦ってヤンを見た。

「え、ひな鳥ちゃんも連れてきたの？」

「ハリア様のご命令だ」

驚いた様子のアンセルに、レックスは冷静に返す。「そっか、それなら」と言ってアンセルは席に着いた。付き人がいないのを見ると、もしかしたら今日の朝食はハリア、レックス、アンセルの三人の予定だったのかもしれない。

「おはよう」

今度は、別のドアからハリアが入ってきた。さすが国王と言うべきか、朝から隙のない身だしなみと所作で、華麗に席に着く。ヤンが見惚《みと》れていると、視線に気付いた彼がこちらを見た。

途端に射貫《いぬ》かれたように心臓が跳ね、ヤンは背筋を伸ばす。「おはようございます」と挨拶《あいさつ》をすると、男でも惚《ほ》れ惚《ぼ》れするほど綺麗な笑みを返された。

直後、計ったように食事が運ばれてくる。見ただけで上質だと分かるそれらにヤンのお腹《なか》が鳴る。

朝食を食いっぱぐれていた。後で何か口にできたらいいけれど。

「あ、俺はサラダだけで……」

「おや、果物も食べないのか？」

ベジタリアンなアンセルの前にはサラダと果物が置かれていたが、彼は野菜だけ欲しいと言う。

ハリアが片眉を上げて尋ねた。そう言う彼の前には肉がずらりと並んでおり、さすが肉食、とヤンはこっそり思う。

「実は人使い荒いどっかの誰かさんが、徹夜の仕事を押し付けてきまして」

そう言ってアンセルが隣のレックスを睨《にら》む。

「夜食を食べながらだったので、今はあまり食べられないんです」

「……なるほど」

口を尖《とが》らせて言うアンセルに対し、ハリアはレックスを眺めて笑った。ヤンからはレックスの表情は見えないものの、多分いつもと変わらないだろう。

「ヤン」

そんなことを思っていたところに、ハリアに呼ばれた。まさか王に声をかけられるとは思っていなかったヤンは、ひっくり返った声で返事をする。

「こちらに来なさい」

「え……!?」

またどうして、とハリアを見る。彼は笑っているものの、目の奥に冷えたものを湛《たた》えていた。

これは、絶対的強者がもつ瞳だ、と本能で感じ、ヤンは逆らうことなくそばに行く。

「いい子だ」

ハリアはヤンの左肩をポンと叩いた。足から力が抜けて、ヤンはその場に膝をつく。不思議なことに逆らおうとする気持ちも湧かず、その微笑《ほほえ》んでいるのに冷たく鋭い視線から目を離せなくなる。

「ハリア様」

咎《とが》めるような声がレックスから出る。ハリアは一瞬そちらへ視線を移したが、またヤンを捉《とら》えると金の目を細めた。

その動き一つ一つが優雅で美しい。けれど獰猛《どうもう》な加虐心《かぎゃくしん》が見え隠れする視線は、まさしくこの人が王者だと思わせるものだ。

――猫や蛇《へび》とは圧倒的に違う。

ざわ、とヤンの肌が粟立《あわだ》った。ハリアの長い指がヤンの頬を撫《な》で、顎《あご》の下で止まる。ゆっくりと顎《あご》を上げられ、それでも視線を逸《そ》らせずにいると、ハリアがクツクツと笑った。

「お食べ」

口の中にそっと放り込まれたのは、一口大にカットされたリンゴだ。じっとハリアの金の瞳を見つめながら咀嚼《そしゃく》すると、さらにその目が細められる。

「ハリア様、私の弟子で遊ばないでください」

先程よりも強めの声がして、ヤンはハッとした。声の主、レックスを見ると、声とは裏腹に冷静な表情をしている。

やっとハリアがヤンから視線を外した。周りの空気をも凍らすような雰囲気はそこで霧散《むさん》し、ハリアも声を出して笑う。

「やはり私の目にくるいはなかったな。ヤン、きみは強い」

「ぅへぁっ？　そ、そ、そんなことはっ」

思ってもみなかったハリアの言葉に、ヤンは素《す》っ頓狂《とんきょう》な声を上げる。「座りなさい」と言われ、さらに恐縮した。

どうしよう、と助けを求めるつもりでレックスを見る。ため息をついた彼が「ほどほどにしてください」とハリアに釘を刺した。

国王の指示に従うように言われたヤンは、大人しくハリアの隣に用意された椅子に腰を下ろす。そのまま給仕係が食事を持ってくるので、どういうことかとあたりを見回した。

「ひな鳥ちゃんも一緒に？」

「ああ。もう一度、ヤンをちゃんと見たかったんだ。レックスにあてがって正解だな」

そう言って、ハリアはカトラリーを持つ。それをきっかけに食事が始まり、ヤンはオロオロと彼らを見る。

どうしよう。テーブルマナーとは無縁の生活をしてきたので、どれをどう使うのかも分からない。ここで正直に言うのはどうかと思うし、なにより主人のレックスに恥をかかせるのは言語道断《ごんごどうだん》だ。

「……猫の動向はどうだ？」

そんなヤンをよそに、ハリアが会話を始めてしまう。一方、レックスはこちらを睨《にら》んでいた。ヤンは縮み上がりそうなのをグッと堪《こら》える。

「今のところ動きはないです。ただ、こちらを窺《うかが》っている感じはすごくしますけどね」

アンセルが答える。

猫というワードにヤンの肩が震えた。どうしよう、と縋《すが》るようにレックスを見ると、彼の口が音を出さずに動き出す。

(お、れ、の、ま、ね、を、……俺の真似をしろ？)

「ヤン、食べないのか？」

直後にハリアに問われ、ヤンはビクッと身体を硬直させた。彼を見ると、またあの冷えた目で面白がるようにこちらを見ている。

「い、いえっ！　いただきます！」

ヤンはレックスを盗み見ながら、使うナイフとフォークを手に取った。とりあえず、形だけ真似すれば上出来だ、と思いながら魚を口にする。

「油断ならないな……アイツらは笑いながら私たちの生活を強奪する」

「ええ。それに……」

ハリアの憂事をレックスが継ぐ。しかもヤンが真似できるように、気を配りながら。

「手加減ができない奴らですからね。こちらも遠慮は無用かと」

ヤンは会話を聞くどころではなく、レックスの真似をしてマナー通りに食べることで精一杯だ。

美味《おい》しいことは確実なのに、緊張で食べた気がしない。

「ヤンは、今後、猫にはどう対処したらいいと思う？」

「うえっ？」

いきなり話題を振られ、ヤンは慌てた。一介の従騎士の意見など、なんの役に立つのだろう。

(そばにはレックス様もアンセル様もいるのに……)

そう思って、もしやと気付く。

ハリアは、剣や戦術に長《た》けた二人の意見ではなく、ヤンの率直な意見を聞きたいのではないのか、と。

ヤンの肌が再びザワついた。

猫という言葉を聞くだけで、ヤンは神経を尖《とが》らせてしまう。カトラリーを持つ手が震えるのでそっと置くと、レックスが訝《いぶか》しげにこちらを見る気配がした。

「……僕は、平和に暮らせたら……、それだけで十分です」

「……うむ。それは私たちも同じ願いだ」

ただ、待っているだけでは後手に回る。そう言って、ハリアは近々討伐隊を出すと宣言した。

3　ひよっ子、剣を受け取る

騎士の日常は自己研鑽《けんさん》だ。食事が終われば訓練をし、有事に備《そな》えて武器を手入れする。そして貴族階級である騎士は、領地の政《まつりごと》も仕事の一つだ。

といってもレックスやアンセルは、ハリアの補佐といったところか。主に城にいる騎士たちをまとめ、監督する役目を担《にな》っているらしい。

アンセルが徹夜仕事の続きをすると言って自室に籠《こも》ると、レックスとヤンは武器庫に向かうことになった。

やはり長い足でスタスタと歩いていくレックスに、ヤンは小走りでついていく。そのうちに、やたらと視線が刺さることに気付いた。

(皆、レックス様を見てるのかな?)

さもありなん、とヤンは思う。

レックスは眼光の鋭さを除けば、女性が黙っていない容姿をしている。背が高く落ち着いていて、騎士団長という身分も申し分ない。男であっても、こんな人になりたいと憧れる対象だ。

なのに、自分のようなちんちくりんがそばにいて、そのアンバランスさが気になるのだろう。

(でも、僕も強くなって、いつか……)

帰る家はないのだ。ここで精一杯勤めれば、今までとは違う生活ができるかもしれない。

「おい」

不意に、レックスがこちらを見ずに呼んだ。はい、と応えると彼はこちらを睨《にら》む。

「お前には教えることが多そうだな……」

「すっ、すみませんっ！」

そうだった。呑気にレックスを眺めている場合じゃない。

なんとかハリアの前で失態を見せずに済んだものの、レックスの手を煩《わずら》わせてしまった。一人前には程遠いな、と肩を落とす。

「お前は……言葉遣いだけは丁寧だが、それ以外のマナーや知識は皆無《かいむ》と言っていい。それが俺にはチグハグに見えるのだが、なぜだ？」

レックスの核心をつく質問に、ヤンはドキリとした。

本来騎士とは、地方なら領土を守る領主を兼ねている。従騎士となれば、貴族の生活をサポートするのとイコールだ。さらに従騎士の下の志願者だって、貴族の屋敷に勤めて、多少は知識があるのが普通だった。

「……なんにせよ、城生活の甘い汁を吸いたいなら、残念だったなとしか言えない。本当に騎士を目指す気がないなら、悪いことは言わない、今すぐ城から出ていけ」

「……っ」

やっぱり、レックスは気付いていたか、とヤンは息を詰めた。

偶然にも蛇《へび》を倒し、その流れでアンセルに連れてこられただけだと、彼も知っているのだ。加えて、幾度となく騎士として相応《ふさわ》しくない態度を見られている。とはいえ、たった一日でここまで見破られるのはさすがだとしか言いようがなかった。

けれど、ヤンは城を出たら行く先がないのだ。もう、あてもなく逃げる——蛇《へび》から逃げ回るような生活はしたくない。

「すみません……」

「謝れと言ってるのではない」

そこでヤンは立ち止まった。気付いたレックスも足を止める。

ヤンは彼を見上げた。視界が少し滲《にじ》む。

もうあんな生活は嫌だ、怖い。けれど『家族』をあんな目に遭《あ》わせた奴を、許せないとも思う。

「お願いします……僕をここに置いてください……」

そうだ、あとに引けないと分かった時点で、この道に進む最大の理由があったじゃないか。怖いけれど、……想像するだけで足が震えるけれど、ここを進まなければ、『家族』は浮かばれない。

「だから……」

「お願いします……っ」

目を潤《うる》ませ足を震わせながら、ヤンはレックスを真っ直ぐ見上げた。

情けなくてもいい、ヤンには矜持《きょうじ》があるのだから。

するとレックスは一つ、お辞儀をした。「分かった、手加減はしない」と言って頭を上げた彼は再び歩き出す。慌てて追いかけたヤンは、ホッとするのと同時に、こんな真面目な時でも癖が出てしまうなんて、大変だな、と主人の身を案じた。

武器庫に着いた二人は番をしていた騎士に「あの英雄!?」と絡まれはしたものの、レックスが無言の圧力をかけたので早々に彼らから解放される。

ヤンの手には短剣《ダガー》が握られていた。身体の大きさや筋力から、それが最適だろう、とレックスに見繕《みつくろ》ってもらったのだ。

「俺たちは常にダガーくらいは携帯している。お前も肌身離さず携帯するように」

「はい」

初めて触れた剣は想像以上に重く、諸刃《もろは》で刃が分厚いものだった。日常使う斧や包丁とは違って、相手を傷付けるための道具だと思うと、今更ながら扱いに緊張する。

「それは俺のダガーだ。……大事に扱え」

「……っ、はい!」

騎士にとって大切なものである剣の一つを、ヤンにくれるとは。

案外優しい人なのかもしれない、とヤンは思う。大切にしないとな、とヤンはダガーを両腕で抱きしめた。

「今から訓練場に行く。まずその剣を、どこまで扱えるか見せてもらうからな」

「はい」

歩きながらレックスが言う。いよいよ騎士らしいことをするのだ、とヤンは緊張で心臓が速く脈打つのを感じる。戦いに向いていないのは重々承知だが、何も知らないよりは強くなれるだろう、とグッと拳を握った。


訓練場に着くと、すでに皆、己の技や身体を磨いていた。

模擬的な戦いをする者、頭より大きい石を投げる者、壁や地面を素手で殴る者、立て掛けた梯子《はしご》をぶら下がりながら登る者……どれも自分にはハードルが高い、とヤンは震える。

「……このあたりにするか」

レックスは訓練場の一角で足を止め、ヤンを振り返った。騎士服のスリットから腰に佩《は》いたダガーを抜くと、切っ先をヤンに向ける。

「ひぃ……っ」

その動作だけでヤンは頭を抱えて縮こまった。

「抜け」

「は、はいぃ……っ」

情けない声を上げてダガーを抜き、ヤンは両手で構える。剣は先程よりもずっしりと重く、切っ先を相手に向けるだけで精一杯だ。

「かかってこい」

レックスはすでにヤンを見据《みす》えて戦う気満々に見える。本気ではないとしても、そんなレックスの視線に射すくめられて、ヤンは動くこともできない。

「……っ」

剣を持つ手が震える。ついでに足も震えた。震えてばかりの自分が情けなくて、涙が浮かぶ。

「来ないなら、こちらから行くぞ」

そう言って、レックスが間合いを詰めた。反射的にヤンは身を翻《ひるがえ》し、彼に背を向けて走り出す。「おい！」とレックスの声と追ってくる足音がした。

「逃げたらお前の実力が分からない！」

「む、無理ですぅー！」

やっぱり無理だ。本当に蛇《へび》を倒せたのは奇跡だかなんだかが起きて、自分はたまたま生きているだけにすぎない。意図的に相手を傷付けるなんて……ましてや殺すなんてできっこない！

ヤンは狭い通路に逃げ込んだ。

「どこだ⁉」

遠くでレックスの声がする。ヤンはそのまま狭い場所、狭い場所へと進んでいった。そして樽《たる》や木箱が積んである陰に身を潜《ひそ》める。

はあはあと、自分の呼吸だけが聞こえた。もっと息を潜《ひそ》めないと見つかるかもしれない。ヤンは両手でダガーを構えながら、小さく小さく縮こまる。

ここはどこだろう？　城壁内なのは確かだけれど、まだ来て二日目のヤンには分からない。

けれど、感じる。

レックスが静かにこちらを狙っている気配を。

訓練場の声も届かないところで、ヤンはじっとして気配を探《さぐ》る。諦《あきら》めていない、レックスは必ず自分を見つけてここに現れる。そう本能が警告していた。

そんなふうに身を潜《ひそ》めていると、以前、同じように息を潜《ひそ》めていたことをどうしても思い出してしまう。相手の一挙手一投足も聞き逃すかと、神経をこれ以上なく研ぎ澄ませて——

「……っ！」

「キィン！」と刃が当たる音がした。気配を察してヤンが咄嗟《とっさ》に振り上げた剣と、空から降りてきたレックスの剣がぶつかったのだ。

彼は金の瞳で冷静にヤンを見下ろしている。

ヤンは彼がさらに攻撃を繰り出さないかと、じっとそのままの体勢でレックスを見上げた。

「お見事」

レックスはそう呟《つぶや》くと、剣を引いて鞘《さや》に戻す。ヤンは剣を持つ力さえ抜けて、ヘナヘナと地面にへたり込んだ。甲高《かんだか》い音を立ててダガーが地面に落ちる。

なんとか、なんとか攻撃を防げた。

レックスがしゃがむ。

「……なるほど、蛇《へび》を倒しただけのことはあるな。戦術もお前には合って……おい？」

「うっ……う、……ううう～」

緊張の糸が切れたヤンは情けなく泣いた。

あんな恐ろしい目には二度と遭《あ》いたくないと思っていたのに、これをしないと『家族』は虹《にじ》の橋を渡れないのだ。

浮かばれない『家族』を想ってヤンは泣く。

情けない自分でごめんなさい。けれどいつか、その恨みを自分が晴らすから、と。

不意にレックスが手を伸ばしてきた。ヤンがビクッと身体を震わせると、その手は一瞬躊躇《ためら》うように止まったが、そろそろとまた伸びてくる。

そして、大きな手がヤンの頬に触れた。温かくて、優しい触れ方に、ヤンはますます泣けてくる。

「……誰だって、傷付くのは怖い。けど……」

レックスのしっかりした親指が、ヤンの涙を拭《ぬぐ》う。温かい。

「皆、大切な誰かを守るためにここにいる。ハリア様もだ」

お前にもそういう人がいるんだな、と言われこくん、と頷《うなず》く。なぜかレックスが息を詰め、頬に触れていた手をサッと引いた。

どうしたのだろう、と濡れた眼《まなこ》で彼を見ると、金色の双眸《そうぼう》は強い視線でヤンを睨《にら》んでいる。

「……っ」

しかし次の瞬間には、レックスの頭は下がっていった。ヤンがその短いグレーの髪を呆然と眺めていると、彼は顔を下に向けたままスッと立ち上がる。

「戻るぞ」という言葉と共に、長い足でスタスタと歩いていく。ヤンは慌てて涙を拭《ぬぐ》って、彼のあとを追いかけた。

訓練場に戻ると、レックスは筋力トレーニングに励む騎士たちの様子を観察する。心なしか目付きが鋭くなっていて、見られている騎士たちもやりにくそうだ。

どうして、また癖が出たのだろう、とヤンは思う。挨拶《あいさつ》にしてしまえば違和感を消せると思っていたが、脈絡なく出るようだし、頻度もそこそこ高い。

まさか、人には言えない重篤《じゅうとく》な病気が隠れているとか？

そう考えてヤンは首を振った。レックスも不本意そうだし、多分一番苦しんでいるのは本人だ。ヤンが気にすると、レックスはもっと苦しむ。

（これからは癖が出ても、明るく振る舞おう）

そう心に決めてレックスのそばに行った。

「ヤン！」

足を進めると、昨日部屋に来てくれた面々がヤンを呼び止める。その目はキラキラと輝いていた。

「さっきのレックス様との手合わせ、見てたけどやっぱりすごいな！」

「……えぇ？」

思ってもみない言葉にヤンは声がひっくり返る。けれど、その中の一人が興奮したように話す。

「レックス様より速く走っていたし、百戦錬磨の騎士団長が見失うとか……さすが！」

そう言って抱きつかれ、それをきっかけに囲まれて揉《も》みくちゃにされた。突然のことで驚いて動けず、されるがまま頭を撫《な》でられたり頬擦りされたりする。

なんら特別なことはしていないし、さっきはレックスから逃げただけなのに。

戸惑《とまど》っていると、こちらを見ていたらしいレックスが大きな咳払いをした。同時にヤンを囲んでいた従騎士たちが動きを止める。

「お前たち……全員まとめてかかってこい。その不躾《ぶしつけ》な手と頬を切り取ってやろう」

レックスがギロリと睨《にら》むと、皆、ヤンのそばからサッと離れた。それも小さな悲鳴付きで。ヤンもつられて短く声を上げ、身体を硬直させる。

「それが嫌なら特別任務だ。城壁外の見回りに走っていけ、今すぐにだ」

「は、はぃぃー！」

ヤンよりも情けない声を上げて、バタバタと従騎士たちが去っていく。レックスが怖いのは通常運転なのだと分かってきたものの、なぜだろう、今が一番怖い。

「あ、あ、あの、……レックス様っ」

従騎士たちの背を睨《にら》んでいたレックスは、その怖い目のままヤンを見下ろす。彼の手が拳を握ったのが見えて、殴られるのでは、とヤンは身構えた。

「お前のダガーはなんのためにある？」

「へ……っ？」

「自分の身くらい自分で守れ。あと、訓練場に人がいる時は、お前は使用禁止だ」

そう言われて、ダガーの存在をすっかり忘れていたことに気付く。そしてそのせいで、従騎士なのに、騎士としての訓練もろくにできないようにされてしまった。

ヤンは肩を落とす。

一人で寝ることもできず、レックスの身の回りの世話はほぼない。そして騎士として鍛錬《たんれん》もできなければ、自分はなんのためにここにいるのだろうか。

そんなヤンの様子を見てか、レックスが一つため息をついた。ため息をつかせてばっかりだな、と落ち込むヤンの顎《あご》をくいと持ち上げる。

「お前は……今、何をされていたのか分かってないのか？」

「え……？」

見上げたレックスの眉間には僅《わず》かに皺《しわ》が寄っていた。おかしなものを見るような目に、ヤンは視線を逸《そ》らす。

「皆さん、僕を褒めてくださってたん……ですよね？」

突然のことで動けなかったんですと言いながら、ヤンは気付いた。騎士たるもの、他人の褒め言葉に対して、スマートに返さなければならなかったのだろうか。だとしたら注意されて当然だ。

「す、すみませんっ、次からは笑顔でお礼を言……いてっ」

顎《あご》を持っていたレックスの手が、ヤンの額《ひたい》を指で弾く。涙目で痛む額《ひたい》を押さえると、レックスはさらに眉間に皺《しわ》を寄せた。

「もういい。お前は俺の許可なしに俺から離れるな」

「は、はぁい……」

ヤンは泣きそうになりながら返事をした。

訓練らしい訓練もできないまま、ヤンはレックスの執務室に引き上げることになった。レックスいわく、ヤンは悪い意味で注目されているらしい。納得だと思う。

どう考えても強くは見えないし、こんなちんちくりんが蛇《へび》を倒したなんて信じられないのだろう。周りが好意的に接してくれるのは、情けなくて非力な自分を気遣ってくれているのに違いない。

「おい」

そんなことを考えていると、レックスに睨《にら》まれた。また何か粗相《そそう》をしてしまったのかと身体を硬直させると、彼の目はさらに鋭くなる。

「なんだその気の抜けた顔は」

「す、すみませんっ。でもこれが普通の顔で……」

机上で書類と睨《にら》めっこをしていたレックスは、盛大なため息をついて立ち上がった。ヤンは緊張し背筋をさらに伸ばす。レックスがヤンの前に来て、深々とお辞儀をした。

「え、あ、あのっ？　……お疲れ様ですっ」

また癖のお辞儀か、とヤンはレックスにお辞儀を返す。しかし、頭を上げたレックスは、またヤンを睨《にら》みながらお辞儀をする。

「レ、レックス様っ？」

今までなかった連続でのお辞儀に、ヤンはどうしたらいいのか分からなくなった。

相変わらずレックスはヤンを強い視線で見ているし、主人が頭を下げているのに自分が直立不動でいるのも違う気がする。

「……気にするなと言ったろう」

そう言ってまたお辞儀をしたレックスは、気が済んだのか机に戻った。

「癖……なんですよね？」

「……そうだと言っている。これ以上このことに言及するなら部屋を追い出すぞ」

ヤンは黙った。部屋を追い出されたら、ますますやることがなくなる。勝手に訓練場を使うこともできないので、レックスのそばにいるしかない。

――こんなことで、本当に騎士になれるのだろうか。身寄りも知識もない自分が、生きていく唯一の道だと思っていたのに。

「おい」

レックスがまた呼んだ。名前さえ呼んでくれない主人は、頭が痛いとでも言うように眉間を押さえている。

「泣くな」

「う、す……すみません……」

誤魔化せないほど涙声になってしまったヤンは、袖で涙を拭《ぬぐ》った。その途端、レックスがガタンと大きな音を立てて立ち上がり、大股で歩いてドアの向こうへ去る。

――怒らせてしまった。

お辞儀のことは気にするなと言われたのに、何度もされて戸惑《とまど》ったのがいけなかったのか。そのうえ情けなく泣いて、騎士とは程遠い姿を見せた。こんな状態では仕事の邪魔になるのは当たり前だ。どこかレックスの目に入らないところに行って、落ち着きたい。

けれど、そばから離れるなという指示もある。できればこの部屋の中で、彼の目が届かない場所はないか。

そう思って周りを見回す。すると、丁度良くソファーと壁の間に入れそうな隙間があった。

ヤンはそこに入って縮こまる。

しばらくして、大きな音を立ててドアが開いた。レックス様が戻ってきたのかな、とヤンは首を伸ばして様子を窺《うかが》う。なぜか焦《あせ》った様子のレックスがあたりを見回した。

「どこだ？　どこに行った!?」

「ひ……っ」

腹の底からの低い声にヤンは思わず声を上げる。

そこでレックスと目が合った。咄嗟《とっさ》に顔を引っ込め隠れるが、大きな足音をさせてレックスがこちらに来た。

「……何をしている」

「す、す、すみませんっ、……仕事の邪魔にならないように、ここに隠れてますからっ」

低く唸《うな》るように聞いてきたレックスに、ヤンは頭を抱えて小さくなる。「いないものとして扱ってくださいお願いします」と震えながら言うと、彼はその場にしゃがんだ。

今度こそ怒鳴られると思ったヤンは、反射的に謝る。

「ご、ごめんなさいっ！　僕、騎士に向かないって重々承知してますっ。でもっ、……お願いですから追い出さないでください……っ！」

こうなったら恥はかき捨てだ。そもそもカッコイイところなんて、見せられないけれど。カッコ悪くても気持ちだけはある。それは伝えたい。

どうすれば分かってもらえるだろう？　やる気はある。時間はかかれど、立派な騎士になってみせると宣言すれば、信じてもらえるだろうか。

えぐえぐと泣くヤンに、そっと何かが差し出された。見ると、レックスが持つには不釣り合いな、繊細なレースがついたハンカチだ。

これを使えというのだろうか。

ヤンはレックスを見る。彼は獰猛《どうもう》なライオンのように目を釣り上げてこちらを睨《にら》んでいた。

「ひぃぃ……っ」

「これを使え。二度と泣き顔を見せるな」

「は、はいぃ！　すみませぇん！」

ヤンはハンカチを受け取る。立ち上がったレックスは二回お辞儀をして席に着いた。

しんとなった部屋でレックスがペンを走らせる音が聞こえ始める。ヤンはなるべく音を立てないように洟《はな》をすすった。

完全に呆れられた。やっぱり、ビビリで非力な自分が騎士を目指すなど無謀だったのだ。

ヤンは音を漏らさないようにハンカチで口を押さえて嗚咽《おえつ》する。従騎士になって二日目で、こんなにも騎士不適合だと思い知らされて、『家族』はどう思うだろうか。

仕方ないと笑うだろうか？　無理しなくていいよ、と背中を撫《な》でるだろうか？　ヤンに優しさと温かさを教えてくれた『家族』は、今、一体どうしているだろう？

ちゃんとお空で笑ってくれているだろうか？

ヤンは首を振る。いいや、猫——ベンガル山猫のアイツを懲《こ》らしめるまで、『家族』は笑えないはずだ。

「おい」

「ひぃ……っ」

考えに耽《ふけ》っていて、レックスが近くに来たことも気付かなかったヤンは、頭を抱えた。しかしすぐにそれも失礼な態度かと思い至り、そろそろとレックスを見上げる。

「こっちに来い」

「へ？　……ぅわ……っ」

グイ、と腕を引っ張られてヤンはレックスに両肩を掴まれた。

掴まれた両肩が痛い。指が食い込み痛みに顔を顰《しか》めると、レックスは視線を鋭くした。

「泣くなと言っている。仕事に集中できないだろう」

「す、すみま……」

ヤンが謝罪の言葉を言い終わらないうちに、腕を引かれる。ヤンはレックスの力に呆気なく負け、座った。

「え？　あ、あの……？」

ヤンは戸惑《とまど》った。座らされたのが、レックスの膝の上だったからだ。横抱きに近い形で膝に乗っている。それでも身長差は埋まらず、ヤンは戸惑《とまど》いの目で彼を見上げた。

「なぜ泣いている？」

そう聞かれて、一連の出来事に涙が引っ込んでしまったことに気付く。

レックスはヤンに渡したハンカチを乱暴に奪うと、ゴシゴシとヤンの顔を拭《ぬぐ》った。力が強くて痛い。

けれどレックスの目は相変わらず鋭いままだ。その視線で敵も射殺せるのではと思うほど。

それがなぜ、膝の上なのだろう？　レックスの考えがよく分からない。

「答えろ。どうして泣いている？」

「えっ、あっ、……僕はとことん騎士に向いてないなって……」

「なぜそう思う」

すぐに飛んできた質問にヤンはますます混乱した。見た目も性格も騎士に向いていないのは誰から見ても明白なのに、どうしてそんなことを聞くのだろう。

「お、臆病ですし、力もないですし、学もないです……。レックス様にはご迷惑ばかりおかけして、仕事もまともにできなくて……」

「先程、俺の剣を受け止めたのは、偶然だったと？」

ヤンは視線を落とした。

先程の手合わせの時は、ちゃんとレックスの気配を感じて剣を振り上げたのだ、偶然ではない。

「僕は、……強くなりたいんです」

強くなって、『家族』が虹《にじ》の橋を笑顔で渡れるように見守りたい。帰る場所がないならせめて、それくらいはして報《むく》いたい。そう思っている。

するると、レックスの大きな手がヤンの頬に触れた。そっと上を向かされ、彼の金の瞳とぶつかる。先程からの鋭い視線は変わらないものの、頬に触れる羽のような優しい手つきに、不思議と恐怖は覚えなかった。

その顔が近付く。

「え!?」とヤンが身体を硬直させるのと同時に、ドアが大きな音でノックされた。

途端にびくっ、と顔を上げたレックスが誰何《すいか》する。次の瞬間、ヤンは膝から下ろされ、ハンカチを手に握らされた。

部屋に入ってきたのはアンセルだ。手に何やら綿の入った布を持っている。

「あ、ひな鳥ちゃんもいたのか」

「ああ。訓練どころじゃなくなったからな」

アンセルは目を擦り、それでもニコニコと笑いながらその布をヤンに渡した。ヤンは素直にそれを受け取る。

アンセルは「なるほどねー」と呟《つぶや》いた。何がなるほどなのだろう?

「レックスからの注文で、ひな鳥ちゃん専用のシュラフを作ったんだ。レックス、もう徹夜仕事はごめんだからね」

口を尖《とが》らせて言うアンセル。レックスは彼に返事をしなかった。アンセルは気にしていないようで、ヤンに向かって微笑《ほほえ》む。

「ひな鳥ちゃんの体型に合わせてるから、包まれてる感じは出るはず」

「え、あのっ、……これ、アンセル様が作ったんですか？」

まさか騎士団副団長が夜なべして寝袋を作っていたとは誰も思わないだろう。レックスの態度からして、こういうことは初めてではない気がするけれど。

また気を遣わせてしまった、とヤンは落ち込む。臆病で一人寝すらできない自分のために、寝袋まで作ってくれるなんて。

「そ。俺も実は趣味が手芸なんだ。今はあまり多くはできないけど、ひな鳥ちゃんのためなら喜んで作るよ」

「あ、ありがとうございます……」

申し訳ない気持ちが大きいものの、ヤンは顔が緩《ゆる》むのを抑《おさ》えられなかった。これなら一人で眠れそうだし、レックスに迷惑をかけずに済むかもしれない。

「……あれ？」

そんな様子を微笑《ほほえ》ましそうに眺めていたアンセルは、ヤンがハンカチを握っていることに気付いた。ちょっと見せてと言うので渡す。彼は「ふーん」と意味ありげに笑ってレックスを見た。

「妹が作ったやつ、ヤンにあげたんだ？」

「あ、いえ！　頂いたわけではなく、お借りしたもので……洗ってお返しします！」

そこまで厚かましいことはできない、とヤンはハンカチを返す意思があることを伝える。けれどレックスは聞こえないとでも言うように、席に着いて仕事を再開した。

「お前の鼻水がついたハンカチなど返されたくない」

「だ、だから洗って……！」

ヤンの反論などまるで聞いておらず、代わりにアンセルがその場を収める。「ありがたく受け取っときな」と言う彼に、それでいいのかとヤンは狼狽《うろた》えた。

「ったく、少しは素直に伝えたらどう？」

「なんの話だ」

呆れている様子のアンセルはレックスにため息をつく。何やら二人にしか分からない会話だ。アンセルとはこんなに仲が良さそうなのに。

そこでヤンはハッとする。

レックスと自分は主人と従者の関係だ。仲がいい悪いは関係ない。仕事がやりやすい関係であれば、距離感など気にすることではないはずだ。

「とにかく、ひな鳥ちゃんはそれ使ってゆっくり休んで。レックスは無愛想で真面目で面白みのない奴だけど、いい奴だから」

「おい」

酷《ひど》い言われようだが、本人を目の前に言えるのはそれだけ仲がいい証拠だろう。レックスもアンセルが本気で言っているとは思っていないらしく、ため息一つで終わらせた。

「とりあえず、俺は夕食まで寝るから。レックス、俺を起こすなよ」

手をヒラヒラと振りながら「おやすみー」と言うアンセルに、レックスは無言を返す。

ヤンが改めてお礼を告げると、彼は満足げに部屋を出ていった。

その後、レックスは来客があると言って、別の部屋に移動した。ヤンにとっては今日が初仕事なのだが、こんなにも部屋を移動するとは思わなかった。

「お前は部屋の外、出入り口付近で控えていろ」

そう言われて、今度はそばに控えることもできないのか、とヤンは驚く。

確かに、国のナンバー2とただの従騎士では、扱える情報が違う。

ヤンは指示通りドア付近で待機する。間もなく、女従者を連れた女性がやってきて、その部屋に入ろうとした。

「おい」

従者の女性が鋭い視線でこちらを見る。

「クリスタ様がおいでになったというのに、敬礼もしないのか。一体どこのどいつだ」

「ひぇっ、す、すみませんっ」

ヤンが慌てて背筋を伸ばすと、従者の主人らしき女性が手を上げ、止めた。

その女性は深緑の波打った長い髪を揺らしてヤンの前に立つ。白い肌と落ち着いた青色のドレスも相まって、美しいとはこういう人のことを言うのかな、とヤンは思った。

視線を上げると、長いまつ毛に縁《ふちど》取られた目は透き通った青色だ。彼女が動くたびに髪が青色や金色に見えて、その不思議さにヤンは惚《ほう》けてしまった。

「貴方が噂の英雄ね。かわいらしい」

「えっ、あ、あの……」

その言葉に驚く。自分のことがもう知られていることもだけれど、クリスタと呼ばれた女性からは従者とは違い、敵意を感じなかったからだ。

桃色の綺麗な唇が笑みの形を作り、クリスタはヤンの手を握った。柔らかな指にドキリとしているうちに、彼女はますます笑みを深くする。

「ハリア様とレックス様の心を射止めただけあるわね。本当にかわいらしい！」

「あ、あああのっ？」

ぎゅっと手を握られ、ヤンはますます慌てた。

ここにレックスがいたら、騎士たるもの、女性の前では紳士であれとか言いそうだ。けれど、高貴な身分の女性と接点がなかったヤンは、どうするのが紳士なのか分からない。

「ああ、怖がらないで。わたくしは孔雀《くじゃく》のクリスタ。レックス様の婚約者です」

「は……」

ヤンは驚いたものの、しかしすぐに納得する。

レックスは立派な成鳥だ、そして騎士団長という身分であり、外見も男のヤンからしても申し分ないほどカッコイイ。むしろ結婚していないほうがおかしい。

「す、すみませんっ。僕はヤンと言いますっ」

婚約者なんていて当たり前だ、とヤンは改めて背筋を伸ばして自己紹介をした。するとクリスタは頬を上気させ、はあ、とため息をつく。

「なんて素直ないい子なの？　いいわ、妄想がはかど……」

「涎《よだれ》が出ていますよ、クリスタ様」

ヤンは心の中で前言撤回した。美しいけれど、この人には近寄ってはいけないと、本能が警告している。

従者に咎《とが》められたクリスタは、口を袖で拭《ふ》いてニッコリと笑った。本当に涎《よだれ》が出ていたらしい。

「ほぼ毎日レックス様と会うことになってるけれど、安心なさって。わたくしは決められた結婚より、真実の愛……それも試練や葛藤《かっとう》を乗り越えた愛が欲しいの」

いくぶん熱の籠《こも》った瞳で真っ直ぐ見つめられ、ヤンは訳が分からないまま頷《うなず》く。満足したらしいクリスタはヤンの手を離し、来た時のように品のある笑みを貼り付けて部屋に入っていった。

その際に、従者に小さな声で「今後はクリスタ様に気を付けられよ」と言われたのが気になる。

はあ、とヤンはため息をつく。婚約者と会うなら、席を外せと言われるのは当然だ。二人の邪魔はしたくないし、彼らがいずれ結婚するなら喜んで祝福したい。

「……クリスタ様はもちろん綺麗だろうし、レックス様もカッコイイんだろうな」

ヤンは番《つがい》として並んだ二人を想像した。

しかし、レックスがあの鋭い視線で歩く姿しか想像できない。

「あれ？」

レックスの笑った顔が想像できないのだ。

それが、自分に笑顔を向けたことがないせいだと分かると、悲しい気持ちになる。どうして彼は、あんなにも鋭い視線で自分を見るのだろう、と。

（いや、でも……）

先程、レックスの剣を受け止めた時は違った。真っ直ぐヤンを見つめていて、きちんと自分を見てくれた、と思う。強いけれど、それは相手を射すくめる目的ではなく、存在そのものを認めるような、そんな眼差《まなざ》し。

ヤンは胸に手を当てる。なぜか、胸が少し温かくてドキドキしていた。例えば、『家族』に優しくされて、嬉しくなった時のような。

でも、レックスは『家族』ではない。そしてヤンは、『家族』以外と接する機会が今までにほぼなかった。だから、この不思議な気持ちがなんなのか分からない。

ここにいてもいいんだ、という感覚かな、とも思う。

もちろん『家族』はヤンに優しくしてくれたけれど、どこか気持ちに穴が空《あ》いたような、そんな感覚がずっとしていた。そしてレックスは、そんな隙間を埋めてくれる存在なのかもしれない、と感じる。

なるほど、みんなに慕《した》われるわけだ。

ヤンは一人で笑った。レックスは貴賤関係なく、他人を認めることができる人なのだと。心が広くて強い、心身共に騎士に相応《ふさわ》しい人なのだ。

自分はレックスの役に立てるよう、早く仕事を覚えて強くなりたい。そして『家族』に、もう安心だよ、と伝えてあげたい。

俄然《がぜん》やる気が出てきた、とヤンは拳を握った。


次の日から、ヤンの食事はレックスと摂《と》ることになった。テーブルマナーを覚えつつの食事なので、やっぱり緊張して食べた気がしない。これなら、寄宿舎で食べたほうがマシだったかな、とこっそりため息をついた。

そして食事の後すぐに、クリスタとの面会があると聞かされて、ヤンはチャンスとばかりに抜け出す。彼がクリスタと会っている間にならやることもないし、訓練場で訓練をしてもいいかと考えたのだ。

ところが、抜け出してもヤンは訓練どころではなかった。重いものを運ぼうとすれば「持つよ」と言われ、ダガーを抜けば持ち方がなってないと後ろから抱きすくめられ、熱心に指導される。梯《はし》子《ご》にぶら下がったら下で誰が支えるか喧嘩が始まり、手合わせをしてくれと集まった人たちに囲まれてもみくちゃにされた。

そうこうしているうちに、ものすごい形相をしたレックスに見つかる。

彼は一番タイミングが悪い時にやってきた。「任務を放り出して何をしている」と、今までで一番鋭い視線を寄越しながら。

これにはヤンだけでなく、周りも凍りついた。レックスはヤンの手を引っ張り、執務室に押し込む。

「あ、ああああのっ？　レックス様っ？」

しかもレックスは執務室に入るなり席に着き、膝の上にヤンを乗せたのだ。ものすごく怖い顔で。

「なぜ持ち場を離れた？」

前回と同じように横向きに座らされた。彼は机の上の書類に目を通しながら、仕事を始めてしまう。どうやらここから降りるには、レックスへの説明が必要なようだ。

「えええっと、クリスタ様がいらっしゃる間なら、訓練できるかなって……」

「訓練場に人がいる時は、使用を禁止したはずだ」

ヤンの肩が震える。確かにそう言われて、禁を破ったのはヤンだ。でも、そしたらいつ、ヤンは訓練ができるのだろう？

「それに、まともに訓練はできていなかったように見えたが？」

レックスの声は冷静だ。だからこそ、自分のしたことが間違いだと思い知らされ、項垂《うなだ》れる。

「み、みなさん親切で……。僕が至らないから、熱心に指導してくれようとしてたんです。その厚意が嬉しくてつい……」

「バン！」と机が叩かれた。

ヤンは膝の上で身体を縮こまらせると、視界の端で書類が握り潰されている。レックスは本気で怒っているようだ。

「す、すみませんっ！　僕、こんなだから強くなりたくて！　レックス様のお役に立てるようにと……！」

「……自覚がないにも程がある」

低く、唸《うな》るような声が聞き取れず、ヤンはそろそろと彼を見た。途端に牙を剥《む》く猛獣みたいな顔が見えて、慌てて視線を下ろす。

「いいか、金輪際《こんりんざい》――……」

レックスがそう言いかけた時、ドアがノックされた。

このままでは主人の膝に乗る失礼な従者になる。ヤンはそこから降りようとしたが、腰に手を回されていて、できなかった。

慌てるヤンをよそにレックスはいつも通り誰何《すいか》する。どうやらアンセルのようだ。

「レックス～、注文の品できたよ～」

相変わらず朗《ほが》らかに笑いながら入ってきた彼は、膝の上に乗るヤンを見て素《す》っ頓狂《とんきょう》な声を上げた。

「レックス!? ま、まままさか、ついに告白したの!?」

「なんの話だ」

レックスが冷静に答えると、アンセルは「なーんだ」と言って笑う。

告白ってなんのことだろう、と思っていると、レックスに膝から降りるように言われる。ヤンはホッとして膝から降り、立ち上がったレックスはアンセルのそばに行った。

「俺も仕事があるんだから、程々にしてくれよ？」

「……程々にしているが？」

「ああ？　これで？　ひな鳥ちゃんのシュラフといい、ここんところ注文が多いじゃないか」

一体どれだけ作らせるつもりなの、とアンセルが言う。今回も彼が作った何かを持ってきたようだ。小さな袋に入ったものをレックスに渡すと、アンセルはヤンに向かってニコリと笑う。

「あ、そのうち、ひな鳥ちゃんにも作ってあげるからね～」

「え、いえっ、僕は代金を支払えませんので」

従騎士になったとはいえ、まだ二日目だ。衣食住は手に入ったが、ものを買うには相応の金銭が必要なことは、ヤンだって知っている。そんなお金は持ち合わせていない。

するとアンセルは笑みを深くしてこう答える。

「お代はいいよ。俺の気持ちだから」

「必要ない」

恐縮するヤンの代わりに答えたのは、レックスだった。アンセルは頬を膨らませる。

「ちょっとぉ、保護者の意見は聞いてないんだけど？」

「必要ない」

それでも真顔でそう言うレックスに、アンセルは折れた。しかし、どこか楽しげだ。

ヤンは視線を落とす。先日見せてもらったチャームは素敵だったし、シュラフといい、きっとアンセルの手芸の腕はいいのだろう。厚意でくれるならありがたいと思ったのに、どうやらレックスは、ヤンには相応《ふさわ》しくないと思っているようだ。

「あ、……あー……、ひな鳥ちゃん？　そんなに落ち込まないで？」

「すみません……僕はまだ、アンセル様の作る作品に相応《ふさわ》しい騎士ではないようです……」

まだまだ自分は従騎士としてひよっ子なのだ。主人に必要ないと言われるのは、きっと自分の器《うつわ》が足りないから。

そう解釈してヤンが俯《うつむ》くと、なぜかアンセルは肘《ひじ》でレックスの脇腹を突いた。さすがに少し呻《うめ》いたレックスだったが、やはり真顔で何も言わない。ヤンの解釈は正しいのだと、余計に落ち込む。

「……まぁいいや。レックスとひな鳥ちゃんは、もう少しお互いを知ったほうがいい。主従関係には信頼も必要だからね」

「……」

「……っ、ありがとうございますっ」

アンセルの言葉にレックスはやはり無言を貫《つらぬ》いていたが、ヤンはその気遣いに感謝した。レックスといると、自分はここにいてはいけないように感じていたが、やっぱりレックスに認めてもらえるよう、頑張ろうという気になる。

アンセルはそんなヤンの気持ちに気付いているのか、「不器用な主人を持つと大変だね」と言い残して部屋を去っていく。

「……不器用？」

ヤンはレックスを見上げた。しかし彼は何もなかったかのように仕事を再開している。

「……」

この、何もかも完璧に見えるレックスが、不器用？　冷静沈着で、ハリアやアンセルはもちろん、ほかの騎士からの信頼も厚い。婚約者のクリスタからも慕《した》われていて、ヤンからすれば騎士の中の騎士なのに。

「……おい」

「……っ、はいっ」

鋭い視線で睨《にら》まれて、ヤンはレックスのそばに寄った。すると先程と同じように、レックスはヤンを膝の上に乗せる。……どうしてまた膝の上に乗せるのだろう？

ヤンは頭の上にはてなマークを浮かべながら、レックスの執務が終わるのを待った。

それから約二週間後。

ヤンは再びハリアとアンセル、レックスと食事をすることになった。

毎日レックスからテーブルマナーを教わっていたとはいえ、ハリアの前では緊張するし、粗相《そそう》をしたらレックスの名にも傷がつく。失敗できないと思うと、料理の味なんてするわけがない。

「生活は、少しは慣れたかな？」

相変わらずハリアは美しく、彼の強い視線にヤンは縮こまる。

「は、はい……。でも、レックス様にはご迷惑をかけてばかりで……」

「……ふふ。噂は聞いているよ」

畏《おそ》れ多《おお》い、とヤンはますます小さくなる。どんな噂を聞いたのか気になるところだが、それを聞く勇気はヤンにはなかった。

ハリアはそんなヤンの思いに気付いているのか、じっと彼を見つめて口の端を上げる。

「ハリア様、一応、私が主人ですので。何かあれば私に」

ハリアの視線を逸《そ》らしてくれたのは、レックスだ。それを聞いたアンセルがなぜか笑っていたけれど、ヤンは大人しく食事をするので精一杯だった。

「過保護だな」

「もっと言ってもいいと思いますよー？　ハリア様」

ハリアの言葉に乗ったのはアンセルだ。自分が至らないせいで、主人が笑われていると感じたヤンは、慌てて弁解しようとする。

「あ、あの、……僕が至らないから、レックス様は心配してくださっているのです。早く一人前になれるよう努力しますので……っ」

「……なるほど。忠実な従者のようだな、レックス」

ハリアはくつくつと笑い、再びヤンを見つめた。

……非常に落ち着かない。大体、なぜこんな非力で平凡な自分を構うのか。レックスの世話だって、ちゃんとしているとは言い難いのに。

「ヤン」

ハリアに呼ばれて視線を上げると、リンゴが飛んでくる。ヤンは慌ててそれを受け取った。手の中に無事収まったリンゴとハリアを見くらべる。彼は満足そうに笑った。

「褒美だ。……さぁ、私はしばらく城を空《あ》ける。レックス、頼んだぞ」

「はい」

そう言って立ち上がったハリア。レックスとアンセルも立ち上がったので、ヤンも立ち上がろうとする。けれど「お前はゆっくりお食べ」とハリアは言い、部屋を出ていった。

身分不相応に気にかけてもらっている自覚はある。でも、それは騎士としてではなく、どちらかというと愛玩物としてだろう。

「どうした？」

レックスがヤンのそばまでやってくる。自分は従騎士として主人を満足させられていない。そう思うと落ち込む。

「……僕はこのままここにいていいのでしょうか……？」

ポツリと出た言葉は、ヤンの本音だ。けれどすぐに、口にしてはいけないことだったと、慌てて否定する。

「あ、いや、今のは違いますっ。忘れてください」

せっかくここまで逃げてきて、住む場所も意味も貰《もら》ったのだ。もう帰る場所はないのに、『家族』やここにいる意味を与えてくれた人たちに、恩を仇《あだ》で返すことはしたくない。

そう思っていると、レックスが深々とお辞儀をした。アンセルがなぜか「あらあら」と笑っている。癖が出たことを口にするのは躊躇《ためら》われて、ヤンは彼を見上げた。

「……お前は勘違いしていないか？」

「え……？」

勘違い。今、確かにレックスはそう言った。もしかして、ちゃんとした従騎士になれると思うこと自体が、勘違いだというのだろうか。だとしたら、自分はこの先どうしたらいいのだろう？

思い上がりも甚《はなは》だしかったらしい。

「す、すみませ……」

「本来の臆病な性格に隠れてはいるが、剣の強さは俺もアンセルも、ハリア様も認めている」

「……え？」

思ってもいない言葉だった。自分はここに来るまで、剣はもちろん、包丁や斧……生活に必要な刃物すら扱ったことがなかったのに。国のトップたちが自分の剣を認めている？　まさか。

「僕……ここにいていいんですか？」

「むしろここに留めておくために、ハリア様はお前を俺にあてがったわけだが？」

「ま、最初にひな鳥ちゃんの隠れた実力を見つけたのは、俺だけどね～」

アンセルが茶化すように言った。それをレックスも否定しない。

それでも、ヤンには自分に剣の実力があるとは思えなかった。

「ひな鳥ちゃん」

アンセルが優しい声でヤンを呼ぶ。見ると、彼は声色通りに目を細めて笑っていた。

「聞いたけど、騎士団長の剣を受け止められるのは、俺とハリア様くらいだよ？　しかも剣を握ったことがなかった君だ。これがすごいことじゃないなら、なんと言えばいい？」

本当の本当に、自分の腕が認められてここにいるのか。

ヤンはそこでやっと自覚した。

無我夢中で蛇《へび》を倒した時の記憶は曖昧《あいまい》だし、自分にそんな力があるとは思えなかった。けれど……

「……あとは騎士としての心得を習得することと、ここでの生活に慣れることだな」

レックスがそう言うと、ヤンの心臓は大きく脈打つ。手足が震えているが、これは恐怖じゃない、感動だ。もしかして、自分は認められていたというのか。

「ただ、……いや、今はやめておこう」

レックスは何かを言いかけたが、口を噤《つぐ》む。

アンセルが片眉を上げたものの、それ以上レックスは何も言わず、食事の再開を促《うなが》した。


とは言え、臆病な性格がすぐにどうこうできるわけではなかった。

相変わらず、ヤンが一人で行動するとすぐに人が寄ってくる。そのたびにレックスの眉間の皺《しわ》が深くなっていくので、ヤンは一人行動を諦《あきら》めた。

その代わり、レックスの身の回りの世話に力を入れよう、と決める。

ところが元々、レックスはなんでも一人でこなしてしまうので、やっぱりヤンの仕事は、一日レックスについて回ることだけだった。

(騎士の心得なら、レックス様を見ていれば何か学べるかも)

そう思ってじっと見ていると、レックスはお辞儀を何度も繰り返すようになってしまう。仕事に支障が出るから、あからさまに見るんじゃないと言われ、今は主人の部屋の掃除をしていた。

寝室は絶対に覗くなと言われているため、それ以外の部屋を掃除する。

ちなみにその部屋を間借りする形で、ヤンは寝泊まりまでしていた。これも普通ならあり得ないことなのだと理解はしている。理解はしているけれど……

「やっぱ、雑魚寝《ざこね》じゃないと落ち着かないんだよなぁ」

ヤンは呟《つぶや》く。アンセルが作ってくれたシュラフは触り心地も良く、身体にピッタリ合っていて使い心地はとてもいい。けれど人の気配が近くにないからか、やっぱり落ち着かない。

レックスは今、クリスタと束の間の逢瀬《おうせ》を楽しんでいる。その間に掃除を任され、レックスが戻るまで部屋から出るな、と言われているのだ。

「……ん？」

床を水拭《みずぶ》きしようとしていたら、レックスの寝室前に何かが落ちているのに気付いた。

拾い上げると、大小様々な大きさのビーズで作られた、花がモチーフの飾りだ。端が紐のループになっており、手軽にどこにでもつけられるものだった。

「……これは、誰のだろう？」

作った人が誰なのかは安易に想像できる。似たようなものを、ヤンはアンセルの髪飾りで見ていたからだ。

では持ち主は、誰だろう？

「レックス様？　……はこんな可愛いの、使わないだろうし……」

それではアンセルかクリスタだろうか。落ちていたのが寝室前だから、出入りするのは……

どちらもおかしいぞ、とヤンは思う。婚約者とはいえ、レックスが婚前にクリスタを寝室に誘うとは考えにくい。そして、アンセルは言わずもがなだ。

これは直接、レックスに落ちていたと言って返したほうがいい、という結論に至る。彼なら確実に持ち主を知っているだろうし、持ち主は失《な》くして困っているかもしれない。

そう思って飾りを騎士服のポケットに入れた。

主人はまだ戻らないだろうか、と窓から外を覗くと、丁度ルーフバルコニーでお茶を楽しむ二人が見える。要塞《ようさい》である城に毎日通うクリスタは、男中心の生活に華を添えている。そう思うのは、レックスの表情が幾分か柔らかく見えたからだ。

するとそこへ、アンセルがやってきた。ここからでは会話は聞こえないけれど、少し話した三人は、とても楽しそうに笑う。

いいな、とヤンは窓から離れた。

自分はレックスに笑顔を向けられるほど、まだ親しくはない。

――自分はまだ、レックスに笑いかけてもらっていない。

そう思ってハッとした。主人に心地よく過ごしてもらうためにいるのに、逆に世話を焼かれてばかりだ。騎士に相応《ふさわ》しくあろうと頑張るほど、全部裏目に出ている気がする。

胸が痛んだ。自分はここにいるしかないのに、騎士に向いていない、と言われている気がする。ヤンは持っていた雑巾を床に落とす。そして黙々と床を水拭《みずぶ》き し始めた。

ここを出ても行くあてがない。また猫に住む場所を襲われ、蛇《へび》に追いかけ回される日々はごめんだ。そうここに留まる理由を改めて確認する。

「……っ!?」

その時、嫌な予感がしてヤンは顔を上げた。肌がザワついて両腕で自分を抱きしめると、何かの気配を感じる。

反射的にヤンはシュラフに包《くる》まり、その気配を探《さぐ》った。

まとわりつくようなそれは間違いなく、ヤンたち『家族』を襲った、ベンガル山猫のものだ。

(まさか、僕を追ってきた?)

奴の性格からして、見つけたおもちゃを簡単に手放すとは思えない。

ヤンは携帯していたダガーを両手でしっかり持ち、気配を殺して奴が去るのを待つ。

それでも、遠くで奴がウロウロしている気配は消えない。

すると、一瞬その気配が爆《は》ぜたように大きくなって、何事もなかったかのようになくなった。

「……っ」

今のはなんだったのだろう?　いずれにせよ、奴がこのあたりにいるのは確かだ。

「――レックス様っ」

しまった、自分の身を守るばかりで、主人の無事を確認していない。そう思ってシュラフから出て、先程覗いた窓から外を見る。

すると彼らは変わらず、談笑しながらお茶をしているではないか。

「僕の……気のせい……?」

元々、臆病なのもあって、気配を察知する能力は高いと自分でも思う。

けれど、自分がこれだけハッキリと感知できたのに、城の中の誰一人として気付かないのはどういうことだろう?

そう思って、ざあっと血の気が引いた。これはまるで、『家族』が襲われる前と同じではないか。

「し、知らせないと……」

同じようなことになってはいけない。そう思って部屋を出る。勝手に外へ出たことは咎められるかもしれないが、そんなことよりも城の人たちの命のほうが大事だ。

「あ、英雄様！」

部屋を出た途端、声をかけられる。見ると、使用人たちがわらわらと集まってきていた。

「噂通り、かわいらしいお方だ」

「ぜひ蛇《へび》を倒した時の武勇伝を聞かせてくださいっ」

「どちらへ行かれるのです？　ご案内しましょう！」

口々に話しかけてくる彼らはたちまちヤンの行く手を阻《はば》み、囲んでしまう。急いでいるのに、と愛想笑いで切り抜けようとしたものの、その内の一人に腰を抱かれ尻を撫《な》でられた。

「ひゃあ！　な、なななな何を!?」

「かわいらしい英雄様に、親愛のご挨拶《あいさつ》ですよ」

「ズルい！　俺も触ってあやかりたいっ」

何をあやかるんだ。慕《した》ってくれるのは嬉しいが、今はそれどころじゃないので先に行かせてほしい。

「す、すみませんっ！　あとで改めてご挨拶《あいさつ》させていただきますから、ひとまずレックス様のところに……！」

「その必要はない」

ヤンがまとわりついてくる人たちを振りほどこうとした時、地の底を這《は》うような声がして全員が固まった。

そこにいたのはやはり、怒気を隠そうともしないレックスだ。

「勝手に部屋を出るなと言ったはずだが？」

「え、いやあの……っ」

ヤンが声を上げると、使用人たちはサッと離れる。自分が言っても離れてくれなかったのに、と少々恨めしく思ったが、それよりも今はレックスへの報告だ。

しかしヤンが口を開くより早く、レックスはヤンの腕を掴んで強く引く。そのままレックスの部屋へ戻され、ソファーへ投げ出された。

「ハッキリ言おう。お前はここに来て男娼まがいのことをするのが目的か？」

「そ……んな、つもりはありません……っ」

思ってもみない発言に、ヤンは思わずレックスを見上げる。彼は分かりやすく怒っていた。部屋を出るなという命令を聞けなかったせいだ。

「そんなつもりはない、か……。それも嘘かもしれない。どう証明する？」

レックスの言葉にヤンは俯《うつむ》く。

命令に何度も背《そむ》いたのは自分だ。それで信じてくれなんて、都合が良すぎることは言えない。

「証明は……できません。ですがこれだけは聞いてくださいっ」

「主人の言うことが聞けない従騎士の言葉など、誰が聞く？」

「猫が……！　ベンガル山猫のアイツがうろついてます！」

「それは近々討伐隊を出すとハリア様が仰《おつしゃ》っただろう」

だめだ、とヤンは唇を噛む。このままでは言うことを信じてもらえない。どうしたら、と思ったその時、何かが乾いた音を立てて床に落ちた。見ると、先程拾った花モチーフの飾りだ。

「あ……」

ヤンがそれを拾おうとするより早く、レックスが勢い良くそれを拾い上げる。そしてさらに強い視線でヤンを睨《にら》んだ。

「……どこでこれを拾った？」

「え、あ、あの……っ」

あまりの視線の強さに、ヤンはすっかり竦《すく》んでしまう。

「答えろ。どこで拾った？」

「し、寝室……」

「寝室に入ったのか!?」

ヤンはレックスの迫力に、思うように言葉が出なくなった。フルフルと首を横に振ると、レックスはきちんと答えろ、と金の瞳でヤンを突き刺してくる。

「ド、ドアの前に……落ちてました……っ」

中には入っていません、と震えながら言う。

レックスはそれをポケットにしまった。持ち主を聞こうと思っていたのに今の状況では聞けない。レックスから持ち主へ返してくれることを願う。

「……命令だ。今からお前は俺の書斎から一歩も出るな」

「え……？」

「安心しろ、食事は持ってきてやるし、シュラフも持ち込め。命令に背《そむ》いたことを反省するまで、書斎から出ることは許さん」

それはいわゆる軟禁というやつではないか。そうしたらレックスの世話もできないし、本当に穀《ごく》潰《つぶ》しになってしまう。

「……ああ、ダガーも没収だな」

そう言ったレックスはヤンが拒否するよりも早く、ダガーを取り上げた。そして再び強い力で腕を引き、シュラフと一緒に書斎へ放り投げる。ヤンはどうすることもできずに、大人しく従うしかなかった。

——信じてもらえなかった。

その事実が胸を重くし、目尻を濡らす。

言葉遣い以外のマナーは知らずチグハグ、男娼まがい……レックスはヤンの出自に気付いたのだろうか。それなら信じてもらえないのも頷《うなず》けるし、城にいて甘い汁を吸うのが目的と思われても仕方がない。いずれにせよ、レックスを怒らせたのは間違いなかった。

ここに来て、やっぱり自分には騎士は向いていなかったと自覚させられている。虹《にじ》の橋を渡った

『家族』の仇《かたき》を討つこともできず、それどころか、今は剣さえ持てない。

「レンシス様……っ」

ヤンは声を上げて泣いた。思えば『家族』と別れてから、ちゃんと彼らを想って泣く機会がなかった。それが申し訳なくてまた泣けてくる。

彼らはヤンに人の温かさと優しさを教えてくれた。決して裕福な暮らしではなかったけれど、ヤンが素直に育つほどには、情を傾けてくれていた。

そんな人たちを遊び半分で傷付けたのが、あのベンガル山猫だ。

ひとしきり泣いて冷静になった頭で思うのは、やっぱりアイツを許せない、という気持ちだ。

幾分か気持ちがスッキリしたヤンは顔を上げる。あたりを見回すと書斎は小さく、ヤンにとっては心地よい広さだった。壁掛け式折りたたみテーブルがあったのでそれを広げる。下に丁度いい隠れ場所ができたので、そこにシュラフを持ち込んで入った。

書斎の名の通り、本しかない空間。あたりはしんとしていて怖くなる。気分を紛《まぎ》らわせるために本でも読めれば良かったけれど、ヤンは字を読めなかった。

その時、不意に部屋の外が騒がしくなった。身体を縮こまらせて警戒していると、微《かす》かに声が聞こえる。レックスとアンセルの声だ。

「レックス⁉　何やってんの⁉」

「悪い。でももう限界だ」

疲れたような主人の声に、ヤンはドキリとする。やはり自分が至らないせいで、レックスに無理をさせていたらしい。

「だからって……きみも……ハリア様……だろ？」

「分かってる。けど……なかった」

その後は声を抑《おさ》えたのか、ところどころしか聞こえなくなる。けれどそこでヤンが思ったのは、やっぱり二人は仲がいいんだな、ということだ。たとえそれがヤンの愚痴でも、言えるほど。

――僕には、笑いかけもしないのに。

そう思ってハッとする。

レックスは騎士団長だ。ヤンの主人である彼が自分に笑いかけるなんてこと、するわけないじゃないか。常に模範的であろうとする真面目なレックスが、ただの従者に心を開くわけがない。

ただ、アンセルと二人きりの時は、素が出ているようだ。

いいなぁ、と思う。ヤンには『家族』以外に、心を許せる友達はいなかった。そもそも、『家』の外に出る機会なんて、そうなかったし。

城ではレックスたちに剣の腕を認められて、『家族』では埋められない何かが埋まったような気がしていたのだ。

でもそれは、世間からすればごく当たり前のことで、本当に自分は何も持っていないのだと自覚した。

でも何も持っていないからこそ、ここでやるしかないのだ。家も、家族も、学も身分もない自分が、生きていられる唯一の方法。

やっぱり、自分にはこの道しかない。そんなことを考えながら、ヤンは膝を抱えて眠った。

意外にも、ヤンの軟禁が解かれたのは翌日の朝だった。呼びに来たのはアンセルで、そのままハリアが食事をする場所に連れていかれる。

そこにはレックスもいて、一緒に食事はしていなかったものの、二人とも真剣な顔でヤンを出迎えた。

「おはようヤン。今日の朝食はまだだろう？　そこへ座りなさい」

「えっ、で、でも……」

ハリアの誘いに戸惑《とまど》っていると、アンセルに背中を押される。おずおずと椅子に座った直後に、給仕係が食事を運んできた。

どうしてまた王と二人で食事？

助けを求めるつもりでアンセルを見たが、彼はニッコリ笑うだけ。だめだ、頼れそうにない。

「ヤン、お手柄だったな」

「え？　あ、あの、……なんの話でしょう？」

「昨日、王都の外れに猫が一匹迷い込んだようだ」

ハリアは笑いながら肉を頬張る。ヤンはハッとして、レックスに言ったことがハリアにも伝えられたらしいと気付いた。

「……すまなかった。私はきみの剣の腕は認めても、その正体には少々懐疑的でな」

それでレックスが過剰反応したようだ、とハリアは言う。それもそうか、と納得はしたものの、こうしておもてなしされるということは、疑いが晴れたと思っていいのだろうか。

(まぁ、地下牢とかじゃなかったから、僕の扱いはそれでも破格なんだろうけど……)

「ただ……」

ハリアは食事の手を止めた。急に空気が張り詰めて、その変化にヤンは肩を震わせる。

「従騎士になるにも相応の身分が必要だ。そこで、きみの『元』主人について、語ってもらおうか」

「……っ」

その言葉に、冷や汗をかいた。

もしかして、ハリアはヤンの出自を知っている？　そしてそれをヤンが自ら話すことを条件に、従騎士でいさせてくれるとでもいうのだろうか。

どうしよう。

先日、蛇《へび》に侵入を許した領主はその座を降ろされたと聞く。ヤンが本当のことを話せば、間違いなく『元』主人――領主は処分されるだろう。

「ヤン」

名前を呼ばれてハッと振り返る。初めて名前を呼んでくれたレックスが深々とお辞儀をした。その行為は、本人は癖だと言っていたけれど、真摯《しんし》にヤンと向き合うという約束のように感じて背中を押される。昨日あれだけ発していた彼の怒気は、今はまったくない。

「……分かりました。すべて正直にお話しします」

ヤンが真っ直ぐハリアを見据《みす》えると、彼の瞳の奥に鈍い光が宿った。それに怯《ひる》みそうになりながらも、ヤンは膝の上で拳を握り、震える声を出す。

「僕がいたのは……ビシュという村でした。小さな村で、皆家族のように仲が良かったです」

「……地図にはない村だな」

ハリアがさらに眼光を鋭くする。

それもそうだ、国に隠れて存在していたその村は、ある目的のために作られたのだから。

「南の……領主はククル様という方です」

ヤンがそう言うと「待って」と声を上げたのはアンセルだ。

「馬で行っても五日はかかる場所だよね？　ひな鳥ちゃん、俺と会った時は別の場所に身一つで……」

信じられない、とでも言いそうなアンセルの顔がある。

それもそうだろう、本当にヤンはそこから身一つで逃げてきたのだから。無事だったのは奇跡だ。

「はい、僕はそこから逃げてきました。最初はベンガル山猫のナイルに村を襲われ、途中から蛇《へび》に追われたのです」

なんてことだ、とアンセルは天井を仰《あお》ぐ。しかし同情的に見えるのは彼だけで、ハリアとレックスは冷静な顔でヤンを見ていた。

「それで？　なぜ猫に襲われた？」

アンセルは痛ましそうに見ているが、これではヤンの出自を話したことにはならない。

先を促《うなが》すハリアはどこまで知っているのだろう、とヤンは怖くなった。

全部知っていて、敢《あ》えてヤンの口から言わせようとしているのなら、ハリアは自分の心を試している。やっぱり言えないと拒否すれば、容赦《ようしゃ》なく切り捨てられるだろう。その冷酷さが恐ろしい。

「その村を、ハリア様がご存じないのも無理はありません。そこは秘密裏に人身売買……それに売春も行われていたのですから」

「なんだって⁉」

またしても、アンセルが声を上げた。彼は分かりやすくヤンに駆け寄りたそうな様子だったが、ハリアに視線で止められる。

「僕はそこに売り物としていました。なんでも、僕は希少種なので売ったら高値がつくと……村の管理をしていたレンシス様が口癖のように言っていたのを覚えてます」

「……もういい！」

その言葉と共に、ヤンは駆け寄ってきたアンセルに抱きしめられた。

「こんなこと、本人に語らせてどうするっていうんです⁉　どうせ裏で調べていたんですよね⁉」

彼は本気で同情してくれている。けれどなぜかヤンの心は静かなままだった。目の前のハリアには恐怖を覚えてはいるものの、きちんと伝えたら大丈夫だ、とそう確信している。

なぜだろう、と思った。そしてすぐに、レックスが黙って見守っていてくれるからだと気付く。

大丈夫。この人は自分が卑《いや》しい身分でも、変に同情したり差別をしたりしない。そう信じられる。

なぜならレックスはずっと、ヤンを一人の成鳥として、見ていてくれたのだから。

「アイツ……ナイルは希少種である僕を狙ってます。相応の資産がないと買えないと突っぱねられて、逆上して村を全滅させました」

「……ひな鳥ちゃん……っ」

ぐず、とアンセルが洟《はな》をすする。

「だから僕には身分がありません。相応《ふさわ》しい貴族の出でもなんでもないんです」

レックスの、ヤンはチグハグに見えるという発言は当たっている。ヤンを買えるほどの金を持った者は貴族、それも相当な身分の高い人だ。だから言葉遣いだけはレンシスから教わった。

でも、今となってはレンシスが、本当にヤンを村外へ売る気でいたのかは疑問だ。

「ククル様にはあまりお会いしたことはありませんが……レンシス様にはとてもよくしていただきました」

これは事実だった。彼は身寄りがないヤンに衣食住を与え、仕事もくれた。生き長らえられたのは、まぎれもなくレンシスのおかげだ。

「とてもよく、ねぇ……」

ハリアの目が細められる。それは決していい感情ではなく、ここにいないククルやレンシスを射殺そうと睨《にら》む目だ。

慌ててヤンは弁解する。

「身寄りのない者にとって、ビシュは生きるための最後の砦《とりで》だったんですっ。衣食住と仕事があるだけでも……」

「もういい」

ハリアは短く言うと、席を立った。ヤンに抱きついていたアンセルは、「とりあえず、ちゃんとご飯食べてね」とだけ言って、そのあとを追いかけていく。

「僕やククル様は、処分されるのでしょうか……？」

ヤンがポツリと呟《つぶや》くと、レックスが「どうだか」とため息混じりに零す。表に言えないことをしていた領主は、今後、平和に暮らせはしないだろう。

ヤンは視線を落とす。

「僕のこと……引きましたか？」

せっかくここまで面倒を見てもらったのに、騎士団長の従騎士になるのもおこがましい身分だったと聞いて、レックスはどう思っただろう。貴族であれば、身についているはずの知識や教養も皆《かい》無《む》だったから、多少は気付いていたかもしれないけれど。

「……とりあえず食事だ。終わる頃にまた戻る」

ヤンの質問には答えず、レックスも部屋をあとにした。

豪華な食事はやっぱり自分には勿体《もったい》なくて、ヤンは手づかみで一口食べて、終わりにした。

全部知られてしまった以上、ここにはいられない。

ヤンとしては、騎士団の下《した》っ端《ぱ》にでも入って、最低限の生活さえできればよかったのだ。それが身分不相応に騎士団長の従騎士になってしまったせいで、予定がくるった。

それでも、頑張ればレックスの役に立てると思っていたが、やることなすこと裏目に出るし、むしろ面倒をかけてばかりでお荷物になっている。それに、騎士団長お付きの従者が、卑《いや》しい身分なのは彼への印象を悪くするだろう。それは避けたい。

「やっぱ、黙っていることは難しかった、な……」

これで『家族』の仇《かたき》を討つこともできず、安全な生活もなくなるわけだ。また蛇《へび》みたいな奴に追いかけ回されたら、今度は生きていられるか、分からない。

どうせなら、少しは役に立ってから去りたかった。そう思って席を立ち、部屋を出ようとする。

「ぅわあ！」

ところが、ドアから顔を出した途端、レックスが目の前に立っていた。驚いて声を上げると、彼はヤンを見下ろし、次いで部屋の中を一瞥《いちべつ》して眉間に皺《しわ》を寄せる。

「食事を済ませろと言ったはずだが？」

「え、いや、でも……」

食べる気分ではないから部屋から出ようとしたのに、とヤンは視線を落とす。レックスは昨日と同じくヤンの腕を掴んで部屋に引き戻した。

「こんな細い腕をして……ダガーを充分に扱える筋肉があるとは思えん」

レックスは低く唸《うな》るように言いながら、ヤンを再び椅子に座らせる。そしてその頬を両手で摘《つま》んだ。

「それになんだ、その顔は。とても蛇《へび》を倒した英雄とは思えないほど情けない顔だ」

これでは皆に囲まれて当然だろう、とレックスは続ける。

頬が痛くてヤンが顔を顰《しか》めると、レックスは次に太ももを掴んできた。

「ひゃあ！」

「持久力も瞬発力もなさそうな足だな。いいか、食事は生活の基本だ。お前が痩《や》せていると、主人である俺の能力が疑われる」

そう言って、揉《も》み始《はじ》める。ムズムズするくすぐったさがヤンを襲い、堪《たま》らず「分かりましたからぁ！」と情けない声を上げる。

するとレックスはヤンの顔を見て、中腰の体勢のまま頭を下げた。

不思議なことに、それはいつもの癖のお辞儀だと理解してもなお、「そのままの自分でいい」という意味が含まれている気がした。

（いや、レックス様の言葉は正反対なんだけど……）

なんだか慰《なぐさ》められたような気がする。どう考えたって身分不相応なのに、ここにいていい、と言われた気がしたのだ。

じわり、と視界が揺れた。嬉しくて泣きそうなのを堪《こら》えていると、レックスは素早くヤンの隣に椅子を持ってきて座る。

「とりあえず食え」

そして丁寧にナイフとフォークで肉を切り、口元に差し出した。

レックスは立派な騎士団長。こんなことをさせるわけにはいかない。

ところが、フォークを受け取ろうとしたヤンの手は、なぜか宙を掻《か》く。どうして、と彼を見ると、食え、とまた肉を差し出してきた。

「口を開けろと言っているんだ」

そんなこと、一言も言っていなかった。そう思いながら、ヤンは口を開く。そっと肉を差し入れられたのを、素直に食べた。

すると、「大声も出せなそうな小さな口だな」と言われる。お辞儀付きで。

「あ、あの、レックス様。自分で食べますから……」

さすがに二口目以降は申し訳なくて断ると、金の瞳で睨《にら》まれた。これは、自分がきちんと食べるまで許してくれないつもりかな、とヤンは彼に甘え続ける。

「そんなに大きな目をしていたら、敵にすぐ見つかりそうだ」

二口目を貰《もら》った後、レックスが呟《つぶや》く。やっぱりお辞儀付きだ。

これまで幾度となく癖が止まらない場面があったけれど、今回は話すごとに頭を下げている。ヤンは心配になった。

「あ、の、……レックス様。大丈夫ですか？」

「何がだ」

「その、癖……いつもより酷《ひど》い気がするんですが……」

するとレックスは、眉間に皺《しわ》を寄せヤンを睨《にら》む。ヤンは思わず「ひぇ……っ」と身を引く。

レックスはまたお辞儀をした。

「気にするなと言ったろう」

「そ、それはそうですけど！　何か重篤《じゅうとく》な病気……とかじゃないですよねっ？」

レックスが世話を焼いてくれるという厚意はありがたいが、病気を押してまですることじゃない。

「心配なんです」

そう言ったヤンを、レックスは思い切り睨《にら》んだ。

「……っ」

「……安心しろ、健康そのものだ」

そう言って彼はやはりお辞儀をする。言動がチグハグすぎて、本音が分からない。どれが本当のことなのだろう、とヤンが考えていると、また肉を差し出される。

「お前は、唇だけは健康そうだな」

肉を頬張ろうとした瞬間、レックスがそう呟《つぶや》いた。

なぜかヤンの心臓は跳ね上がり、動きが止まる。

（え、なんで僕、緊張して……）

似たようなことはハリアにもされたことがある。冷たい瞳でじっと見つめられ、食べ物を与えられるというシチュエーションは同じなのに、どうしてこうも脈拍がうるさいのだろう。

ヤンは戸惑《とまど》いを隠せないまま、レックスが差し出す肉を咀嚼《そしゃく》した。


結局、ヤンは何も咎《とが》められなかった。

それからも、一日の仕事を普段通りにこなす。

アンセルはハリアが強引に話を切り上げたことについて、こう語った。

「お気に入りの部下が酷《ひど》い扱いをされてたって分かって、頭にきたらしいよ」

お気に入りの部下の部分はかろうじて一ミリくらいなら理解できるが、酷《ひど》い扱いというのは分からない。平和に、穏やかに過ごしていただけだとヤンは反論したのに、それを聞いたアンセルは、悲しそうに笑っただけだった。

そんなわけで、ヤンは変わらず従騎士として過ごすことになる。

けれど、緊張の連続で疲れてしまった。

なぜなら執務室ではレックスの膝の上に座らされるし、訓練で彼と身体が少しでも触れると必要以上に反応してしまうからだ。

行動自体は今までと同じなのに、ヤンが警戒しすぎている。

一体自分の身に何が起きたのだろう？　体調もなんだかおかしい。

そのせいか、シュラフに入った頃にはすっかり息が上がり、身体が熱くて仕方がなかった。

ヤンはシュラフの中で小さく丸まる。

身体が嫌というほど敏感になって、服やシュラフが擦れるのも耐え難い。もしかしてこれは、と思うところがあるものの、そんなはずは、と考え直す。

(だって……今までこんなふうになること、なかったのに……！)

こんなに身体が疼《うず》くのも初めてだ。なんとかして収めようとしているのに、意識すればするほど、身体の中心が熱を帯《お》びていくのが分かる。

どうしよう、とヤンは迷った。

今までそういう仕事をしてきたため、相手に触れることはあっても、自分は二の次であるのがほとんどだ。それに、蛇《へび》からの逃亡生活でそういう処理もご無沙汰《ぶさた》だった。どうして急に、と思わなくもないけれど、欲に素直に従うわけにはいかない。

なぜならここはレックスの部屋で、隣の寝室では彼が寝ているのだ。こんなところで致せば、バレるリスクが高い。

そしてバレたその時には、彼は冷たい目でヤンを見て、こう言うに違いない。

『騎士たるもの、己の欲望に負けるとは』と。

(でも……)

ヤンは丸まった体勢で手を下半身に持っていく。

——少しなら。静かにすればできるのでは？

そんな考えがよぎり、服の上から先端をそっと撫《な》でてみる。

「……っ」

途端に痺《しび》れるような快感が生まれ、声を上げそうになって慌てて唇を噛む。

だが、張り詰めすぎて痛みを感じ始め、宥《なだ》めるようにもう一度先端を撫《な》でた。硬く膨《ふく》れたそこから、じわりと何かが滲《にじ》み出《で》る。

「ん……っ」

もう片方の手で口を押さえ、ヤンは先端を撫《な》で続《つづ》けた。モゾモゾと足が落ち着きなく動き、やがて滲《にじ》み出《で》た愛液が服に染みを作る。

「は……」

ここまで来たらもう我慢できない。声さえ上げなければ大丈夫、と下穿《したば》きの中に手を忍ばせる。その中は体温で熱くなっていて、張り詰めた怒張がトロトロと先走りを流していた。裏筋を撫《な》でると、ひくと腰が動き口から甘い吐息が出る。久しぶりに触れるそこは、かなり敏感になっているようだ。

その時、レックスの寝室から物音がした。驚いて肩を震わせたヤンはその体勢のまま固まり、耳をすまして物音を探《さぐ》る。

まさか、気付かれた？

ヤンの心臓が嫌な意味で大きく脈打つ。

キィ、と小さな音を立てて寝室のドアが開く。ヤンは慌てて目を閉じ、寝ているふりをした。けれど、上がってしまった息は誤魔化せない。

「……どうした、具合が悪いのか？」

レックスがそばまで来て、しゃがんで様子を見てくる。ヤンは目を閉じたまま、お腹《なか》が痛いんです、と嘘をついた。

やっぱりバレた、なんとかして誤魔化さないと。

「お腹《なか》？　……見せてみろ」

「えっ？　いや、このまま横になっていれば大丈夫ですからっ」

ヤンは慌てる。シュラフで隠れているからいいものの、レックスに見せたら確実にバレてしまう。

実はムラムラしていたんです、なんて知られたら、今度こそ引かれるだろう。

「昼間から少し様子がおかしいと思ってたが……従者の体調を管理するのも主人の仕事だ」

見せてみろ、とレックスがシュラフに手をかけた。ヤンはシュラフを掴んでイヤイヤと首を横に振る。

「いいから放っておいてくださいっ、そのうち収まりますから！」

「そう言って、重篤《じゅうとく》な病気だったらどうする」

「あ……っ」

本気で心配しているのか、レックスはシュラフを強引に取った。ヤンは身体を丸めてお腹《なか》を押さえるふりをし、これ以上見せろと言われませんように、と願うしかない。

「お腹《なか》の、どのあたりだ？　安心しろ、多少の医学的知識はある」

そんなこと知っていても今は役に立たないです、と言いたかった。痛いのは腹じゃなくて勃《た》ちすぎた性器だし、見せてもどうにかできるものじゃない。

「いや、……だから、大丈夫ですって……」

「……呼吸が乱れて汗もかいている。普通じゃないのは確実じゃないか」

折り曲げたヤンの身体の隙間に、レックスの手が強引に入ってきた。

「う……っ！」

ヤンの身体は堪《こら》え性《しょう》がなく、レックスのその手に大きく震えてしまう。

もしかして今の反応で気付かれたかも。そう思ったら恥ずかしくて、ヤンはシュラフを頭から被りたくなる。

「ヤン」

短く、レックスが名前を呼ぶ。不覚にもその声にゾクリとしてしまい、ヤンは呻《うめ》く。

その声で名前を呼ばないでほしい。自分がレックスに認められて、さらに信頼されていると勘違いしてしまいそうだから。

自分は頼りなくて、鈍くて、従騎士としては役に立たない元男娼なのに。

「お、お願いですから……寝ていれば治りますので……っ」

「……人の心配はするくせに、自分は心配されたら拒否するのか」

「……っ」

レックスの言葉に、ヤンはドキリとした。

——だって、仕方がないじゃないか。体調が悪いと知られたら、仕事がなくなるんだから。

そう思って「あれ？」と気付く。

今、目の前にいるのはレンシスではなくレックスだ。しかも体調不良ではなく、ただ身体が興奮しているだけなのに、どうしてそんな考えが浮かんだのだろう。

「……出逢った頃はかなり痩《や》せていたが、ここのところ食べる量も増えてきていた。順調に回復していると思って油断したな……」

「え……」

ヤンの反応に、レックスは短くため息をついた。

思えば、どれだけヤンが鈍くても、無知でも、レックスは注意をすることはあれど、後できちんと教えてくれていた。もしかして、ヤンの正体に確証はなくても勘づいていたのかもしれない。自分の鈍さが恥ずかしくなる。

でも、今のこれとそれは無関係だ。もう慰《なぐさ》めるのは諦《あきら》め、収まるのを待つしかないと思い始めた頃、レックスが急に実力行使に出る。

「ちょ……っ！　レックス様っ」

ヤンの細い身体は、レックスの逞《たくま》しい腕の前では無力だ。どこが痛い、と腹を探《さぐ》られる。

ヤンは上衣の裾を引っ張って下半身を隠した。

「やっ、……だから、大丈夫ですって！」

「……もっと下か？」

手でレックスの手を払ったのに際どいところを撫《な》でられ、身体がビクつく。途端にレックスの手が止まった。

これはバレてしまったか、とヤンは泣きそうになる。

「……ああ、ここが腫《は》れているのか。処理しよう」

しかしレックスは意外にも冷静な顔で、そこを撫《な》でた。過剰に反応したヤンは細く悲鳴を上げて口を塞《ふさ》ぐ。するとレックスはヤンの身体を一度抱き上げ、ソファーの上に座らせた。そしてヤンの足の間に膝をつく。

一体、彼は何をしようというのだろうか。

「あ、あの、レックス様……ほんとに、しばらくすれば収まりますから……っ」

レックスに咎《とが》められなかったことが意外すぎて、ヤンは少しの間、呆然とする。だから、処理しようという彼の言葉もスルーしてしまい、自分の下穿《したば》きが寛《くつろ》げられるのを眺めてしまう。ハッとして再び止めに入るものの、レックスはヤンのはち切れそうな怒張を取り出した。

「確かに痛そうだな」

「あっ？　……うそ……っ」

しかも、なんの躊躇《ためら》いもなくそれを口に含む。

ヤンはその口内の熱さに、意識が一瞬、飛びそうになった。なんとか堪《こら》えてレックスの髪を掴み、離そうとする。なのに、彼はヤンを咥《くわ》えたまま一瞥《いちべつ》しただけだ。

唇と舌で丁寧に裏筋を撫《な》でられ、掠《かす》れた高い声が上がる。

「レ、レックス様っ……やめ……っ！」

ゾクゾクゾク、と背筋に何かが走った。続いて先端からとろとろと先走りが溢《あふ》れるのを感じて、ヤンは恥ずかしさで涙目になる。

こんなこと、自分がすることはあっても、されたことはなかった。客の満足が第一で、仕事が終わった後に自分で処理するのがザラだったのに。

ヤンはレックスの口淫《こういん》から逃れようと、片足をソファーに乗せて身体を引こうとする。けれど彼はしっかりとヤンの腰を掴んでいて、すぐに戻された。その力強さと手の大きさを意識してしまい、さらに熱が上がる。

「あ……っ、ふ……、ぅ……！」

どうしても漏れてしまう声がさらに高くなった。下から聞こえる水っぽい音と、溜まっていく熱に耐えられず、ヤンは背中を反《そ》らす。

（熱い……っ）

下半身の熱と、レックスの口内の熱が溶けそうなほど熱い。

すっかり潤《うる》んだ視界でレックスを見ると、ヤンの熱を丁寧に舐《な》め上《あ》げている姿が視界に入った。そのビジュアルの卑猥《ひわい》さに、思考が霞《かす》む。

「レックス様……っ、そんなこと……！」

「出せば収まる。言ったろう、これは処理だ」

頭がクラクラする。

それがレックスの言葉のせいなのか、下半身の爆発の予兆なのか、もはやヤンには区別がつかない。

ソファーの座面に爪を立てると、レックスがヤンを吸い上げながら唇で扱《しご》く。柔らかい唇で敏感な先端を擦られ、ヤンはぐっと息を詰める。

「あっ、あっ！　だめですだめです！」

「出そうか？　いいぞ」

そう言って再びヤンを咥《くわ》えるレックスが、さらに追い立てた。

ヤンは泣きそうな声を上げながら、首を横にブンブンと振る。このままでは本当に出てしまう。レックスの頭を掴んで離そうとしているのに、彼はビクともしない。

「やだ……っ、も、……いくから……っ、出るから離して、くださ……っ！」

ヤンの太ももが震え出す。それを止めようと俯《うつむ》いた口から雫《しずく》が糸を引いて垂れた。もうヤンの中の熱は、今か今かと解放されるのを待っている。

それでも、ほんの少しだけ残った理性が、ヤンを思い留まらせた。

――この行為が処理だなんて言ってほしくない。こんなことをするなら、嘘でも愛していると言ってほしかった。自分は、本当の家族に捨てられた存在なのだから。

ヤンは腰を押さえるレックスの手を掴む。この大きな手が、ヤンを優しく包む熱が、自分だけに向けられたものだったらいいのに――

そう思った瞬間、ヤンの熱が弾けた。掠《かす》れた悲鳴を上げ、飛び出す精の快感によって腰が跳ねる。

「あ……っ、んん……っ！」

ジュル、とレックスがヤンを吸い上げた。キュッと窄《すぼ》まった口内がヤンの残滓《ざんし》を容赦《ようしゃ》なく搾《しぼ》り取《と》り、深い快楽に誘う。

やっと放出が終わり脱力感に襲われた時には、ヤンは指一本動かせないほど疲れてしまった。はーっ、はーっ、と大きく呼吸をしながらレックスを見ると、彼は手の甲で口を拭《ぬぐ》う。

「……腫《は》れはじきに引くだろう」

そう言って、丁寧にヤンの下穿《したば》きを直す。頭がボーッとしていたヤンは、彼の口に出したものの行方《ゆくえ》を考える余裕もなく、されるがままに再びシュラフに入らされた。会話もなく事務的にヤンの身だしなみを整え、「おやすみ」とレックスはお辞儀をして去っていく。

そこに情などないような態度だ。

ヤンは今度は別の意味で汗をかいた。

そして考える。今のはなんだったのだろう、と。

レックスは処理だと言った。ヤンもこれまでの経験から、情などなくてもそういう行為ができるのを知っている。

なのに、どうしてこんなに胸が痛いのだろう？

あの真面目な彼が、感情抜きでこういう行為ができると知りたくなかったから？　それとも、婚約者がいながら、彼女以外とこういう行為をすることが信じられない？

――ヤンに、なんの感情も持たず触れたことがショックだった？

ストン、と落ちてきたのはそんな考えだ。

でもなぜだろう？　自分はレックスに何かしらの感情を持って触れてもらいたかったのだろうか？

でも、それはどんな感情？　今しがた、自分だけに向けられた情があればいいのにと思ったのは、レックスに何かを期待しているからか？

ヤンは物心ついた頃から、あの村にいた。大きくなるにつれて、あそこは身寄りがいない人が行き着く場所だと知る。同じような境遇の『兄弟』に囲まれて、『家族』のように過ごしてきた。

けれど、ずっと心の中に穴が空《あ》いていたような気がする。最近はそれを、レックスが埋めてくれた気がしていたのだ。

自分を『商品』としてではなく、成鳥の『ヤン』として、彼は真摯《しんし》に向き合ってくれた。もちろん、ハリアもアンセルもそうだけれど、レックスは二人とは違うと感じていたのだ。

初めてできた、レンシス以外の主人。

レックスはレンシスとはまったく違う。見た目以外を褒められたのも初めてだ。なかでも手合わせした時に褒められたのは、ヤンにとって特別なことだった。

「とくべつ……」

そう、レックスはヤンにとって特別な人だ。

主人であり師であり、恩人でもある。感謝をしてもしきれないほどの人で、自分より遥《はる》か上の人。だからクリスタが現れた時、特別な人には特別な人がお似合いなのだ、と納得した。

（あれ？）

今の思考からすると、まるで自分がもう少しいい身分だったら釣り合う、とでも言いたげではないか。そんなおこがましい思考に、いつの間になっていたのだろう？

「と、とにかく。僕はまた主人の手を煩《わずら》わせてしまったのだから。それは間違いない事実だから……」

ヤンはそう呟《つぶや》いて、明日また謝らなきゃ、と目を閉じた。

4　ひよっ子、遠征する

その三日後。

討伐隊が組まれ、ヤンたちはベンガル山猫のナイルが現れたという場所へ向かった。

なんでも奴は単身で騎士団の宿舎に侵入したというのだから、怖いもの知らずというか、無謀というか。

ともかくこれで、自分を追ってきたというヤンの予想は半分当たった。村にいた時のヤンへの執着ぶりはかなり強かったから当然だ。

当たったかどうか分からないままの半分は、ナイルは自分の居場所をまだ知らないのでは、という予想。なんせ蛇《へび》に何日も追われたおかげで、町や村にはほとんど寄らなかった。目撃情報や噂がなければ、ナイルも捜しようがない。

そんな事情があるのに、ハリアはヤンを討伐隊の一員にした。レックスやアンセルも一緒なので不安はないが、狙われているのにどうして、と思わなくもない。

「ナイルとやらの顔を、俺たちはあまり知らないからねぇ」

そう言ったのはアンセルだ。それに、かなりの距離があるにもかかわらずナイルの気配を察知したヤンの能力も役に立つだろう、とハリアとレックスが口を揃《そろ》えて言った。

ヤンは隣を歩くレックスを見上げる。

あれからも彼はいつも通りの態度だ。まるで何もなかったように振る舞われ、ヤンは肩を落とす。謝ろうと思っていたのに蒸し返すのは躊躇《ためら》われて、ズルズルとここまできてしまった。

「ねー、そのナイルとやらは夜行性なんでしょ？　昼間見回っても意味ないんじゃない？」

「夜は夜で監視はしている。警戒はしたほうがいいだろう」

「めんどくさい」と嘆《なげ》くアンセルは、欠伸《あくび》を噛み殺している。

「ヤン」

「は、はいっ」

レックスに突然名前を呼ばれ、ヤンは声がひっくり返った。しかしレックスは前を見たまま、こちらを見ない。

「ナイルとは、どんな奴だ？」

そう聞かれて、ヤンはもう少し楽しい世間話でもしたいのに、と思う。でも今は任務中、仕事に集中しないと、と正直に答えた。

「明るい茶髪で、見た目から活発で好奇心旺盛《おうせい》な性格が見て取れます。一見人懐こいですが、急に怒り出したり……暴れたら手がつけられません」

実際、ヤンを手に入れられないと分かった際に逆上して、『家族』に手をかけたほどの激しい気性の持ち主だ。その時を思い出して肌がザワつき、拳を握る。すぐにレックスに肩を叩かれた。

「……俺たちもいる」

心強い言葉にヤンがレックスを見上げると、彼は一つお辞儀をした。そして再び歩き出したレックスを、アンセルがニヤニヤと見ている。

「これはますます本気になったかな？」

ひな鳥ちゃん、愛されてるねぇ、と小声で言われ、意味が分からないヤンは首を傾《かし》げた。

本気とは？　愛されてるとは？　どういうことだろう。

「え？　あんなに態度に出てるのに気付いてないの？」

今度はアンセルが首を傾《かし》げる。

ヤンは今までのレックスの態度を振り返った。ヤンが命令に背《そむ》いて怒られたり、すぐ絡まれて怒られたり……それで自覚がないと言われて、執務室にいる時は監視という名目で膝の上に乗せられたり。心配されている自覚はあるものの、それは自分が何もできないせいだ。

「え～？　だって今も『愛してる』って言ってたじゃない」

「ええっ⁉」

思ってもみないアンセルの発言に、ヤンは思わず大声を上げる。案の定、前を行くレックスに睨《にら》まれ、両手で口を塞《ふさ》いだ。

レックスが自分に『愛してる』と言っていた？　そんな言葉、彼から聞いたことは一度もない。

自分が聞き逃したのか？

そう考えていると、アンセルが少し慌てたように、また小声で教えてくれた。

「あれ？　もしかして本当に知らない？　レックスはハシビロコウでしょ？　お辞儀は求愛行動

だって」

「きゅ……っ？」

あまりに驚いて、喉の奥で潰れた声が出る。それから、爆発するのではと思うほど顔が熱くなる。そんなまさか。

ヤンは今までレックスがお辞儀をする場面を幾度となく見てきた。それはもう病気を疑うほど頻繁に。癖だと言われて納得していたのに、それがまさか求愛行動だったとは⁉

そういえば、出逢った頃はなんだか悔しそうにお辞儀をしていた。不本意そうだったのが、最近は堂々としている気がする。そう気付いたのは、ヤンがレックスに怯《おび》えなくなってきたからだ。怖い顔で睨《にら》まれる頻度が、いつの間にか減っている。

「俺や妹が作ったものをプレゼントしてるし、いつひな鳥ちゃんが陥落《かんらく》するのかなって……ひな鳥ちゃん？」

ちゃんと愛されていた。情がなかったわけじゃなく、やっぱり自分に真摯《しんし》に向き合ってくれていたのだと思うと、鼻がツンとする。

「あらあら……。ひな鳥ちゃん、レックスはね、恋愛不器用さんなんだ」

涙ぐむヤンに、アンセルは肩を寄せてさらに声を潜《ひそ》める。

「そういう反応するってことは、ひな鳥ちゃんも満更じゃないんでしょ？」

元々番《つが》いにくいハシビロコウなんだ、彼なりに一生懸命ひな鳥ちゃんの気を引こうとしてるよ、と言われて、ヤンは堪《たま》らず涙を零した。

やっと心の中の欠けた部分を見つけた気がして、はい、と力強く返事をする。

そして自覚したのだ。

自分を見てほしい、情を持って触れてほしいと思ったのは、レックスが好きだからだ、と。

いつの間にか自分の特別になっていたレックス。

自分の身分では到底手が届かないと思っていた彼が、実はずっと求愛行動をしてくれていた。恥ずかしいけど、心の中は満たされて温かい。そしてやっぱり、自分は鈍かったんだと呆れる。

そこで、ぐい、と強く腕を引かれた。見るとレックスが強い視線でアンセルを睨《にら》んでいる。

「……何をしている」

「レックスが不器用だって、教えてあげてたんだよ」

アンセルが両手を上げてヤンから離れた。するとレックスは静かな目でヤンを見下ろす。途端に心臓が躍り出し、ヤンは「いえあのその……」と狼狽《うろた》えるしかない。

どうしよう、また変な態度になってしまった。

「城に帰ったら話がある」

「は、はい……っ」

それを聞いたアンセルはずっとニヤニヤしているが、話の内容がいいこととは限らない。それでもヤンは少し期待してしまった。

ナイルをやっつけて、無事に帰って彼の話が聞けたら、自分の想いも告げてみようと決意する。

しかし、それから三日経っても、五日経っても、ナイルは現れなかった。

ヤンを連れてきたのに、この様子では今後も彼が姿を見せる可能性は低いだろうと判断し、六日目に城に帰ることにする。

「肩透かしだったねぇ」

アンセルが欠伸《あくび》をしながらボヤく。油断は禁物だ、と睨《にら》んだレックスに、「まだ俺を働かせるの？」と唇を尖《とが》らせた。

なんでも、昼間だけでなく、夜中にも近辺を見回っていたというから、レックスのアンセル使いはそこそこ荒い。

「幼馴染《おさななじ》みのよしみで付き合ってるけどさ、そういうとこだよ？　だから友達、俺くらいしかいないじゃないか」

しっかり文句を言いつつも付き合っているアンセルは、人がいいと思う。

けれどレックスはいつもの無表情だ。その様子に、ヤンはつい笑ってしまった。

「お二人とも、仲がいいんですね」

主従とか関係なく付き合える関係は、ヤンにはないものだ。羨《うらや》ましいなと思っていると、レックスが頭を下げた。途端にヤンの身体はカッと熱くなる。

彼のお辞儀が求愛行動だと知った今、どう受け止めていいのか分からない。

狼狽《うろた》えて何も言えずにいるところに、唐突に寒気を感じた。ヤンは素早く身構える。

「みーーっけ！」

次の瞬間には腰を抱かれ、空中に浮いていた。

慌てている様子のレックスとアンセルが急激に小さくなっていくのを見て初めて、自分が攫《さら》われたのだと気付く。

「ちょ……っ！　離して！　……離せ！」

ヤンは担《かつ》がれた。ものすごい勢いで走っているのはやはりナイルだ。軽々と木々を避け、そのまま深い森の中へ入る。

「暴れんな！　気配消してやっとヤンに近付いた、俺様の苦労がなくなる！」

「させるか！」

ナイルがそう叫ぶのと同時に、すぐ近くで声がした。ハッとすると、アンセルが隣にいて「ガチン！」と剣がぶつかる鈍い音がする。

「ひぃぃ……っ」

走りながら剣を交え始めた二人に、ヤンは悲鳴を上げるしかない。下手に暴れたら自分が傷付くかもしれないし、担《かつ》がれた状態では何もできない。

「帰る素振《そぶ》りをすれば現れる……レックスの言う通りだったな！」

アンセルがそう言いつつ、ナイルの足元を剣で薙《な》いだ。それを軽く躱《かわ》したナイルは方向を変える。

このままでは連れ去られてしまう。ナイルはその習性から体力と俊敏性《しゅんびんせい》が高く、長引けばレックスたちが不利になる。それに、目の前に『家族』に手を上げた本人がいて何もしないでいるのは嫌だ。

「離せよ！」

ナイルがアンセルから離れた隙に、ヤンは暴れてその背中を叩く。ダガーはこの体勢では抜けないため、懸命に足をばたつかせてもがいた。

「だーから暴れんなって」

「ナイル！　僕はアンタについていく気はない！」

ヤンは思いつく限りの罵詈雑言《ばりぞうごん》をナイルにぶつける。しかしナイルは気にしたふうもなく、笑いながら走り続けた。

「希少種も台なしな言葉遣いだな。口には気を付けろよ？　俺様が本気になれば、あの雁《ガン》もハシビロコウも、すぐに片付けられるんだぜ？」

ナイルの脅《おど》しに、ヤンは動きを止めた。ナイルならやりかねないし、実際、前科がある。脅《おど》しではなく本当にレックスたちを傷付ける場面を、安易に想像できた。

「レックス様たちまで手にかけたら、許さない!!」

ヤンがそう叫んだ瞬間、剣戟音《けんげきおん》が耳をつんざく。ナイルが大きく身を翻《ひるがえ》して、ヤンは振り落とされそうになった。しかしヤンを落とさないよう堪《こら》えたナイルは、立ち止まることなく走る。

「待て！」

レックスの声がした。安定しない体勢でなんとか顔を上げると、レックスとアンセルが追いかけてきているのが見える。

さすがは騎士団長と副団長。焦《あせ》った様子はなく、冷静にヤンをどう取り返そうかと考えているような表情だ。しかし相手はナイル、ここまで少しもダメージを与えられていない。

——自分も動かないと勝てない、と思った。

「離せ！　……このっ！」

「うわっ。だから暴れんなっ！」

その言葉と同時に、ふくらはぎに激痛が走る。視界が一瞬暗く落ち、ヤンは息を詰めてナイルの背中に爪を立てた。猛烈な痛みに頭がクラクラし、動けなくなる。

「死なねぇから安心しろー。ただ、逆らったらどうなるかは示しとかないとな」

「ひな鳥ちゃん!!」

アンセルの焦《あせ》ったような声が聞こえた。

左足に走った痛みは強く、攣《つ》ったように固まり一ミリも動かせない。脂汗が額《ひたい》から噴き出し、ヤンは歯を食いしばって痛みに耐える。

そこでナイルが立ち止まり、後ろを振り返った。

落ちてきた汗で視界が霞《かす》んではいるが、ヤンの目の前に現れたのは崖だ。ナイルは崖を背にし、ジリジリと後ずさる。

「さあここまでだ。ひな鳥ちゃんを返してもらおう」

アンセルが今までにない低い声で言った。レックスの声はしないが、そばにいるだろう。

(どうしたらいい!?)

正直ここまでナイルがするとは思わなかった。これは完全に敵を見誤ったヤンたちの落ち度だ。——ナイルのヤンへの執着心を見誤った結果だ。

「ナイル……」

霞《かす》みそうになる視界を瞬《まばた》きで堪《た》える。呼びかけられて上機嫌に返事をしたナイルは、ヤンの尻を撫《な》でた。

「おおどうした？　これから俺様の巣に帰って、ヤンを番《つがい》にしてやるぞ。新婚生活楽しみだなっ」

そんなのはごめんだ、と言おうとしたけれど、それを言ったらナイルの恋心を否定することになる。彼を逆上させずにこの場を切り抜けるには、一旦言うことを聞いたほうがいいと判断した。

「そうだね。……そんなわけでレックス様たち、ここは引いてもらえませんか？」

ナイルの肩に担《かつ》がれている体勢では、レックスたちの様子は分からない。けれど、ヤンを傷付けずに気を配りながら、ナイルと戦うのは分が悪いだろう。

だから自分のことは諦《あきら》めてくれ。そう思う。

「やっぱり、卑《いや》しい身分の僕に従騎士は荷が重すぎました。今後はナイルが大事にしてくれると思いますし、レックス様も面倒がなくなるので都合がいいでしょう」

「ひな鳥ちゃん……」

すらすら出てくるのは嘘だ。

本当はレックスのそばにいたい。優しいアンセルともっと話をしたい。二人の顔が見えなくて本当によかったと思う。見えてしまったら、泣けて嘘をつくどころじゃなくなる。

「ヤン……」

ナイルが感動したような声を上げた。「傷付けてごめんな」と続けたが、そもそも番《つがい》にするつもりなら傷付けるなよ、とヤンは感じる。

「というわけで、俺様たちは相思相愛。これ以上邪魔すんな」

そう言うと、ナイルはさらに後ずさりする。

え、とヤンは慌てたが、ここは堪《こら》えてナイルに従う素振《そぶ》りを見せないと。

「まぁ、少し世話になったからな。別れの挨拶《あいさつ》くらいは許してやる」

ナイルは余程嬉しかったのだろう、ウキウキした声音でヤンを促《うなが》した。自分を担《かつ》いだまま降ろしもしないくせに、とナイルの警戒心の高さとズル賢さに、ヤンは腹を立てる。

「レックス様……」

ナイルの背中を見つめたまま、レックスを呼ぶ。あっという間に視界が揺れ、涙が零れ落ちた。

「……必ず迎えに行く」

「……っ」

普段、それほど口数の多くないレックスだが、その分、彼の言葉には重みがあった。騎士団長という立場にいることもあるが、いつだって彼は真っ直ぐ思いを伝えてくれる。

本当はナイルを振り切って今すぐレックスの胸に飛び込みたい。けれど足を怪我している今、それはリスクが高い行動にしかならない。

(……はい……！)

ヤンは心の中で返事をする。再会した時は……その時は、きちんと互いの気持ちを確認しよう。

そう決める。

「………さようなら。……ありがとうございました」

震えた声でヤンが言った直後、ナイルがその場で軽く後ろへ跳躍した。当然、後ろには地面がないので、崖下へ落ちていく。

強烈な浮遊感に気持ちが悪くなりながらも、ヤンはこれでよかったはず、と嗚咽《おえつ》を堪《こら》えるしかなかった。


気が付くと、藁《わら》の上に寝かされていた。頭が痛くて顔を顰《しか》め、目尻がひきつれ顔もカピカピしていることに気付く。

（……そうか、ナイルの言う『愛の巣』に連れてこられたんだっけ……）

ナイルの自宅は山の中にあった。木でできた家はしっかりしていて、ナイルの一人暮らしには丁度いいくらいの大きさだ。視界にはキッチンらしき場所があり、あとは服を入れるためのチェスト、机と椅子が一脚ずつあるだけ。

ヤンはベッド代わりの段差に寝ていた。開けっ放しの窓から上機嫌な鼻歌が聞こえる。

「お？　ヤン、起きたかー？」

勘がいいらしいナイルは窓から中を覗くと、ニカッと笑った。他人に手をかける凶暴ささえなければ、人懐こくて接しやすい猫なのだ。

「……これ薬草。傷口に塗《ぬ》ってやるから」

入り口から入ってきたナイルは、ヤンのそばに寄る。番《つがい》にすると言った通り、ナイルはここに来てからヤンをかいがいしく看病した。ただ、騎士服は似合わないと言って脱がし、ヤンは綺麗だからと裸にさせているけれど。

「ごめんなー。逃げられるって思ったらつい手が出ちまってよ……」

心底申し訳なさそうなナイルが、嘘を言っているようには見えない。だからこそ、彼の凶暴さに寒気がした。自分の欲望、感情が剥《む》き出《だ》しで、そのための手段を選ばないのだ。

ナイルはヤンを起こそうとして、首の後ろに手を入れようとする。けれどヤンは、頭痛のせいで起き上がりたくなく、介助を断った。

「そんなに冷たくしなくてもいいじゃないかー」

「ごめん、本当に頭が痛くて……」

ヤンがそう言うと、ナイルはそっか、と納得したようだ。気持ち程度の上掛けを退《ど》けると、止血のために巻いていた布を解《ほど》いていく。

「ちょっと深く切っちゃったな……でも大丈夫、俺様が治してやるから」

よく言う、とヤンは思う。

しかしナイルは至って真面目だ。ヤンを逃がさないために傷付けておきながら、同じ口で治してやるなんて、その矛盾に恐怖さえ覚える。

ただ、ここでナイルの神経を逆撫《さかな》ですることがあれば、ヤンは容赦《ようしゃ》なく酷《ひど》い目に遭《あ》わされるだろう。しかももっと怖いのが、番《つがい》にすると言ってあれだけ強引に連れてきたのに、怪我が治るまでは手を出さないと宣言したことだ。大事にしたいのかそうじゃないのか真意が分からず、下手に動かないほうがいいと悟る。

「同じ希少種同士、仲良くやろーな？」

その上、ナイルはヤンを同類だと認め、勝手に親近感を覚えていた。ヤンが微笑《ほほえ》みかけると、彼は嬉しそうに笑う。

「そうなんだ……」

「そっ。最近は混血の、なよっちいのが増えてっけど、生粋《きっすい》のベンガル山猫はもう数えるほどしかいない」

なるほど、とヤンは思う。だからといって同情はしないけれど。

こちらの意向を無視して事《こと》を進め、山の中に一人暮らしで他と交流もなさそうなことから、やっぱりナイルの人となり——猫となりが知れる。

ふと、体温が近付き頬ずりされた。

甘え方は猫だなと思うものの、ヤンの心は一切動かない。

……まだだ。怪我が治って自分で動けるまでは、大人しくしていたほうがいい。

ヤンはそう思ってナイルの頭を撫《な》でる。

どうしてこんなに冷静でいられるのだろう。臆病な自分は、以前ならこんな場面でもナイルが近付くことを許さなかった。

そしてすぐにその答えが見つかる。

ナイルをここに留めておけば、レックスたちに危害が及ぶことはない。できるだけここでは穏やかに過ごし、ナイルが油断した隙をつくのが一番いい。そのために、ヤンは覚悟を決めたのだ。

（すぐに迎えに行く）

レックスの言葉が蘇《よみがえ》る。結局あの言葉に返事はしないままだったけれど、ヤンがその言葉に期待していることを、ナイルは知らないはずだ。

「ナイル……どうして僕なの？」

できるだけ甘い声で、ナイルに問いかける。すると彼は顔を上げた。その表情は笑っていて、心底優しさが溢《あふ》れている。

「決まってるだろ、一目惚《ひとめぼ》れだ。ヤンを見た時一瞬で落ちた。この俺様が」

そう言って、ナイルが顔を近付けてくる。ヤンはすかさずその唇に人差し指を当て、彼の動きを止めた。

「怪我が治ってから……でしょ？」

我ながら吐き気がするほど、こういう仕草が身についている。村にいた頃に相手をしていた客だと思えばいい。ヤンは売れっ子だったのだから。

思った通り、分かりやすくナイルは頬を染める。自分の言葉が効いていると確信して、ヤンは自らナイルに腕を回した。

この腕に抱いているのが、レックスだと思えばいいのだ。破裂しそうな胸の痛みも、レックスを想っているからこそだと思えば、耐えられる。

「ヤン……一生大事にする。約束する……！」

「うん……」

ごめんなさい、とヤンは心の中でレックスに謝った。

レックスを裏切るような真似をしているのは重々承知だ。かといって、何も持っていないヤンには、この方法しかない。こうしてナイルの心をこちらに向けておくことしか、できないのだ。

そして、レックスへの恋情が募《つの》ると同時に、どす黒く重たいものが裡《うち》に溜まっていく。『家族』と自分をこんな目に遭《あ》わせた、ナイルを許せない、と。この猫一匹のせいでどれだけの犠牲が出たのか、コイツにそれを分からせないといけない。ただ、まだその時期じゃない。

そう思っていると、ピリッと空気が張り詰めた。それはナイルも気付いたらしく、起き上がって気配を探《さぐ》っている。

まさかこの気配は……。すぐにとは言っていたが、こんなに早く来るとは。

ヤンとしては怪我が治って、逃げるための条件が整ってからがいいと思っていた。けれど、同時に早く会いたいと思っていたのは間違いない。危《あや》うく泣きそうになり、ここで泣いたらナイルからの信用がなくなる、と堪《こら》えた。

「ヤン、ちょっと様子を見てくる。ここにいてくれよ？」

「もちろん。……え？　ちょっとナイル？」

段差から下りて剣を取ってきたナイルは、ヤンの両手足を縄で縛り、上掛けを掛ける。

どうして、とナイルを見ると、彼はヤンのダガーも持って立ち上がった。

「ナ、ナイル……一人にしないで……」

こんな動けない状態で一人にされたら、逃げられない。足の怪我も治っていないため、脱出に時間がかかるだろう。

ナイルはヤンのそばにしゃがんで目線を合わせると、眉尻を下げて頭を撫《な》でてきた。

「ごめんなヤン。俺様はお前を誰にもやりたくないくらい愛してるんだ。ここで大人しくしていてくれ」

「待って……っ、ナイル……！」

ヤンにとっては絶望的とも取れるセリフを吐きながら、ナイルは家を出ていく。しっかりとドアの鍵が閉められる音を聞いて、やっぱりナイルはヤンを心から信用しているわけじゃないと悟る。

「レックス様……っ！」

ヤンは横たわりながら目をつむり、祈ることしかできない。

やはり窮鼠《きゅうそ》猫を噛む、ならぬ窮鳥《きゅうちょう》猫を騙《だま》す作戦は、失敗に終わった。

やはりナイルは警戒心が強かった。あれだけの会話で完全に籠絡《ろうらく》できるとは思わなかったけれど、まだまだ彼の心の表面の皮くらいにしか、入り込めていなかったのだろう。

ヤンは内心唇を噛む。

外は張り詰めた空気のまま、しんとしている。お互い出方を窺《うかが》っている、といったところか。強い気配がないから、レックス一人か、少人数で来たのかもしれない。

ヤンはそこで目を開ける。

「この早さなら、僕と別れてすぐ追いかけてきてくれたのかな……」

――だったら、すごく嬉しい。けど……

そして顔を引き締めた。喜んでいる場合じゃない。外では今にも戦闘が始まろうとしているのだ。

なんとかしてレックスに加勢できないだろうか。

そう思って試しに縛られている両手足を動かしてみた。

――ビクともしない。

縄は解けるどころか、左右の手足をズラすことすらできないほど、きつかった。手はともかく、足は怪我のせいで力が入らないし、こんな状態で置いていったナイルを内心で罵《ののし》る。

その時、遠くで剣がぶつかる音がした。何回か剣戟音《けんげきおん》が続き、そのたびに肌が粟立《あわだ》つほどの殺気を感じてヤンは思わず身を竦《すく》めた。

レックスは無事だろうか？　騎士団長だから強いのは間違いないけれど、ヤンは間近で彼の本気を見たことがない。やっぱり不安だ。

そんなことを思っていたヤンは、気配を察して顔を上げる。同時にものすごい音を立てて出入り口のドアが破壊された。破片が飛んできて、ヤンは顔を背《そむ》ける。

何が起きた、と再びドアのほうを見た。

砂埃《すなぼこり》だろうか、視界が見えづらく、目を凝《こ》らしてドアと反対側の壁に倒れた人を見る。

「ナイル……？」

どうやらナイルは気絶したらしい、ピクリとも動かない。

コツ、と靴が床に当たる音がした。壊れたドアから入ってきたのは、大柄でグレーの髪、金の瞳――

ヤンが会いたかった人だ。

「レックス様……っ！」

ヤンが起き上がろうとすると、気付いたレックスがそばまで来てくれる。時間的にはそんなに離れていなかったけれど、やっと会えた、とヤンは泣きそうになった。

「……無事か？」

「……っ、はいっ！」

レックスは相変わらず無表情で、ヤンの身体を起こし拘束を解いてくれる。その時、上掛けが落ちて裸なのを知った彼は、僅《わず》かに眉根を寄せて、もう一度上掛けをヤンに掛けた。丁寧に巻き付けて端を縛って固定し、服のようにしてくれる。

「あ、あ、ありがとう、ございます……っ」

大きな手にドギマギしていると、レックスは小さくお辞儀をした。

どうしてここで求愛行動？

ヤンは慌てる。

「あ、あの……っ」

「怪我はないか？」

ヤンの身体をまじまじと見ていたレックスは、ヤンの怪我に気が付いた。表情を変えずに包帯の上をそっと撫《な》でられ、思わず身を竦《すく》める。

「すまない」

「い、いえ……」

ナイルに付けられた傷だ、とヤンは気絶しているはずのナイルを見た。

(いない。どこに行った？)

視線を巡らせると、彼はいつの間にか気配を消して、レックスの背後で剣を振り上げている。さあっと血《ち》の気《け》が引いた。

「……っ、レックス様！」

ヤンは叫ぶと同時に、近くに飛んできていた木片を咄嗟《とっさ》に片手で掴む。もう片方の手でレックスを押《お》し退《の》け、全体重をかけてナイルに突進した。

ドスン、と音がした。

木片を握った両手が燃えるように痛い。けれどヤンは、さらにそこからナイルの身体に木片を押し込む。僕が受け入れるのは、お前じゃない、と心の中で叫びながら。

「ヤ、ン……？　嘘だろ……？」

ナイルがよろけたことで、二人とも床に崩れ落ちた。すぐにレックスがナイルを蹴り飛ばし、ヤンから引き離してくれる。ナイルの腹から血が流れ出ているが、動けないのは怪我のせいというよりも、精神的ショックが大きいようだ。彼はただ呆然としている。

「そこまでだ！」

直後にバタバタと騒がしい音を立ててアンセルと数人の騎士が小屋に入ってきた。あっという間にナイルを取り囲み、拘束する。ナイルはその間も大人しく、止血をされて家の外へ連れていかれても抵抗しなかった。

「レックス様、ご無事で良かったです……避けていただいて助かりました」

レックスがナイルに襲われそうになった時、ヤンの力だけでは彼を退《ど》かし切れなかっただろう。レックスがヤンの動きを察して、自分から動いてくれたのが良かった。

しかしレックスは眉間に皺《しわ》を寄せたまま、黙ってヤンを抱き上げる。彼からは不穏な空気が漂《ただよ》っていた。ナイルは捕らえられたのにどうして眉間の皺《しわ》が取れないのだろう、とヤンは慌てる。

「あの、レックス様……？」

ヤンが話しかけてもレックスは返事をしない。

ギュッと手を握ったヤンは、走った痛みでようやく自分の手が真っ赤だということに気付く。素手で木片を持ってナイルに突き刺したのだ、怪我もするだろう。

「あ、レックス。こっちは問題ないよ……って、ひな鳥ちゃん！　怪我してるじゃないか！」

家の外に出ると、アンセルが駆け寄ってくる。馬や荷馬車も来ていた。こんなにすぐに追いついたのはなぜだろう。

「処置が先だ」

「もちろんだよ、レックス。……救護班！」

「いや、俺がやる。人払いを頼む」

レックスの言葉に、アンセルはあからさまに狼狽《うろた》えた。「気が利かなくてごめん！」と離れていくアンセルを、ヤンは他人事のように眺める。

不思議なことに、レックスに抱かれていても、ヤンは安心感しかなかった。彼のしっかりした胸板と腕の力強さがそうさせるのかも、と思うものの、ヤンがいくらレックスを見つめても視線が合わない。それが次第に不安になってくる。

家の裏手にあった切り株の上に下ろされると、救護班らしき人が道具一式を持ってきた。そのまま回れ右をして帰っていく救護班を見送ってから、レックスに「手を見せろ」と言われる。ヤンは素直に見せた。

手には無数の木片が刺さっている。壊れたドアの破片なので、素手で握ること自体危険な行為だった。それをナイルを傷付ける勢いで刺したのだから、当然のことだ。

座ったヤンの正面に、レックスが膝をつく。彼は道具一式からピンセットを取り出し、一つ一つ、木片を取り除いていった。

「奴をどうにかできると思ったのか？」

冷えた声。レックスは怒っているらしい。

それも当然だ。易々《やすやす》と攫《さら》われ怪我を負い、こうして文字通り主人の手を煩《わずら》わせているのだから。

「すみませ……」

「しかも騎士服はどうした？」

木片を丁寧に取りながら、レックスはこちらを見ずに言う。

ああ、また迷惑をかけてしまった、とヤンは肩を落とした。結果的にナイルを大人しくさせたとはいえ、大事になったのは間違いない。

ナイルや蛇《へび》から逃げて逃げて、やっと辿《たど》り着《つ》いたこの居場所は、やっぱりヤンに相応《ふさわ》しい場所ではなかったのだ。ナイルへの報復心だけでは、剣など握ったことがない自分に騎士など勤まるはずもない。それは、当然のこと。

視界が滲《にじ》む。

やっぱりこのまま城を去ろう。住む場所を探すところから始めないとな。

想いが通じ合ったと感じたけれど、これ以上、レックスには……一番大切な人には迷惑をかけたくなかった。

「ご、ご迷惑おかけして……すみません……」

目から涙が落ちる。そっとレックスを見ると、彼は今までで一番、いや、それの比じゃないくらいに眉間の皺《しわ》を深くしてこちらを睨《にら》んでいた。とても攻撃的で、思わず小さく悲鳴を上げる。

レックスが手当てをしていたヤンの手首をギュッと握った。痛くて顔を顰《しか》めると、木片を取りきった手に薬を塗《ぬ》られ、ガーゼを当てられ包帯を巻かれる。それはもう、指が動かせないほど幾重にも。

「レ、レックス様……？」

どうしてこんなに巻くのだろう。主人を見ても、彼は無言で反対の手も手当てを始める。

顰《しか》め面《つら》で何も言わないレックスが怖くて、ヤンは口を開くのを躊躇《ためら》う。お辞儀もないので、余計に何を考えているのか分からない。

（……そうだ、お辞儀もない）

いつもなら、怖くてもお辞儀をされると、それで少し気持ちが和《なご》んでいた。それなのに今は、ヤンの手を睨《にら》みながら手当てをし、無言でいる。

もしかして、今回のことでお辞儀もしたくなくなるほど、呆れられたのだろうか。いや、呆れられるならまだしも、嫌われたのかもしれない。

(それもそうだよな)

自分が動けば面倒事が起き、何をやっても及第点にならず、レックスを怒らせる羽目になっている。今まではそれでも寛大な心で許してくれていたのだろう。

ヤンは彼に感謝をした。

けれど同時に、嫌われたくないという不安がどっと押し寄せてくる。『家族』を亡くし、職を失って、住む場所もなかったヤンに、居場所を与えてくれたレックス。

呆れながらも、仕方がないなと言ってほしい。ヤンの心の穴を、埋めてくれるレックスにそう言ってほしい。

「……っ」

ボロボロと目から水滴が落ちた。ここで泣いたら、レックスはもっと呆れてヤンを嫌うかもしれない。それは嫌なのに、堰《せき》を切ったように涙が止まらない。

「レックス様……っ」

嫌わないで、お願いですから。そうヤンは言葉を紡《つむ》ぐ。

「僕、レックス様が好きなんですっ。おそばにいさせてくださいっ！　城を追い出されたら行くあてがありませんっ。なんでもやりますから……！」

すると、レックスは手当てしていたヤンの手を強い力で握った。ヤンは声を上げて顔を顰《しか》めたが、レックスは手早く薬を塗《ぬ》って包帯を巻く。

「話は帰ってからだと言っただろう。今は任務中だ、忘れたのか？」

そう言ってレックスはそのまま立ち上がって去ってしまった。

「……っ」

確かに今はナイル討伐の仕事中だ。けれど、だからと言って、自分の告白をスルーするとは⁉

ヤンは大きなショックを受ける。

「……う……っ」

さらに涙が溢《あふ》れてきた。

腕でそれを拭《ぬぐ》おうとして、大袈裟《おおげさ》に巻かれた包帯を見る。手も握れないほど太く巻かれた包帯に、なぜかレックスの過保護な優しさを感じ、こんなところで嬉しくなるなんて、とさらに泣く。

思えば、今まで体調が悪くても、レンシスにはやんわり仕事をしろと促《うなが》されてきた。あの村を出たから分かるレンシスの本性に、あれは優しさなんかじゃなかったのだと気付いてしまっていた。

『そうだよね。やればできる子だものね、ヤンは』

そう言って差し伸べられた手を拒否したら……と考えるのが怖くて、従う以外の選択肢は持たなかったあの頃。上手くいけばレンシスは褒めてくれたし、その日の食事は少し豪華になった。

頼るのはこの人しかいない、そう思わせておいて——実際、孤児なのだから行くあてがないのだが——上手くコントロールしていたレンシス。

彼が笑顔で、その日の売上が最下位だった人の食事を下げていたのを思い出す。そして、仲が良かったはずの『兄弟』がどんな顔をしていたのかを。

自分だけ生きているのが申し訳なくなった。あの村の中で、ヤンは間違いなくヒエラルキーの上層部にいた。だからこその待遇だったと、ようやくあの村の異常さに目を向けられたのだ。

「だからハリア様は……」

レンシスはよくしてくれた、とヤンが言った意味を冷静に受け取って、複雑な顔をしたのだ。やはり彼は王に相応《ふさわ》しい炯眼《けいがん》の持ち主だった。そしておそらく、ハリアはヤンを助けるために城に置いた……

「……ごめんなさい……っ」

ヤンは自分のせいで亡くなった『家族』を思って、泣いた。

それから、ヤンたちは無事に城に戻った。

しかし、レックスは相変わらず多くを語らず、それどころか心なしか避けられているように感じ、ヤンは肩を落とす。

そんな雰囲気を察したのか、アンセルは道中、明るく話し続け、どうしてあんなに来るのが早かったのかを説明してくれた。

「レックスは真っ直ぐひな鳥ちゃんを追いかけて、俺らはナイルの住処《すみか》に目星をつけてて、近道を行ったわけ」

ヤンはなるほど、と思いかけたものの、荷馬車はあの崖を迂回《うかい》する以外、方法はないよな、と思い直す。それに、ナイルの住処《すみか》も目星をつけていたとは、どういうことだろう？

「俺らは渡り鳥だし、親戚はそこら中にいるからね」

つまり、あちこち旅をする中で得た土地勘と、身内の情報網が役に立ったということだ。実はアンセルが、ハリア王国騎士団の頭脳だということを、ヤンはこの話で初めて知った。失礼ながら、騎士団副団長は名ばかりではないのだな、と。

それに比べ、自分は本当に何もできやしない。

今になって、ナイルへの復讐が本当に『家族』のためになったのかと考えてしまい、そもそも自分は城にいなくてもいいのでは、と思い始めている。

ヤンたちが城に帰り着くと同時に、ヤンの手柄は瞬《また》く間に広がった。蛇《へび》だけじゃなく猫も倒したとあって、かわいらしいだけじゃない素晴らしいヤンバルクイナだと叫ばれる。

喜ばしいことなのに、ヤンは引きつった笑いしかできない。

「さすがだね、私が見込んだだけのことはある」

「……恐縮です」

帰還して早々、ヤンたちは謁見の間に呼ばれた。

ヤンは怪我をしているので、ある程度回復してからとレックスはゴネたが、ハリアが「レックスが抱いてくれればいいだろう」と笑ってヤンを狼狽《ろうばい》させたやりとりの後だ。

（それで、本当に抱っこされたまま謁見しちゃってるけど……）

どうしよう、気分が上がらないのにさらに落ち着かない。しかも周りの目を気にしているのは自分だけに見える。

ヤンはあたりを見回した。正式な場とあって大勢の人がいるけれど、誰もヤンがレックスにお姫様抱っこをされていることに異を唱えない。アンセルに至っては、目が合うとニコリと微笑《ほほえ》まれた。……とても気まずい。

「優秀な従騎士にはそれなりの報酬をやらねばな」

「えっ？　あ、ありがとう、ございます……」

なんとかハリアにお辞儀をしたいのに、抱き上げられたままではやりにくい。不敬だと言われやしないかと不安だったが、ハリアは綺麗な笑みを浮かべる。

「皆《みな》よく聞け。私はヤンを正式な騎士として迎え入れる。階級は団長補佐だ。叙任式はヤンの怪我が治り次第、日取りを決める」

ハリアのよく通る声が、謁見の間に響いた。ヤンは「嘘でしょ……」と呟《つぶや》くが、レックスは忠実に王の命令を聞いているのか、無言でヤンを抱いているだけだ。

「あ、あのっ。それって……」

城を出ようと考えていたのに、こんなことをされては決心が揺らぐ。――まだ、変わらずレックスのそばにいられる、なんて思ってしまう。

けれど、そんな階級があったなんて知らなかった。

「私が今創った階級だ。そのほうが都合がいいだろう」

「え……」

「今までは騎士見習いとしてレックスに仕えてもらったが、今後はレックスと共に騎士団を管理してほしい」

話はおしまいだ、下がれ、と言われて、ヤン――もといレックスは回れ右をして謁見の間を出ていく。

（え？　……え？　どういうこと？）

「よかったね、ひな鳥ちゃん、大出世だよ」

ヤンが混乱していると、アンセルがにこやかについてきた。レックスはやはり無言で、ヤンを抱きかかえて進む。

「で、でも僕……」

「今まで通りレックスに仕えていいって、ハリア様のお墨付きが貰《もら》えたんだ、さすがじゃないか」

アンセルは上機嫌に言う。レックスが話さないから、気を遣ってくれているのだろう。

ヤンは考える。今まで通りということは、またレックスの世話をするということ。騎士になるのに、従者のままの仕事でいいのだろうか。

そこでハッとして、ヤンは自分を降ろすように言う。けれどレックスは、聞いていない振りで抱き上げたまま廊下を進んでいく。

「レックス様！　ゆっくりなら歩けます！　主人に従者を抱きかかえて歩かせるなんて……！」

「ひな鳥ちゃん、怪我が治ってないでしょー？」

どうにか降りようと足をばたつかせると、レックスの腕に力が込められた。もうハリアの御前じゃないからいいのに、と抵抗するが、ヤンの力じゃ敵うはずがない。

膝の上に座らされるようになってから、この程度の接触は幾度もあったはず。けれど前は戸惑《とまど》いのほうが大きかったたし、あれはヤンの監視という名目だ。先日勢いで告白してしまってから、落ち着かなくてソワソワする。

あまりにも心臓が大きく脈打つので、レックスにバレやしないかと心配でもあった。もちろん、こんなふうになるのは初めてだ。客に同じことをされた時は、相手の顔をじっと見上げるくらいのことはできていた。なのに、今は服越しに肌が当たっているだけでも、逃げたくなるほど心が騒ぎ出すのだ。

「……城に帰ったら話があると言った」

「だ、だからって、今さっき着いたばかりで……」

「後始末はアンセルに任せてある」

「はいはい、任されてますよー」

「そんな」と言いながら、「アンセル様ごめんなさい」とヤンは心の中で謝った。しばらくぶりにレックスと話をしたと喜んだものの、これは職権乱用なのでは、と内心で反発もする。

しかしアンセルはニコニコと微笑《ほほえ》んでいるだけなので、多分、おそらく、十中八九、話を通してあるのだろう。そこまでして、レックスはヤンに何を話すつもりなのだろうか。

不安と緊張で、やっぱり逃げ出したくなる。

（いや、僕もレックス様に想いを伝えたいと思ってたけど……！）

レックスに抱きかかえられているのもそうだが、すれ違う人々に今回の手柄を称えられること自体、臆病なヤンにとってはシュラフに潜《もぐ》り込《こ》みたくなるほど落ち着かない状況なのだ。

「あ、あの……、ナイルはどうなるんでしょうか……？」

後始末と聞いて思い出したヤンは、ナイルについて聞いてみる。

するとレックスはヤンを見下ろした。そこにはなんの感情もなく、彼はすぐに視線を前に戻す。

「ハリア様は処分する、と言っていたよ」

「……っ」

アンセルの言葉にまさか、とヤンが息を呑む。レックスは目を伏せ、当然だ、と呟《つぶや》く。

「大勢の国民を手に掛けた上に、宿舎などへ攻撃、強奪していたからな。俺も処分したほうがいいと進言した」

「……そうですか……」

なんにせよ、ヤンはあの時文字通り、一矢報《いっしむく》いることができた。肉体的にも精神的にも深手を負ったようだったナイルの、呆然とした顔を思い出すと、溜飲《りゅういん》が下がる。甘いかもしれないけれど、元々戦闘を好まない自分にしては上出来だと思った。

レックスの部屋の前でアンセルと別れ、彼はヤンを一度、ソファーの上に座らせた。そして騎士服のジャケットを脱ぎ、ソファーの背凭《せもた》れに掛ける。

「あ、あの、……レックス様？」

「どこまで触らせた？」

すり、と頬を撫《な》でられ、ヤンが座る正面に彼はしゃがんだ。その目は鋭く、ヤンは竦《すく》みあがる。けれど、触れられる手はこれ以上なく優しい。耳を撫《な》でられ身を捩《よじ》ると、レックスは逃がさない、とでも言うようにヤンの両頬を包んだ。

「な、何も……。騎士服が似合わないからと、脱がされただけです……」

「本当か？」

その短い問いに、ヤンはこくんと頷《うなず》く。

レックスは膝立ちになり、ヤンを引き寄せ抱きしめた。

「よかった……心配した……」

ぎゅう、と両腕に力が込められる。心底安堵《あんど》したような声色に、ヤンの目頭が熱くなる。

良かった、嫌われたわけじゃなかった。彼は本当に、任務中だったから私情を挟まなかっただけなのだ。

だったら、今、想いを告げたら応えてくれるだろうか。

ヤンはレックスの背中に腕を回し、力を込める。

「レックス様……僕は貴方が好きです」

心臓が大きく動いて、痛い。喘《あえ》ぐように言うと、レックスは小さく息を吐いて頭を撫《な》でてくれた。

「……ああ。でもその前に話をしなければ」

「……え？」

するりと離れた腕を少し寂しいと思いながら、話は告白のことじゃなかったのか、とヤンは視線を下げる。そこで主人のベルトループに何かがついていることに気が付いた。

大小様々なビーズで作られたそれは、ヤンが以前に寝室の前で拾った飾りだ。思わずヤンは声を上げる。

「それ……レックス様のだったんですか？」

「ああ」

そう言ってレックスはヤンの前にしゃがんだ。いつか熱を口に含まれた時と同じ体勢に、ヤンの顔は熱くなる。

「あの時お前が寝室に入ったと思って、焦《あせ》った」

だからあの時、あんなに怒ったのか、とヤンは納得した。

寝室には入るなと言われていたのは、見られたくないものがあったり、プライベートを侵された気持ちになったりするからだろうと、彼の怒りを疑問にも思っていなかった。勘違いとはいえレックスを不快にさせたのは事実だし、自分がミスを犯したので、当たり前のことだ、と。

「今からそれを話す」

「え……？」

どういうことだろう？　愛の告白ではないのなら、レックスは一体何を話すつもりなのか。

「こっちだ。……寝室へ」

レックスはそう言うと、再びヤンを抱き上げる。寝室のドア前で立ち止まった彼は、器用にドアを開けた。

そこにあったのは、レックスの身体の大きさに合った大きなベッドとそれに見合った広さの部屋。その脇に小さな本棚があったけれど、それ以外にも物がたくさん置いて……いや、飾ってあった。

それは触ればふかふかで、見た目は愛らしく、見るものを楽しませ癒《いや》す――

「ぬいぐるみ……」

ヤンはその量の多さに呆然とする。本棚の中も、チェストの上も、窓際も、ベッドの上にも、そこかしこに様々な大きさのぬいぐるみが置いてあるのだ。特にひときわ目を引くのがベッドの上にある、ヤンくらいの大きさはあるクマのぬいぐるみだった。

ヤンはレックスを見上げる。レックスは気まずそうに視線を逸《そ》らした。

もう一度部屋を見回したヤンは、思わず感想を口に出してしまう。

「ファンシーな部屋ですね……」

「……笑いたければ笑え」

滅相もない、とヤンは両手を振った。強面仏頂面《こわもてぶっちょうづら》のレックスに、こんなかわいらしい趣味があるとは。

レックスはそのままベッドまで進み、ヤンをそこへ下ろす。そっと大事に下ろされ、落ち着かないヤンの心臓がまた速まっていった。

「すごく大きなぬいぐるみですね」

それを鎮《しず》めるために、ベッドの上に鎮座《ちんざ》しているクマを見つめる。丸いフォルムで焦《こ》げ茶《ちゃ》のクマは、つぶらな瞳でヤンたちを見ていた。

「ああ。この子たちは皆、アンセルの子だ」

「ええっ?」

ヤンはレックスの発言に二重の意味で驚く。軽く数えても百体はありそうなぬいぐるみを、すべてアンセルが作ったとは。そしてレックスはぬいぐるみを「この子たち」と呼ぶのか、と。この調子だと、きっと一体ずつ、名前がありそうだ。

でも、どうしてこの話をしようと思ったのだろう。レックスにとっては重大な話なのかもしれないけれど、ナイルに連れ去られそうな状況下で、話があるとわざわざ言う必要はないよな、とヤンは思う。

すると、クマのぬいぐるみに隠れるように、もう一体ぬいぐるみがあることに気が付いた。その視線に気が付いたレックスが、それをとってヤンに渡してくれる。

両手に乗る大きさのぬいぐるみは、鳥だった。胴は暗褐色《あんかっしょく》で、赤みが強いオレンジ色の嘴《くちばし》と足がついている。胸から腹にかけて黒と白のまだら模様があり、しっぽはつんとして短い。

「これ、ヤンバルクイナ……ですよね?」

「……ああ。元々ルルという名前だったが、お前に会って、ヤンに変えた」

「……っ」

レックスの発言にヤンは息を詰めた。

すべて繋がった。

彼がこの部屋に入るなと言った意味、彼がヤンバルクイナのぬいぐるみを持っている意味、そしてそのぬいぐるみがベッドの上にあり、ヤンという名前が付いている意味を。

「それって……」

レックスが隣に座る。ベッドの軋《きし》む音が妙に響き、ヤンは彼を見られなくなった。顔が熱い。

「……お前の肌は柔らかい。これじゃあ皆《みな》に触られる、と思った」

そう言って、小さくお辞儀をするレックス。

「実際、抱きつかれたり、触られたりしていただろう。あれは俺にとって、危機だと感じた」

そういえば、とヤンは思い返す。ヤンにとってはあの程度の接触はよくあることだったので気にしていなかったが、そのたびにレックスが眉間に皺《しわ》を寄せていた。

あれが普通じゃないと気付き、無自覚だと言われたことにも納得して、顔から火を噴きそうになる。

「つまりだな……男中心の城の中で、お前は目立つんだ」

「すみません、出すぎた真似を……」

「いや違う。……そうじゃない……」

もしかして村でやっていた素振《そぶ》りが自覚のないまま出ていたのでは、とヤンは心配した。相手を惹《ひ》き付《つ》けるのが仕事だったヤンは、無意識下でもその技を出せるほど身につけている。

しかしレックスはそれを否定し、頭を下げた。お辞儀かなと思ったが、彼は俯《うつむ》いたまま「正直に、正直にだ」と呟《つぶや》いている。

「レックス様？」

ヤンはなぜか心臓が高鳴るのを感じた。

レックスがヤンの両肩を掴む。顔を上げた彼は、険しい目でこちらを見ていた。

不思議なことに、今までにもこんな表情を見ていたにもかかわらず、怖いと思うどころかさらにドキドキしてくる。まるでレックスの緊張が、自分に伝染しているようだ。

そこでヤンは拳を握った。

（というか、レックス様が緊張してる？）

彼でもそんなことがあるんだ、と妙に親近感を覚える。いつも騎士の模範であろうとし、冷静沈着で紳士な騎士団長も、緊張するのだ、と。

――この人も普通なんだ、と。

ヤンはレックスの金の瞳を見つめた。レックスも険しい表情とはいえ、ヤンを見ていてくれる。

「俺の、番《つがい》になってくれないか？」

ギリ、と肩の手に力が込められた。さらにこちらを睨《にら》むように見たレックスに、ヤンの心臓が爆発するほど跳ね上がる。

はたから見れば、どう考えたって脅《おど》されているようなシチュエーションで、スマートな告白とは程遠い。

けれどヤンにはそれが新鮮に映ったし、何よりレックスの懸命さが伝わってくるのだ。むしろ、こういうことだけ不器用なレックスが、かわいいとさえ思ってしまう。

「レックス様……」

「お前を一目見た時から、お辞儀をしないでいるのに苦労している。見ての通り、かわいいものが好きなんだ」

この顔とナリでかわいいものが好きだって言うと大抵引かれるから内緒にしている、と彼は言う。だからか、とヤンは納得する。出会った頃、不本意そうにお辞儀をしていたのは、求愛行動を止めるのに必死だったのだ。最初から、彼は行動で示してくれていた。——最初から、好かれていた。

「ハリア様の命令で従騎士にされただろう？　あの人は俺の好みを把握しているから……アンセルも俺の趣味を知っている」

「うわぁ……」

ヤンは思わず視線を逸《そ》らす。

ハリアにお膳立てされたレックスは、絶対気に入ってしまうからヤンを外してほしい、と何度かお願いしたそうだ。するとハリアは、「じゃあ、クリスタ嬢と結婚するか？」と聞いてきたらしい。

結婚適齢期で浮いた話がなかったレックスは、政略結婚の格好の的《まと》だったようだ。候補に上がった令嬢は皆、何がなんでもという気概を隠そうともせず、レックスはそれに疲れていた。でもクリスタだけがレックスにあまり興味がなく、情がなくても彼女となら暮らせそうだ、と思っていたということだ。

「けれどお前に会ってから、お前が俺以外と仲良くしているのが我慢ならなくて……」

「わ、分かりましたっ、もういいですっ！」

ヤンは恥ずかしすぎて、思わずレックスの手を払う。大人しく彼の手は離れたものの、視線はずっとヤンから外さないままだ。

今まで、ヤンが出来損ないだからそばに張り付いてて監視されているのだと思っていた。でもそれはある意味逆で、ヤンに近付く者を牽制《けんせい》していたのでは？　そう思うと、いたたまれなさに涙が滲《にじ》む。

レックスに呆れられていると思っていた。きちんと認められるように尽くしても、空回りするばかりで悔しかった。

けれどやっぱり、この人はちゃんと見ていてくれたのだ。

「だって僕……レックス様に釣り合う器《うつわ》じゃないです……元々卑《いや》しい身分だったわけですし……っ」

「今後、釣り合う身分になるじゃないか。そのためのハリア様のご采配《さいはい》だ」

「……っ」

ヤンは思わずレックスを見上げた。

――まさか。まさかハリアもヤンの気持ちを汲《く》んで、ヤンを騎士に昇格させたというのか。謁見の間でわざわざ周知させたことも、ハリアが認めたことだから文句を言うなという牽制《けんせい》だったと？

「で、でも……クリスタ様は……？」

城に帰ったら想いを伝えると決めていたはずなのに、口から出てくるのは心配という名の戸惑《とまど》いだ。恋なんて初めてだし、レックスの真っ直ぐな言葉に心臓がドキドキして落ち着かない。

「彼女は、それが真実の愛なら仕方ないと」

「……まさか」

ヤンが呟くと、レックスは頷く。

「すでに彼女にはヤンのことを伝えてある」

ヤンは言葉をなくした。それは、今までにない嬉しさによる感動だ。

村にいた頃に散々言われた美辞麗句より、ぎこちなくても一生懸命伝えてくれるレックスの言葉のほうが、比べ物にならないほど嬉しい。上っ面の甘言蜜語より、真っ直ぐ心配したと怒られるほうがいい。

だってそこには、愛があるから。

「お前の出自を考えると、すべてに方が付いて心身共に落ち着いてからがいいと思った。けど……」

ヤンの双眸《そうぼう》から、はらはらと涙が落ちていく。

「行く先々でお前は声をかけられるし、これは近いうちに実力行使に出る奴もいそうだ、とアンセルとも話していた」

だから、名実共に俺のパートナーになればいい、とレックスは言う。

「俺と番《つがい》になってくれ」

——この人は、ヤンの過去もすべて受け入れる覚悟でいてくれる。

それが嬉しいと思う日が来るなんて、考えてもいなかった。

レンシスと客の機嫌を取る毎日を嫌だと感じたことはない。だってヤンは、生きるためにそうするしかなかったのだから。

でもそれさえ、レックスは分かった上で番《つがい》になりたいと言ってくれている。嬉しくて嬉しくて……涙が止まらなかった。

「――はい……、はい……っ」

ヤンは嗚咽《おえつ》を堪《こら》えて泣く。レックスの逞《たくま》しい腕がヤンを包み、その力強さにやっぱり自分の居場所はここなんだ、と感じる。

すべてを許された気がした。村が襲われたことも、『家族』が殺されたことも、ナイルの処分も、ヤンのせいじゃないと。

止まらない涙を、レックスは袖で拭《ぬぐ》ってくれる。その優しさに胸が熱くなって、また泣けた。

「レックス様……好きです……っ」

「ああ、俺もだ。最初から……」

レックスはそう言って、ヤンの顎《あご》に触れ、指で上げた。

レックスのしっかりした親指が、ヤンの薄い唇をなぞる。彼は表情こそいつもと変わらないけれど、金色の瞳には確かに熱が籠《こも》っていた。

もしかしてキスをしたいのだろうか、とヤンは身体を伸ばす。形のいい彼の唇に吸い付くと、そっと身体を離される。

「お前の怪我が治ってからにする」

そう言われて、ヤンは無意識にレックスを今までの客と同じ扱いにしていたことに気が付く。羞《しゅう》恥心《ちしん》で顔が熱くなり、好きな人を特別だと思いながらその他大勢と変わらない態度を取った自分に落ち込んだ。

「す、すみません……」

こんなことを積極的にやるなど、騎士として問題だろう。自分の立場を忘れたことに、いたたまれなくなる。これでは騎士の自覚がないと言われても、仕方がない。

「……いや。俺も自制が利くほうだと思っていたがな」

そう言って、レックスはヤンから離れた。自分の半身が剥《は》がれたような寂しさと不安に襲われたが、レックスはちゃんとヤンを見てくれている。

大丈夫だ、とその目が言っているような気がして、ヤンはまた鼻がツンとした。

初めは怖いと思った真っ直ぐな視線が、こんなにも心強いとは思わなかった。そして、絶対的な安心感を得られることが、何にも替え難いほど嬉しいとも思わなかった。

「ヤン」

もう一度だけ。

彼はそう言って、ヤンの唇を優しく啄《ついば》んだ。

◇　◇　◇

それから怪我が治るまで、ヤンはレックスに世話をされる羽目になった。両手が使えないからと水浴びや食事の手伝いをされ、そしてなぜか就寝時まで一緒に寝るようになったのだ。

両手が使えないのは、レックスが大袈裟《おおげさ》に包帯を巻いているからで、指を動かせれば自分でできる、とヤンは主張したが、綺麗に流された。

そしてその間に、ナイルの処分が決行された。最期に言い残すことはと聞かれて、ヤンへの想いを長々と語ったらしいというのは聞いたけれど、詳しい話はレックスはもちろん、アンセルもハリアも言わなかった。それが自分への配慮だと考えると、ありがたいとは感じるが、気を遣わせてしまったな、という気持ちのほうが大きい。

上司はレックスなのに、お互い想いを伝えてからは、立場が逆転しているような気がする。以前はあれだけ賑やかに寄ってきた従騎士や騎士たちも、遠巻きに見るようになった。

「ヤンが本当に強いんだと、皆《みな》が気付いたんだ」

「……レックス様とハリア様が睨《にら》みをきかせているからだと思いますけど……」

就寝時、ベッドに二人で潜《もぐ》り込《こ》みながらレックスはそんなことを言う。

部屋の外では今まで通り、ヤンがレックスのサポートをしているふうに見せてはいるけれど、ひとたび私室に入れば、彼は甘い雰囲気をすぐに出そうとする。

今もヤンを抱きしめてきて、ヤンは安心するやらドキドキするやらで落ち着かない。寝台近くのロウソクが、また柔らかく甘い雰囲気を増幅させていた。

「……おい、いい加減慣れないのか」

「だ、だって……」

レックスはさすが騎士団長を務めるだけあって、体格がいい。

そんな大男が以前は大きなクマのぬいぐるみを抱いて寝ていたというから、笑えてしまう。しかし、素直に笑えないのは、代わりにヤンを抱きしめて眠るようになってしまったからだ。

「あ、あの……ホントに、……何もしなくていいんですか？」

ヤンはベッドの上で何度目かの質問をする。告白するまではあんなに不器用に振る舞っていたレックスだが、素直な彼は本当に心臓に悪い。

そして、この質問をすると必ず彼はこう言うのだ、「無理しなくていい」と。

別に無理をしているわけではないし、むしろ自分はこっちの相手のほうが慣れているのに、レックスは慣れているからこそ、ヤンがしたいと思った時でいい、と言うのだ。

実は本当に、何もしなくていいと思っているのか、と疑問に思ったことがある。

アンセルにそれとなく相談してみたところ、なぜか彼はニヤニヤしながら頷《うなず》くだけで何も言わなかったけれど。

(だから……レックス様のお役に立ちたい)

きちんと大事にしてくれているからこそ、ヤンはレックスのために何かしたいと思うのだ。ただでさえ普段から世話を焼かれっぱなしなのだから。

「レックス様、あの……僕は騎士として日々努力しているつもりです」

「それは俺から見ても間違いなく事実だ。お前は読み書き計算も少しずつできるようになってきたからな」

ぎゅう、と腕の力が強くなる。

苦しい、と思いつつも、ヤンは彼の腕の中で番《つがい》を見上げた。けれど視線は合わず、さらに腕に力を込められる。レックスの逞《たくま》しい胸に頭を押し付けられ、彼の速い心臓の音を聞く。

これは、と再び見上げようとしたのに、大きな手で押さえられていてかなわない。

「あ、あの……レックス様……？」

「今はこちらを見るな」

レックスはいつも通りの声音だ。

けれど、彼の心音の速さといい、この状況といい、本当は自分と繋がりたいのでは？　そう察したヤンまで顔が熱くなる。

どうしよう、ドキドキして全身が心臓になったようだ。レックスの心臓の音も大きいし、自分のも聞こえやしないかと恥ずかしくなる。

「レックス様、……怪我も治りましたし、僕は、……レックス様としたい、です……」

これは紛《まご》うことなき本音だ。レックスはヤンが怪我から回復するまで待っていてくれたのだし、先延ばしにする理由はもうない。

「……そうか」

たっぷり十秒は考える素振《そぶ》りをしたレックスが、そう呟《つぶや》いた。ヤンはそっと彼を見上げ、強い金の瞳とぶつかる。そこには静かだけれど強い情愛と情欲が確かに見え隠れしていた。

レックスのその目に、ヤンはゾクリとする。

普段は冷静で色欲とは縁がなさそうな彼が、自分に迸《ほとばし》る感情を持っている。そう考えるだけで泣きそうなほど嬉しい。レックス以外の相手には、湧いてこない感覚だ。

「分かった。……だが条件がある」

「……条件、ですか?」

その状況で出される条件とはなんだろう?

ロウソクの明かりに照らされたレックスの表情は真剣で、真面目な話なのだ、とヤンは唇を一文字に閉めた。

「条件は三つ。ヤンが嫌だと思ったらすぐに言うこと」

心臓が跳ね上がる。彼はヤンが元男娼だということを加味して、多少無理をしてでも先へ進もうとするのを予測していたようだ。

「二つ目、ヤンからの手出しはしない」

「そんな……っ」

そんな一方的な触れ合いでは、レックスが満足しないではないか。

思わず声を上げると、彼は表情を変えず、三つ目の条件を言う。

「俺が無理だと思ったらやめて、次の機会を待つ。この三つが約束できるならしよう」

なんだその一方的な条件は?

ヤンはレックスのシャツを握った。握りしめた拳に力を入れる。レックスが宥《なだ》めるようにヤンの頭を撫《な》でた。

「そんな……僕だってレックス様に触れたいです……っ、それをこんな条件……っ」

「ああ。だからこそだ」

レックスの言葉に、すべて見透かされた上で出された条件だと知り、思わず彼を睨《にら》んでしまう。けれどやはり表情を変えないレックスに、本気なのだと悟った。それは、少なからずヤンにショックを与える。

——ここでも、自分はレックスの役に立てないのか。ただでさえ秀でたものがない自分だ、唯一これで生きてきたという仕事で、それが活《い》かせないなら何をすればいい？　どうしたら、レックスを喜ばせることができる？

「ヤン」

静かに名前を呼ばれた。視界が滲《にじ》んだことを悟られないように俯《うつむ》くと、顎《あご》を掬《すく》われる。

「お前の生き方は、いわば捨て身の攻めだ。俺はお前に死んでほしいわけじゃない」

「分かるか？」と問われ、ヤンはレックスの視線から逃れるように顔を逸《そ》らした。騎士として、守るもののために死ねるのなら本望じゃないか、と口にはしないけれどそう思う。

「生きるか死ぬかの瀬戸際で生きてきたからこそ、俺と剣を合わせた時も、ナイルに立ち向かった時も、生き残ることを考えずに突っ込んだ」

俺はお前のそんなところに、危《あや》うさを感じている、とレックスは言う。

生きることに必死だったのは、今に始まったことじゃない。だって本当に、そうしないと酷《ひど》いことが待って……

「……っ」

ヤンは思わず口を手で塞《ふさ》いだ。喉につかえた何かが、ヤンを喘《あえ》がせる。

嫌だ、このまま彼に甘やかされたら、元に戻れなくなる。そうしたら、愛想を尽かされた時に今度こそ、野垂《のた》れ死にするしかなくなるではないか。

「いいか。よくしてくれたと言うなら、お前の前の主人は、一人でも生きていけるように教育したはずだ」

ヤンは口を押さえたまま、首を横に振る。

違う、そんなんじゃない。自分は、あの中でも扱いは特別だった。

「でも実際はどうだ？　食事にカトラリーを使うことも知らず、フォークすら、ろくに扱えない。簡単な文字も読めないし、雑魚寝《ざこね》が落ち着くとか……、それは、逃げられないように一箇所に集められていただけではないのか？」

その時だけは、少しは安心できたからじゃないのかと聞かれ、ヤンはまた激しく頭を横に振った。

まさか、村での扱いをヤンの言動から言い当てられるとは思わず、混乱する。

（どうしよう、このままじゃ本当にここにいられなくなる）

そんな状態で生きてきたヤンが、どう考えてもレックスに釣り合うはずがない。これが周りにバレたら、今度こそ不釣り合いだから出ていけと言われる。そんなのは嫌だ。

「ちが……違います……」

弱々しい声が出た。レックスはヤンの背中を宥《なだ》めるように撫《な》で、すまない、と謝る。

「最後のは俺とハリア様、アンセルの予測だ。俺たちはヤンを守りたい」

ヤンはレックスにしがみついた。そうしないと、喉につかえたもので嘔吐《えず》きそうで、グッと息を詰めて耐える。

「もう、ここは村じゃない。無理して一人前になろうとしなくても、生きていていいんだ」

レックスのその言葉に、ヤンはそろそろと顔を上げた。

そこには今までにないくらいの、優しい恋人の瞳がある。

「俺はお前のかわいさと、いざとなった時の強さに惚《ほ》れた。けど、捨て身でいてほしくはない」

「どう言ったら伝わる？」とレックスは顔を歪《ゆが》めた。彼は不器用ながらも、一生懸命伝えようとしてくれている。

それはずっとそうだった。

ヤンは、彼のそういうところが好きだと思っていたじゃないか、と改めて気付く。

「死に物ぐるいで、というのは美談に聞こえやすいが、そもそもそこまで追い詰められるのは、騎士としてどうだろう？」

ええと、つまりだな、とレックスは珍しく困ったような表情をした。

彼自身も、気持ちを言葉にすることに慣れていないようだ。

けれど、この人の話はちゃんと聞かなければいけないような気がする、とヤンは耳を傾ける。それは主人だから、ということではなく、恋人として……ヤン個人として。

「ヤンの素速さと、危機察知能力、いざとなった時に力が発揮できるのは、俺も見習いたいほどだ。だから……話が堂々巡りだな」

そう言ってレックスは苦く笑った。要は、無理して俺の役に立とうとしなくてもいいと言われ、ヤンは俯《うつむ》く。

正直、レックスの話はまだ一割程度しか納得できていない。

けれどヤンを脅《おど》さず諭《さと》す人は今までにいなかった。自分を傷付けようとする人より案じてくれる人のほうがまともだ、ということは、城での生活で感じたことだ。

だったらまずは、この人の言うことを聞いてみよう。そう思う。

だって、レックスがヤンの特別な人というのに変わりはないのだから。

「レックス様……」

「好きだ。俺はヤンを失いたくない」

レックスのストレートな言葉は、ヤンの心に直接響いた。あれこれ回りくどい言い回しより、頭の悪い自分にはこちらのほうが分かりやすい、と思う。

そして、その直截的《ちょくさいてき》な言葉が胸にストン、と落ちた時、涙が溢《あふ》れて止まらなくなった。

「レックス様……っ」

レックスはそんなヤンの頭を、優しく撫《な》でてくれる。

「すぐに意識を変えるのは難しいだろう。けれど、少しずつでいい。お前は『商品』ではなく、命ある、ヤンなのだから」

はい、と言う返事が震えた。レックスの腕がヤンを柔らかく包み、その逞《たくま》しい腕に絶対の安心感を得られ、クラクラするほど嬉しくなる。

「レックス様っ、……好きです！　僕は、レックス様と一緒に生きていきたい……！」

「ああ、俺たちはもう番《つがい》になっているからな。大丈夫だ、心配ない。安心して心を癒《いや》せ」

そう言われて、ようやくヤンは自分が傷付いてきたことを理解した。

しかしそれを受け入れようとすると、途端に身体が拒否したように落ち着かなくなる。

「辛《つら》いな」とレックスが大きな手で背中を撫《な》でて慰《なぐさ》めてくれる。

ヤンはそんな彼の手を取り、自分の頬に当てた。温かい手が無性に愛しくなって、離したくなくなって、「触ってください」とお願いする。

レックスは数秒考えたものの、いつもの表情で聞いてきた。

「……先程の条件、のめるか？」

ふと、彼の目に、先程見た欲情の色が乗る。その鮮やかな変化に、ヤンも興奮を隠せなかった。

自分からレックスに触れないのは残念だけれど、先程までの、彼の役に立ちたいという気持ちのままでは、きっと上手くいかなかったに違いない。

「はい……っ」

ヤンはそう言って、レックスの唇を受け入れた。


初めて、しっかりとキスをするな、とヤンはそんなことを思う。

レックスは半身を起こして、ヤンの唇を優しく啄《ついば》み、目尻に溜まった涙を拭《ぬぐ》ってくれた。

「お前の赤い目は、潤《うる》むとキラキラして見える。宝石みたいだ」

指先でそっと頬を撫《な》でられ、くすぐったくてヤンは肩を竦《すく》める。レックスの言葉や仕草からも、自分を慈《いつく》しんでいるのが分かる。明らかに今までの客とは違った。

情を持って触れられると、こうも胸が熱くなるのか、と感動する。

「レックス様……」

「……どうした？」

「前、……僕に触れてくれた時は、こんなに優しくなかったです……」

顔が熱くなるのを自覚しながら聞いてみると、彼は苦笑する。

「あれで身体は回復しつつあると喜んだんだ。自制しないと、せっかく治ってきていたのに無駄になる、と思ってな」

「……治る、ですか？」

思いもよらない発言にヤンは首を傾《かし》げる。レックスは頷《うなず》いた。

「自覚がなかったか。痩《や》せていて、目だけがギラギラしていた。追い詰められた者の目だと、俺もハリア様も一瞬で気付いた」

確かに、城で暮らせなければ路頭に迷うからこの道しかない、と思ってはいた。けれどそこまで分かっていたとは。どうりで、ヤンの出自も調べていたはずだ。

そうなると、あの時、レックスはヤンを傷付けないために敢《あ》えて処理として触れていた、ということなのだろう。

「もちろん、今からはたっぷりかわいがる予定だ」

「……っ、ん」

くい、と顎《あご》を掬《すく》われリップ音を立て、レックスがキスをくれる。「カサカサだった唇も柔らかくなったな」と囁《ささや》かれ、その声音に腰がゾクリとした。

「ずっと触れたかった……」

熱っぽい言葉とは裏腹に、触れる手はどこまでも優しい。

村にいた頃の客はそう言って、ヤンの身体を遠慮なく弄《もてあそ》んだ。こういった違いでも、相手が色欲だけで動いているのか、思いやりがあるのかが分かって落ち着かない。

「レ、レックス様？　それなら、好きに触っていいんですよ？」

さわさわと身体を這《は》う手がどこか遠慮がちに思えて、ヤンは思わずそう言う。触りたいなら思う存分触ればいい、レックスの気が済むようにすればいいと。

けれどレックスは眉間に皺《しわ》を寄せた。

「俺の出した条件の意味が、よく分かってないようだな」

「で、でもっ、……それでレックス様の気が済むならって……っ」

どうしてかレックスの機嫌を損ねてしまったようだ。彼は分かった、と短く言うと、ヤンに座るよう指示する。ヤンが言う通りベッドの上に座ると、レックスは後ろから抱きしめてきた。

「気が済むまで触ってやるから覚悟しておけ」

「は、はい……っ」

少し怒気を孕《はら》んだ声に、ヤンはなぜか安心した。

良かった、これでレックスがスッキリするのなら、自分も嬉しい。彼に触れないのは残念だけど、そういう性癖の客もいないわけじゃなかったから、レックスもそれなのだろう、と勝手に解釈した。大きな手がヤンの細い身体を撫《な》でている。それは形を確かめるような触り方で、性的なニュアンスはまだない。

(大きな手だなぁ……)

騎士に相応《ふさわ》しい、力強さを感じる手だ。こうして抱きしめられていると、改めてレックスとの体格差を感じる。ヤンはすっぽりとレックスの腕の中にいて、彼の頭はヤンの頭の上だ。

「小さくてかわいい……」

「……っ⁉」

ポツリと呟《つぶや》いたレックスの発言にドキリとする。お互い同じようなことを考えていたらしい。なぜかそれが恥ずかしくなった。

これが客だったなら、しなだれて「ありがとうございます」などと言ってのけるのに、ヤンの身体は硬直してしまう。

そしてそんなヤンの肩を宥《なだ》めるように撫《な》でたレックスは、そこからするするとヤンの足まで撫《な》でていく。太ももの内側に手を掛けられ、足を大きく開かされた。

「細い足だ」

そのままヤンは膝を立てさせられ、後ろのレックスに凭《もた》れかかるように促《うなが》される。

寝間着を着ているとはいえ、薄い布地ではヤンの股間の膨らみが分かりやすい。真面目な顔をしてこんな恥ずかしい格好をさせるとは、レックスも変わった癖があるなと戸惑《とまど》った。

「あの、レックス様……？」

「なんだ」

「……さすがに恥ずかしいです……」

「……だろうな」

わざとだった、とヤンはますます恥ずかしくなる。しかも彼は太ももの付け根や、下腹の際どいところを撫《な》でてきて、期待した身体はすぐに反応してしまう。なのにそこには触らず、鼠径部《そけいぶ》を撫《な》でながら頭にキスを落とした。

こんな触り方をする人は初めてだ。いつもなら、相手の目的はヤンの下半身で、胸でも触れば丁寧なほうだった。即物的なセックスに慣れている身体には、レックスの触り方は焦《じ》れったい。

「レックス様……」

自分から出た声が、上擦《うわず》っているのにヤンは驚く。触れられてもいないのに熱くなった下半身がヒクヒクと震えているのが布越しでも分かる。

するとレックスは撫《な》でるのをやめて、また両腕でヤンを抱きしめた。先に進まないことに不安を覚えたヤンは、彼を振り返ろうとする。けれど腕の力が強まり、動くことすらかなわない。

「レックス様……？」

「かわいい……」

ちゅっ、と耳にキスをされ、大袈裟《おおげさ》に肩が震える。こんなところが感じるとは思わず狼狽《うろた》えると、心得たようにそこに噛みつかれ、ヤンは息を詰めた。

「……っ」

「感じやすいんだな……」

そんなこと、自分でも初めて知った。こんな愛撫《あいぶ》は初めてだし、いつもは自分が感じられるようになった頃には、客は達していた。むしろ自分は鈍感だと思っていたくらいだ。

――だから、落ち着かない。

はしたなく愛撫《あいぶ》をねだってしまいそうで……見苦しく快感を求めるのは嫌だ。

そんな自分を見て、レックスはどう思うだろうか。呆れられたりしないだろうか。こんな淫乱《いんらん》、騎士には相応《ふさわ》しくないと思わないだろうか。

「……嫌か？」

耳に直接囁《ささや》かれた言葉に、ヤンはヒヤリとする。そして、レックスが出した条件の本当の意味も悟った。

ヤンが情が通う性交に慣れていないからこその、条件なのだ。そしてレックスは、ヤンが今、戸《と》惑《まど》っていることも察している。

「……他人にすべて委《ゆだ》ねるのは怖いだろう。だが、番《つがい》がする性交はその上で成り立つ」

耳に唇を当てたまま、レックスは囁《ささや》く。その単語一つ一つは冷静に一般論を説いただけだけれど、声音にはしっかりと情感が乗っていた。

「お前はもう少し俺に甘やかされることに慣れてほしい」

「で、でも……っ、僕はレックス様にお世話になりっぱなしで……」

「ヤン」

反論しようとしたヤンの唇は、一文字に結ばれた。レックスがヤンの耳たぶを食《は》み、脇腹と胸を撫《な》でてきたからだ。臍《へそ》の上を円を描くように指先で撫《な》でられ、くすぐったさとはまた違う感覚に、ヤンは唇を噛みしめる。

「俺がお前に危害を加えたことがあったか？」

ヤンは頭をふるふると振った。

そんなこと、一度だってない。……今だって、触れる手は焦《じ》れるほど優しい。

「無理ならやめよう。そもそも、こんなにすぐにできるとは思っていなかったから」

「……っ、でも……！」

ヤンは思わず振り返る。見上げると、レックスは落ち着いた表情でこちらを見ていた。

「レックス様、お願いしますっ。やめないで……」

ヤンはレックスの胸に縋《すが》り付《つ》く。このまま先に進めなくて嫌われてしまったら、何も持っていない自分は本当に路頭に迷う。それは嫌だ。

レックスはヤンを抱き留めると、頭を撫《な》でる。深く、安心して泣きそうになるくらい好きなのに、普通のセックスすらできないなんて。

「ヤン。今やめても、俺はお前を嫌わないから安心しろ」

「嫌だっ。……僕はしたい……！」

ヤンは膝立ちになり、身体を伸ばした。レックスの唇に噛み付く勢いで顔を近付ける。けれど、彼に両頬を押さえられる。

「どうしてですかっ？　僕がいいって言ってるのに！」

「ヤン、……落ち着け」

両頬を掴んだ大きな手は頬や耳をくすぐった。身を捩《よじ》って逃げようとしたのに、ぐい、と引かれる。柔らかい唇がヤンの唇に当たった。そのままぬるりと舐《な》められ、ヤンはすぐにそれにかぶり付く。

「ふ……っ」

鼻に抜けた声が上がった。

舌を絡め、唾液を飲み込み、濡れた唇が擦れる刺激に腰の奥が痺《しび》れる。しばしその深いキスに夢中になり、ヤンは頭がクラクラしてきた。

「僕はこれしか……、これだけしかないんです……っ」

「そんなことはない。剣だって強い。俺は認めていると言ったじゃないか」

レックスの声は上擦《うわず》っていて、ヤンはうなじが焼けるように熱くなる。強烈な欲情が激しく噴き出し、再びレックスの唇に噛み付いた。

欲しい。レックスのすべてが欲しい。

そう思いながら、レックスのシャツのボタンを外す。二人の間に空気すら挟みたくない。肌を直接合わせて、力尽きるまで貪《むさぼ》りたい。

レックスはヤンの口付けを受け入れながら、観念したのか、再び頬と耳をくすぐり始める。

「まったく……俺はお前に負けっぱなしだ……」

唇が離れた時に、そう呟《つぶや》いた。意外に思って聞き返すと、言っただろう、と額《ひたい》を合わせてくる。

「絶対気に入ってしまうから、ヤンを俺から外してくれと、ハリア様にお願いしていた」

お前がかわいい。傷付けたくない、と彼は唇を啄《ついば》む。その優しさに、やっぱり好きだなぁ、とヤンは目頭が熱くなった。

「……だめだと思ったらすぐに言ってくれ……もう俺からはやめないから」

そう言われ、ばくんと心臓が跳ねる。すぐに啄《ついば》みにさた唇を受け入れたヤンは、意識が溶けそうだ。

「レックス様……」

息継ぎの吐息が熱い。レックスを見ると、射貫《いぬ》くように強い視線とぶつかる。

「あ……」

ふるり、と背中が震えた。背中を撫《な》でられ、その逞《たくま》しい手が下りていく。尻の丸みを撫《な》でられたかと思いきや、その肉を強く掴まれた。

「ぁん……っ」

強い刺激に身体を震わせ声を上げると、自分でもびっくりするくらい甘さを持っている。こんな声が出るなんて信じられない。ヤンは口を手で塞《ふさ》いだ。

しかしレックスは、そこを強く揉《も》みしだく。割れ目を開くように掴まれたり、柔らかさを確かめるように揉《も》んだりされて、そのたびにその奥にある秘部に指が届きそうでヤンは悶《もだ》えた。

「レ、レックス様……っ」

彼から与えられる刺激は、絶えず波のように打ち寄せて性感を高めていく。ゾクゾクが止まらないのは初めての経験だ。こんなの知らない、と首を横に振る。

「かわいいな。手に収まるほど小さいのに、柔らかい……」

「……っん！」

ビクビク、とヤンは背中を反《そ》らす。まさかレックスは尻が好きなのか？　知りたいが、聞くどころじゃない。

「——あ……っ！」

いつの間にか前に回っていた手が、服の上から胸を撫《な》でた。ピンポイントにヤンが感じるところだ。探《さぐ》り当《あ》てられるほど、そこが硬くなっている。

「んっ！　んぅ……っ」

腰が勝手にうねり、ヤンはレックスの首にしがみつく。寝間着の上から爪の先でカリカリと引《ひ》っ掻《か》かれ、大袈裟《おおげさ》なくらいに身体が反応する。

「レックス様ぁ……っ」

これでは、自分は彼を触るどころではなくなる。思考が霞《かす》んで落ちそうで、ヤンはレックスに思い切りしがみついた。

彼の肌も熱い。それが呼び水になったように、また性感が高まっていく。

「……っ⁉」

不意にレックスがヤンの下穿《したば》きの中に手を入れてきた。ゴソゴソと中で手が動くものの、触りにくかったのか、下穿《したば》きを膝まで下げてしまう。その布が肌に擦れる刺激にすら感じてしまい、ヤンは小さく悲鳴を上げた。

完全に勃《た》ち上《あ》がったヤンを覗き見たレックスは、かわいい、と上擦《うわず》った声で呟《つぶや》いてそこに触れる。ヤンの小ぶりな切っ先はレックスの大きな手ですっぽりと包まれ、その温かさと刺激に腰が揺れた。

「あっ、……っ！」

「……痛くはないか？」

手つきは優しいものの、強い刺激だ。腰が引けると、レックスは空《あ》いた手で尻を撫《な》でる。

「だっ、だめぇ……っ」

（どうしよう、本当に頭がクラクラして力が入らなくなってきた）

ヤンは鳴き声のような声を上げ、一気にせり上がってきた絶頂への道を駆け上がる。

ぎゅう、と力いっぱいレックスにしがみついた途端に、脳を直接刺激されたような強い快感が身体を支配した。

「うっ！　――うぁ……ッ！」

頭が真っ白になり、放出を続ける身体の隅々まで快感が広がる。それに身震いすると、「かわいい」と呟《つぶや》く声が聞こえた。

レックスにとっては、なんでもかわいいになるのか。

少し呆れるものの、それに照れている自分も恥ずかしくなった。村にいた頃は毎日のように聞いていたのに、レックスから言われると、なぜかものすごい破壊力を持つ。それはやはり、特別な存在から言われる、ということに理由があるのかな。そんなことをふわふわする頭で考えた。

「あー……、かわいい……すごくかわいい……」

しかし、その声にヤンはしがみついていた身体を離す。切なげだが感動したような声は、今もいつもの表情をしているレックスから発せられたのだろうか。思わずじっと見つめてしまう。

「……なんだ？」

「いえっ、その……」

表情と言葉が一致していないことに、ヤンは不思議な感覚に陥《おちい》った。とりあえず、出したものを拭《ふ》かないと、と視線を落とすと、その手が素早くヤンの後ろに回る。

「やっ、あ……っ、あン……っ」

たった今、ヤンが出したものを纏《まと》った指が、ヤンの後ろの狭間に入ってきた。行為中に自分が先にいかされるなんて初めてで、レックスから大切に扱われている実感が湧く。

仕事ではなく、想い合うもの同士がする行為。

村で受けた扱いは、ヤンのことを一切考えていないものだったのだ。

やっぱり、レックスは自分を一人前の成鳥として見てくれている。前にもそう思ったはずなのに、どうしてその感覚がなくなっていたのだろう。

「何も考えず、今はただ身を委《ゆだ》ねてくれ。かわいいお前を、とことんかわいがりたいんだ」

背中が震えた。それはレックスの言葉のせいなのか、後ろに侵入してきた指のせいなのか。

どちらにせよ、身体も心も奥まで入ってきたレックスを、ヤンは泣きながら受け入れた。

身体の奥に入ってきた指は、ヤンの意識を容易《たやす》く溶かす。久しぶりだったので、ほぐす過程がさすがに必要だったけれど、それでもレックスは痛いこと、嫌なことは一切してこない。

これが客なら、と考えかけて、ヤンは思考を止める。客と比べてレックスからの思いやりを感じるなんて、失礼じゃないか。

「レックス様……っ」

彼のしっかりした指が、ヤンの中、欲が溢《あふ》れる場所に触れる。意識が遠のきそうになって首を反《そ》らすと、顎《あご》に吸いつかれた。

「痛くはないか？」

「だいじょう……ぶです、――気持ちいい……っ」

小さく声を上げながら、ヤンは受け入れることに集中する。この後に来るであろう、燃えるように熱いレックスの欲を想像しながら。

「あっ、――ああ……っ、ん……」

くちくちと、後ろから水っぽい音がする。

ヤンの腰は奇妙にくねり、時折硬直したように止まって震えた。

ずいぶん反応がいいな、と自分でも思う。こんなに感じるのは、久しぶりだと気が付いた途端、思考が勝手に霞《かす》み始《はじ》める。

なんだと思う間もなく、再びそれが訪れた。戸惑《とまど》う間にもその間隔が次第に短くなり、それと同時に何かがせり上ってくる。

（何これ!?　こんな感覚知らない）

ヤンはその戸惑《とまど》いと不安で、レックスを強く抱きしめる。呼吸もままならなくなり、赤く染まった唇から速く浅く吐息を漏らした。

「あっ、レックス様……っ、何これ、何か変です……っ」

息が十分に吸えないので、掠《かす》れた小さな声で訴える。レックスも吐息混じりの返事をした。その顔や首から感じる体温はとても熱い。あの冷静なレックスが自分に触れて興奮している。それが何よりも嬉しい。

すると、するりと手がヤンの服の中に入ってきた。撫《な》でられる刺激すら今のヤンには強くて、唇を噛みしめて耐える。

（なんだこれ、こんなの知らない。本当に知らない。後ろでいきそうになるなんて、今までなかったのに！）

レックスの手がヤンの胸に触れた。固くしこった先を弱く摘《つま》まれ、せり上ってきていた何かが弾ける。

「――……ッ!!」

今までにないくらい、全身が震えた。後ろは指を咥《くわ》えて締め付け、奥へと誘《いざな》う。

「うあ……ッ！　ああ……ッ！」

覚えがある感覚にヤンは身悶《みもだ》えた。

膝が笑い太ももが震え、深い快楽に落ちる。どこまでも落ちていきそうな感覚に恐怖を覚えるが、そこから抜け出せないほどそれは甘くて烈《はげ》しい。

「――――ぅ……ッ」

ヤンはふうふうと、レックスに凭《もた》れて身体の硬直を解いた。指を抜かれ、ズルズルとその場に座り込むと、レックスの服に体液がベッタリとついていることに気付く。

「す、すみません……」

まさかこんなことになるとは思わず、ヤンはそれを拭《ぬぐ》い取《と》ろうとする。しかしレックスに止められた。ヤンは服を脱いだ彼を呆然と眺める。

「……記念に」

「……っ！　ちょっと待ってくださいっ！」

真顔で呟《つぶや》いたレックスの言葉は聞き捨てならない。ヤンは抗議の声を上げた。なんとシャツを丸めたレックスはベッドから下りると、チェストに大事にしまおうとしているではないか。

「さ、さすがにそれは洗ってくださいっ！　恥ずかしすぎますっ！」

「なぜだ？　城に来た時のお前の服も取ってあるぞ」

そう言ってレックスが出したのは、ボロボロの布切れ――確かにここに来て着替えさせられた時に脱いだ服だ。

「ど、どどうしてそんなもの……！」

「そんなもの？　かわいいヤンが着ていた服だ。代わりに俺の服をあげただろう？　結果ブカブカで着られなかったが。とてもかわいかった」

思えばあの時から求愛行動が止められなくなっていたな、と真面目に言うレックス。本能として、気に入った相手に贈り物を渡すのは分かるけれど……。それでは、本当に最初からレックスはヤンを気に入っていたわけで。

「……もしかして、シュラフをくれたのもハンカチをくれたのも、求愛行動だった……んですか？」

「……そうなるな」

レックスの平静な返事に、ヤンは脳みそが爆発するかと思った。知らない間に貢《みつ》がれていたのに気付かなかった自分の鈍さが恐ろしい。確かに今なら、レースがついたかわいらしいハンカチは、レックスの趣味だと納得できる。

結局しれっとチェストに服をしまったレックスは、またいつもの表情でお辞儀をした。

「お前がかわいい。お前なら、俺の趣味を理解してくれると思った」

「……まぁ、ビックリはしましたけど……」

「周りに知られると、引かれるからな」

ヤンは何も返せない。

確かに強面仏頂面《こわもてぶっちょうづら》の騎士団長が実はかわいいもの好きで、ぬいぐるみに囲まれた部屋で過ごしているなどと知れたら、大多数は引きそうだ。

「……自分でも、かわいいとは対極にいる自覚はある」

その言葉にヤンは頷《うなず》く。見た目だけならレックスはカッコイイの部類に入るし、騎士団長という力強さの象徴のような役職にいれば、なおさらだろう。

ベッドに戻ってきたレックスはヤンの身体を軽々と持ち上げ、自分の膝の上に乗せた。そしてヤンの服の中に手を滑らせ、丁寧に脱がせる。

「やっぱりかわいい……」

「あ、あの、……僕はレックス様みたいにカッコよくなりたかった、です」

ちゅ、と薄い腹にキスをされ、ヤンは息を詰めた。そのまま肌の上を舌が這《は》い、落ち着きかけていた炎がまた大きくなっていく。

「ヤン」

優しく引き寄せられ、胸に吸い付かれた。身体をビクつかせて声を上げると、レックスはその位置からヤンを見上げる。

「お前の長所を活《い》かせばいい。……ああ、うん、ずっとこれを言いたかったんだ」

「——あ……ッ！」

お前は強くなる要素をたくさん持っている、とそこをいじめながらレックスは言った。

「お前は俺にはなれない。けど、唯一無二の存在になれる。アンセルとも、ハリア様とも違う強さを持っている」

胸を這《は》っていた舌が肌を辿《たど》って唇に辿《たど》り着《つ》く。ヤンは身体を震わせながら、その不器用に言葉を紡《つむ》ぐレックスの唇を食《は》んだ。

「ん……、んぅ……っ」

ヤンの目尻から涙が零れる。こんなにもきちんと自分を見てくれた人は初めてだったから。

そのままでいいと言われた意味をようやく理解できて、納得できて、嬉しくなる。

身体に触れる手が、熱が、ヤンを切なくさせる。自分もレックスに触れたくて、彼の両頬を手で包んだ。そうするともっと切なくなって、触れ合っている唇を軽く噛む。

「……こら。お前からは触らない約束だろう」

「す、すみません……」

レックスの言葉は咎《とが》めるものだったけれど、声音と仕草はとても優しい。脇腹を撫《な》でられたヤンが肩を竦《すく》めると、そっと長い腕で抱きしめられた。

まるで壊れ物でも扱うかのように、レックスは丁寧に、優しく触れる。そんなにヤワじゃないですよと言いかけて、レックスはそんな言葉を望んでいないと思い直した。

今のヤンにできることは、レックスのすべてを受け入れること。それが過去にしていた行為と何が違うかなんていうのは明白だ。

レックスはただ、自分を大切に扱おうとしてくれている。それだけでいい。

「……挿《い》れていいか？」

耳元で囁《ささや》くレックスの声が甘い。その掠《かす》れた声に抑《おさ》えた欲望を感じ取り、ヤンはゾクゾクした。

こくりと頷《うなず》いてその場を退《ど》くと、レックスは残りの寝間着を脱ぎ、鍛えられた肉体を露《あらわ》にする。

「……っ」

そこに見えた怒張に、ヤンは息を呑んだ。身体全体でも発達した筋肉の凹凸《おうとつ》が美しい彼の切っ先は、その大きな身体に比例し、ヤンにとっては凶器に見える。久しぶりだから大丈夫かな、と不安になった。

レックスもそれを分かっているのか、ヤンの隣に座って頭を撫《な》でるだけで、先に進もうとしない。

(でも……)

レックスの青筋が立ったそこは、臍《へそ》に届きそうなほど力強くいきり立っている。ヤンはそんな彼をどうにかしてあげたいと思うのだ。それは、客に対しては決して湧かなかった感情。

自分にもこんな気持ちがあったなんて。嬉しくて胸が熱くなる。

仕事として事務的な行為しかしてこなかった自分が、初めて情も交わす。相手を受け入れて、自分をさらけ出すのはレックスも同じなんだと気付いた時から、戸惑《とまど》いは消え失せていた。

「レックス様……」

「……いいか?」

ヤンは頷《うなず》く。そっと肩を押されベッドに横になると、レックスが上に覆《おお》いかぶさってきた。

彼の身体には傷跡がいくつもついている。ヤンは思わずそこに手を伸ばし、傷を撫《な》でた。すると目を細めたレックスが、ヤンの手を取る。

「……俺も捨て身になっていた時期があってな。アンセルに怒られた」

「アンセル様、ですか?」

レックスは頷《うなず》いて身動《みじろ》ぎした。開いた足の間、際どいところに彼の熱が当たる。

「あ……」

「今は他の男の話はやめよう」

自分から話したくせに、とヤンは笑う。けれどそれも一瞬のことで、狭い道をこじ開けて入ってくるものに息を詰めそうになり、慌てて息を吐き出した。

いつかその時の話を聞きたいな、と思う。後ろ暗い過去が自分にあるように、レックスにもそういう過去があるんだ。そう考えると、きゅう、と胸が切なくなる。

「う……っ」

圧迫感と息苦しさに、か細い呻《うめ》き声《ごえ》が上がった。慣れているはずの身体が悲鳴を上げ、激しく呼吸を繰り返す。レックスが「やめるか？」と尋ねた。

「……や、いや……っ」

繋がったことで感極まって、ヤンはボロボロと泣いてしまう。それを痛いからだと勘違いしたレックスが「無理するな」と楔《くさび》を抜こうとする。

「だめ……っ、嫌ですっ！」

ヤンはレックスの腰に足を絡ませ、彼が出ていかないように止めた。ふるふると頭《かぶり》を振り、痛いから泣いているわけじゃない、と抱きつく。

「レックス様の……大きいから……っ」

「ああ。だから無理しなくても……」

そう言うレックスの中心はさらに熱くなる。同性だからこそ、彼の発言が痩《や》せ我慢《がまん》だというのは、痛いほど分かった。

「僕だって、レックス様がすごく我慢してるんだって分かってます……っ。だから……！」

「……ヤン、あまり煽《あお》るな」

ずずず、とレックスが最奥まで入ってくる。悲鳴を上げたヤンは、身体の内側から押される感覚に、震えが止まらなくなった。

「あ……ッ、あ……！」

目の前に星が飛び、せり上がってくる何かを抑《おさ》えようと歯を食いしばる。けれど身体は勝手に反《そ》り、意識が飛んだ。

「——は……っ！」

光と音が戻ってきた時、ヤンはレックスにしっかりと抱きしめられていた。しかし彼が中に入っていることは変わらない。絶えず押し寄せてくる波に攫《さら》われそうで、ヤンも彼にしがみつく。

「レックス様ぁ……っ」

甘ったるい、この声は誰のものだろう。無意識に高く掠《かす》れた声を出し、レックスを後ろで呑み込んで締め付け、筋肉質な身体にしがみついているのは、誰？

こんなこと、客にはしなかった。自分は穴さえあればいい存在で、それがこんなに気持ちいい行為だとは思いもしなかった。

「かわいい……」

「——んあ……ッ！」

レックスが軽く動き出す。しっかりと身体を合わせ、そこから伝わる熱と想いに、ヤンはまた泣けてきた。自分はこんなに涙脆《なみだもろ》かったっけ？

そんなヤンを、レックスは優しく、けれど的確に攻める。それがまた嬉しくて、気持ち良くて、ヤンは何度も大きく全身を震わせた。

そしてレックスはヤンを「かわいい、愛してる」と言いながら、限界まで張り詰めた怒張で中を穿《うが》つ。ヤンは髪を振り乱して悶《もだ》えた。そんな姿さえかわいいと言われる。全部受け入れられることの気持ち良さは、身体の快感よりも勝《まさ》るんだな。そんな考えが頭をよぎる。

これが番《つがい》がするセックスなのか。

互いに心ごと身を委《ゆだ》ね、相手を思いやり慈《いつく》しむ。それは、客相手では絶対にできないこと。

レックスの眉間に少し皺《しわ》が寄った。その表情にもう少しなのかな、と気付く。

ゾクゾクして、そんな顔さえ愛《いと》おしいと感じる。

こんな気持ちになるのなら、もっと早く知りたかった。

でも、そんな後悔もレックスはお見通しなんだろう。ますます愛《いと》おしさしかない。気付いてさえいなかった暗闇から救い出してくれてありがとう、と感謝で胸がいっぱいになる。

やがてレックスの熱が弾けた。

さすが騎士団長、そんな時も表情をあまり変えなかったけれど、その後でかぶりつくようにキスをされ、彼の気持ちの大きさを漠然と悟る。

この甘くて幸せな気持ちが、これからもあるのか。笑みが止まらない。

レックスが身体の中から出ていって、あとを追うように彼の残滓《ざんし》が溢《あふ》れてきた時の、むず痒《がゆ》さと恥ずかしさ、それから一つになれたことの嬉しさはずっと忘れられないだろう。

5　ひよっ子、騎士になる

ヤンが目を覚ますと、妙に部屋が明るかった。

まだ覚醒《かくせい》しない頭であたりを見回すと、同じベッドで寝ていたはずのレックスがいない。

「……レックス様……？」

ヤンは飛び起きる。

なんてことだ、主人が起きたのも気付かず、のうのうとベッドを占領して眠りこけていたなど、騎士として……

「うわあ……っ！」

慌ててベッドから下りようとしたヤンは、足に力が入らず床に落ちる。すると、外からバタバタと慌ただしい音がして、レックスが寝室に入ってきた。

「大丈夫か？」

声こそ冷静だが、素早くこちらに来てくれたのは心配したからだろう。彼は長い足でヤンのそばまで来ると、抱き上げてベッドに座らせてくれた。

「すっ、すみません……っ、か、完全に寝坊ですよねっ？」

そう言いながら窓の外を見る。どう見ても昼食が近い時間だ。さすがに寝すぎだと思って謝ると、レックスはお辞儀をして頭を撫《な》でてくれた。

「無茶をさせた自覚はある」

「う……」

ヤンは赤面する。

あれから、レックスが止まらなくなり、彼が満足するまで付き合っていたのだ。客とは絶対しないことをやらされ、同じく言わないことを言わされたのを思い出す。騎士団長の体力は半端《はんぱ》なかった。

「はいはいー、昼間っからいちゃつかないでくれるー？」

「ぅあっ⁉　アンセル様っ！」

突然横から聞こえた声に目を向けると、寝室のドアの近くで壁に寄りかかるアンセルの姿がある。

「まったくもー。ただでさえ絡まれやすいひな鳥ちゃんなのに、色気出させてどーすんの」

「ヤンは俺の番《つがい》だ」

「そーゆーこと言ってんじゃないの」

真顔で返すレックスに、呆れるアンセル。「惚気話《のろけ》に辟易《へきえき》してたから起きてくれて丁度良かったよ」

と言われて返す言葉が見つからず、ヤンは口をパクパクさせた。

「……守るものができてよかったな、レックス」

急に声のトーンを落としたアンセルが柔らかい笑みでこちらを見る。その穏やかな表情に安堵《あんど》と喜びが見えて、もしかして、とヤンは思った。

昨夜レックスが言っていた、彼も捨て身だったという話。

ハシビロコウは群れないため、一匹狼《おおかみ》的なレックスをアンセルは心配したのではないだろうか。情に厚いアンセルなら、考えそうなことだ。

それが限りなく真実に近いのかもと思ったのは、レックスが真面目な顔で頷《うなず》いたからだ。

普段はレックスのほうが立場が上で、アンセルは彼に振り回されている印象だけれど、この時、二人は対等なんだ、と感じた。幼馴染《おさななじ》みと言っていたけれど、彼らは家族のような存在に見える。

「そうそう、ひな鳥ちゃんの叙任式、これからだから」

「え……っ⁉」

なんでまたそんな急に、とヤンが慌てていると、レックスが一度寝室の外に行き、何かを持って戻ってきた。渡されたそれは、服のようだ。

「叙任式で着る騎士服だよ。一応正式な行事だから、ちゃんとしないとね」

アンセルが説明してくれた。ということは、この服は彼が作ってくれたのだろう。

「ハリア様のお取り計らいで、難しい誓いの言葉は省略される」

「え、で、で……っ」

本当に今からなのか。

ヤンの心臓が爆発するほど忙しく動き始め、彼はまともに言葉が紡《つむ》げなくなった。

こうなることも予想していたのだろう、「事前に言うと緊張して体調を崩すかもしれなかったから」とレックスがヤンの背中を撫《な》でる。

「ただお前はハリア様の前に歩いていって、両膝をついて跪《ひざまず》き、頭を下げればいい。……ああ、足に力が入らないんだったな」

しれっと思い出したように言ったレックスだが、今日が叙任式だと彼は知っていたはずだ。もしかして、もしかしなくても、わざとなのでは？

案の定、彼は真面目な顔をしてこう言う。

「では、俺がまた抱いて行こう」

「え⁉　いやっ、今回は怪我もしてないですしっ！」

「いつぞやの帰還パレードで、手足をガタガタ震わせてたのは誰だったかなぁ？」

「アンセル様まで……！」

本当に、なぜ自分の周りはこうも甘やかそうとしてくるのか。歩くくらいできると言いたいけれど、実際今は歩けない。彼らの言う通り、生まれたてのひな鳥のように、ぎこちない歩みになるのが予想できた。

「だからって、……だからって……！」

恥ずかしいことこの上ない。

「歩けないのは正当な理由だからな。俺が責任もってヤンを運ぼう」

「レックスが責任もってとか言っちゃうと、ナニしたか一発で分かっちゃうんじゃ……」

「もう！　お二人共！　僕は自分で歩きますから！」

恥ずかしさに耐えかねてヤンが叫ぶと、アンセルは声を上げて笑い、レックスも破顔した。番《つがい》の笑った顔を初めて間近で見たヤンは、彼が素でいてくれることに安心する。

自分が安心する場所はここなのだ、と実感した。

「さあヤン、着替えを手伝おう」

「い、いいです、いらないですっ。自分でやりますからっ」

ヤンはしつこく世話を焼いてこようとするレックスを押しのける。「こんなキャラだったっけ？」と思うが、レックスもアンセルも楽しそうだ。

ヤンはなんとか式までに歩けるようになってよかったと、心底安堵《あんど》した。

レックスが残念そうに——表情は変わらないけれど本当に残念そうに、「仕方がない」と呟《つぶや》く。

どうやら本気で抱いて出席するつもりだったらしい。

ヤンはアンセルが作ってくれた騎士服に身を包み、正式な装《よそお》いであるマントを羽織る。シンプルなマント留めをつけると、立派な新米騎士の完成だ。

それでもやはり、謁見の間の荘厳な雰囲気に気圧《けお》されそうになった。玉座には正装をしたハリアが口の端を上げて待っている。足が震え始めたものの、レックスもアンセルもハリアのそばでしっかりと見守っていてくれた。

(堂々と……堂々と)

ヤンはもうきちんとした実績を得ている。誰も騎士じゃないなんて思っていない。

レックスの言葉を思い出し、一歩踏み出す。

真っ直ぐ前を見据《みす》え、ハリアから視線を逸《そ》らさず彼のもとへ進む。

近付くにつれ、嗜虐心《しぎゃくしん》の強い王は面白そうに笑みを深くした。視線の鋭さはあるけれど、彼も多くの民を統《す》べる王だ、ヤンの実力を認める懐《ふところ》の深さはある。そうじゃなければ、ヤンはここに来た時点で城の外に放り出されていただろう。

だから、感謝の意を込めて、ヤンはハリアに忠誠を誓う。これはその儀式だ。

ヤンは玉座の前まで行くと、両膝をついて頭を下げた。

「……ふふ、見違えたな。初めて会った時も強い目をしていたが、今は芯が通った顔をしている」

そう言ってハリアは玉座から立ち上がり、そばに控えていたレックスから長剣を受け取る。スラリと鞘《さや》から剣を抜き、平たい面をヤンの肩に当てた。これが従騎士から騎士になるための、正式な儀式だ。

「今後の活躍に期待している。精進せよ」

「勿体《もったい》ないお言葉。ありがとうございます」

ヤンが頭《こうべ》を垂れたままそう応えると、ハリアは素早く剣を鞘《さや》に収め、アンセルに渡した。

ヤンはゆっくりと立ち上がる。レックスが前まで来た。そしてヤンのマント留めに、新たなマント留めを付け加える。それは、一目見ただけでも、とても質がいいものだと分かった。

「これは上位の騎士しかつけられないものだ」

「ありがとうございます……って、ぅわあ！」

完全に油断していた。正式な儀式だし、大勢が見ているし、自分は一人で歩けると言ったのに、レックスに易々《やすやす》と抱き上げられたのだ。

「ヤン様！　おめでとうございます！」

「ヤン様に幸あれ！」

しかも見守っていた参列者からも、そんな声が飛んできて、ますますいたたまれなくなる。目の前のハリアは、今回も寛大な心で許しているらしく、笑っていた。――どうか咎《とが》めてほしい。ヤンは心底、そう思った。

「失礼します、ハリア様」

「ああ。ヤンを困らせるのも程々にな」

（まったくもうこの人たちは）

ヤンは赤く染まっているだろう顔を上げられなくなり、レックスの首にしがみついて隠れる。

謁見の間を出てチラリと前を見ると、待ち構えていたらしいクリスタが近付いてきた。相変わらず美しい出で立ちで、本当にどうしてレックスはこの方と結ばれなかったのだろう、と思う。

「おめでとうございます、ヤン様、レックス様」

「ありがとうございます」

ヤンが顔を上げてそう言うと、クリスタはなぜか涙を浮かべた。やっぱりレックスと結婚したかったのだろうか。

ところが、濡れた目尻を綺麗な指で拭《ぬぐ》いながら、彼女は笑う。

「地位も名誉も、そして真実の愛も手に入れたヤン様、レックス様を尊敬いたしますわ。障害を乗り越えてこそ燃え上がる気持ち！　まさにこれこそ小説や劇にも勝る実話!!　なんて素敵なの!?」

「クリスタ様、涎《よだれ》が出ています」

何やら早口で熱く語るクリスタに、後ろで控えていた女従者が突っ込んだ。失礼、とハンカチで口元を隠したクリスタ。やっぱり本当に涎《よだれ》が出ていたらしい。

「あ、あの……」

自分のせいで縁談が破談になってしまったのだ。なんて声をかけたらいいのか分からず、ヤンは戸惑《とまど》う。だが、クリスタは本当に喜んでいるらしく、「なんてお似合いなお二人だこと」などと言って感動していた。

「本物の愛を守るためなら、弱小国の父王の文句など、上手く躱《かわ》してみせますわ！」

「え……っ？」

「すまない、クリスタ……」

まさか、とヤンはクリスタとレックスを交互に見る。クリスタはニコリと笑うと、綺麗な髪とドレスを翻《ひるがえ》して「ごきげんよう」と去っていった。

「レ、レ、レックス様……まさかクリスタ様って……」

「……一応クリスタ殿下とお呼びするべきだが、本人が嫌がったんだ」

まさか他国のお姫様だったなんて、とヤンが戦慄《せんりつ》していると、レックスはヤンを抱いたまま、お辞儀をする。

「うわあ！　この状態でお辞儀をしないでくださいっ」

「落ちる！」とレックスにしがみつくと、彼は歩き出した。

それにしても、一国の王女様ならここに来ることも大変だろうに、女従者一人だけを連れて訪問なんてどうやっているのだろう。

レックスがその疑問を察したように話してくれる。

「変わり者だと噂されている殿下だ。だが、本人は気にしていないようで、いつも幸せそうだ」

だから、一緒に生活ができると思っていた、とレックスは言う。確かに、自分の好きなものを追求しているクリスタ殿下は、楽しそうだ、とヤンも納得した。

「……ところで、レックス様？」

「なんだ？」

「……そろそろ下ろしてくださいませんか？」

レックスは表情も変えず、ヤンの言葉を無視する。そのまま城の中を歩いていくので、どこへ行くのかと思いきや、ズンズンと無言で自室に向かった。

「あの、レックス様？」

どうして自室に、と戸惑《とまど》っているうちに、レックスはそのまま寝室に入る。ベッドの上に下ろされ、そのまま上にのしかかられて、ヤンはさすがに慌てる。

「え、あの、えっと……っ」

「特別な服を着たヤン……死ぬほどかわいい……っ」

ぎゅう、と抱きしめられ苦しくて呻《うめ》くと、レックスは頬にキスをしてきた。まさかこの流れでするのか、とヤンは視線を泳がせる。大きなクマのぬいぐるみがこちらを向いている。

「ほ、ほら、クマのぬいぐるみが見てますからっ」

「……ただのぬいぐるみだ」

「——あ……っ、……もう……っ！」

ヤンはレックスの肩を叩く。

本当はぬいぐるみ全部に名前を付けるほど、愛着を持っているのに。今のレックスの愛着は、ヤンだけに向けられているようだ。

——けれど、嫌な気はしない。

誰かといてこんなふうに心が温かくなることなんて、ないと思っていたから。

（やっと手に入れた、僕の安寧《あんねい》……）

そう思って、身体を撫《な》でてきたレックスの手を取り、ヤンは指を絡めた。

番外編　キラキラは番《つがい》の証《あかし》

ヤンが目を覚ますと、寝室はうっすらと明るくなり始めていた。

もう朝か。温かな布団と腕の中でもう少し寝ていたい、と欠伸《あくび》をする。広い胸に擦り寄り、またうとうととしていると、ヤンを抱きしめていた腕が頭を撫《な》でた。

「おはよう」

「ん、おはよう……ございます……」

横になったまま頭だけ動かした恋人は、どうやらお辞儀をしたらしい。いつでも愛情表現を忘れないでいてくれるのが嬉しくて、ヤンは笑った。

「起きるか？」

「……正直まだ眠たいですけど……」

そうか、と呟《つぶや》いたヤンの番《つがい》――この王国の騎士団長でありハシビロコウのレックスは、ヤンのサラサラな髪の毛を手で梳《す》く。

「昨日は少し無茶をさせたからな」

「う、自覚があるならもう少し加減してください」

ヤンが正式に騎士になって三ヶ月。毎日こうして、同じベッドで寝るのにも慣れてきた。

ただ、単に寝るだけじゃない日があるから、朝がしんどい時もある。

ヤンは口を尖《とが》らせてレックスを見上げるものの、彼は目を細めてヤンを見つめるだけだ。

全然反省していないな、とヤンはため息をつく。

けれど、後ろに残った違和感は、辛《つら》いだけじゃなく甘い痺《しび》れもあるので怒れない。こうして抱き合っているだけで疼《うず》きそうなそれは、最近、ヤンのちょっとした悩みになっていた。

(レックス様と、ずっとこうしていたいって思っちゃうから……)

もちろん、立場あるレックスに四六時中ベッドにいて、なんてお願いはできない。王国を護る立派な騎士団の長だし、彼の信頼を損ねるようなことはするべきじゃないだろう。

けれど、ヤンは知ってしまったのだ。

想い合う者同士がお互いに慈《いつく》しむ行為。それは身体だけじゃなく心も癒《いや》されるものだと。

(だ、だから、だめだって!)

レックスが一度スイッチが入ると止まらないのは、番《つがい》になって初めて睦《むつ》み合《あ》った時に知った。ヤンもできる限りそれに応えたいと思っているものの、なんせ体力に差がありすぎる。

そのせいか、お互い若干消化不良な感じがしているのは、気のせいじゃないだろう。

「ヤン？」

寝起きだからか、掠《かす》れた低い声のレックス。それが腰に響くなんて言ったら、真面目な騎士団長を困らせてしまう。

そう思ってヤンは身体を伸ばして、レックスにキスをした。

「起きましょう」

「……ああ」

二人で起き上がり、ベッドから下りて朝の支度をする。

ヤンが着替えて身だしなみを整えている途中、騎士服のジャケットを着ようとしているレックスと目が合った。

彼はジャケットを着るのをやめて、ヤンに近付いてくる。そして目の前でお辞儀をした後、軽くキスをした。

レックスは騎士団の鑑《かがみ》であるべく、公私混同は絶対にしない。そのスイッチはどうやら騎士服にあるらしく、それに完全に身を包むと騎士団長だ。

だから、その切り替えの前に、とキスをくれたのは嬉しい。

ヤンは顔が熱くなるのを自覚しながらダガーを佩《は》いた。レックスはもうジャケットを着て、騎士団長の顔になっている。その凜々《りり》しい顔に思わず見惚《みと》れていると、ゴホン、と彼が咳払いをした。

「あまり見つめられると……」

「すっ、すみません……」

いくらなんでも不躾《ぶしつけ》だった、と視線を逸《そ》らし、寝室を出る。しかしそこで呼び止められた。振り向くと、レックスは深々とお辞儀をしている。

無言で求愛行動を受けるのもなんか違うよな、とヤンは「僕も大好きです」と返す。するとレックスは分かりやすく息を詰めた。

「……行くぞ」

このままだと埒《らち》が明かないと思ったのだろう、真面目な番《つがい》は素早く私室を出て、大股で歩き出す。

ヤンはそれを小走りで追いかけた。

(レックス様も同じ気持ちなら、嬉しいな)

一緒にいたいと言葉にはしないものの、レックスは態度で示してくれる。

それがこんなに嬉しくて、幸せだと感じるなんて、恋もお付き合いも初めてのヤンは知らなかった。村での生活以外のことを知らなかったヤンに、レックスは色んなことを教えてくれる。それも楽しい。

「今日のスケジュールの確認だ」

「はい」

廊下を歩きながら、一日の大まかな流れを確認する。ヤンのやるべきことはレックスの仕事のサポートなので、彼と一日一緒だ。

「――じゃあ、今日もよろしく頼む」

「はい。よろしくお願いします」

一日の仕事の始まりの挨拶《あいさつ》をすると、レックスからは完全に甘さが消えた。こうして上手く切り替えられるところも、ヤンは見習いたいと思っている。――何においても、レックスはヤンのお手本なのだ。

（よし。今日も頑張るぞ）

ヤンは密《ひそ》かに気合を入れて、進む一歩に力をこめた。

◇　◇　◇

騎士団長の一日は忙しい。大勢いる騎士をまとめ、訓練を行い、時には個別指導もする。

そして戦闘に使う武器などの手入れや、城壁、寄宿舎の管理の責任者でもあり、有事の際には指揮系統の頂点である、ハリアの直下に立つ。

しかも騎士団長の仕事は戦闘に関することだけではない。振り分けられた予算の使い道を考えたり、社交場に顔を出したりと、貴族の仕事も担《にな》っているのだ。

（社交場では、やっぱりアンセル様のほうが上手《うわて》だけど）

レックスは元々群れない性格のため、どちらかというと対外的な仕事はアンセルが担《にな》っているように見える。彼はいつも柔和な笑みを浮かべ人当たりも良いので、適材適所だとヤンは感じていた。

二人で朝食を摂《と》り、そのまま武器庫、続いて訓練場に向かう。見回りの番に異常はないかと確認し、寄宿舎修繕の進捗状況の聞き取りをしていると、もう昼だ。

もちろん、移動中も常に部下から声をかけられ、レックスはそれにも丁寧に対応していた。

こういう誠実さがレックスが憧れられる要因なのだろうと思っていると、その彼が咳払いをする。

「気が抜けた顔で見るなと言ってるだろう」

「す、すみません」

どうやら無意識のうちにまじまじと眺めていたらしい。ヤンが謝ると、レックスは歩きながらこんな質問をしてきた。

「最近、お前の周りで異変はないか？」

「え、僕、ですか？」

どうして自分なのだろう。いくらハリアに認められたとはいえ、やっていることは一日レックスにくっついているだけだ。それをやっかむ輩《やから》がいないとは言いきれないものの、今のところ声をかけられるのは、レックスだけだ。

すると彼は深いため息をつく。

「自覚がないならいい」

「どういう意味でしょう？」

「そのままだ。今まで通り、俺が牽制《けんせい》すればいいだけの話だな」

そう言われて、ヤンはサッと青ざめ、次に顔が熱くなる。それを知ってか、レックスは少し声を落とした。

「希少種だから珍しいのもあるだろう。それに――」

「あ、レックスいたいたー」

話の途中で朗《ほが》らかな声が割り込んでくる。見ると、アンセルがこちらにやってくるところだった。

「アンセル様、お疲れ様です」

ヤンが挨拶《あいさつ》をすると、ニコニコと手を振ってくれる。

「やあ、ひな鳥ちゃん。今日も元気そうだね」

そう言って、アンセルはヤンの騎士服の襟《えり》を直した。そのまま身だしなみを整えてくれるので、ヤンは慌てて謝る。

「す、すみませんっ。どこかおかしかったですか？」

「ん？　あー……いや、注意するならレックスにかな？」

視線をレックスに移したアンセル。ヤンもレックスを見ると、眉間に皺《しわ》を寄せてこちらを睨《にら》んでいた。

「ひぃっ、すみませんレックス様っ」

アンセルに身だしなみを直させるなど、騎士として——と思っていると、「違うから」とアンセルは苦笑する。

「目立つところに付けたいのは分かるけどね？　からかわれるのはひな鳥ちゃんだよ？」

レックスは渋面になり、視線を逸《そ》らした。どういうことだろう、とヤンは首を傾《かし》げる。

「ひな鳥ちゃん、今朝、鏡を見なかった？　ここ、鬱血痕《うっけつこん》あるから」

「へ？」

アンセルがヤンの首筋を指差した。ヤンもつられてそこを撫《な》でると、今しがたアンセルに直された襟《えり》が当たる。そう言えば、昨晩このあたりを強く吸われたような……

「……っ‼」

その鬱血痕《うっけつこん》がなんなのか思い至ったヤンは、慌てて首筋を押さえた。全身がカッと熱くなり、変な汗がダラダラと出てくる。

「ああ。今朝からひっきりなしに話しかけられてうんざりしている。俺の前でヤンをからかうなら容赦《ようしゃ》しない」

「だからね、そもそも付けるなって……ああ、もういいや」

「いや、諦《あきら》めないでくださいっ」

恥ずかしさで涙目になったヤンは、今すぐ自室に籠《こも》りたい気分だ。アンセルに指摘されて初めて気付いたし、レックスに話しかけてきた部下は普通に仕事の話をしていたのに！　と、頭が爆発しそうになる。

「俺に話しかけるふりをして、ヤンに声をかけるタイミングを窺《うかが》っていたな」

全部阻止したが、とレックスはなぜか得意げだ。

どうしてそこで得意げになるんですか、とヤンは問いたかったけれど、上手く言葉が出てこない。

結局、公私混同はしないと言いながらも、しっかりと守られていた事実に、ヤンは嬉しいやら恥ずかしいやら。

「レックス様……すみません……」

「なぜ謝る？　ヤンがかわいくて声をかけたくなるのは仕方がないことだが、目の前で俺の番《つがい》に手を出されるのは許せない。そういうことだ」

「ふふ、愛されてるねぇ～」

「うう……」

穴があったら入りたい。ついでにその窪《くぼ》みに巣を作って籠《こも》りたい。ヤンは赤くなっているであろう顔を手で隠す。

「あ、そうそう。ハリア様からのご命令。夕食はレックスと俺の三人で、だそうだよ。ひな鳥ちゃん、その間は私室で静かに過ごしててね」

用事はそれだけ、じゃあ、と笑顔で去っていくアンセルをヤンたちは見送った。

国王、騎士団長と副団長で食事を摂《と》るということは、何か大事な話でもするのだろうか、とヤンは頭の中のスケジュール帳に書き込んでおく。

「さあ、そろそろ昼食にするか」

「あ、はい」

「失礼します、レックス様」

また横から声をかけられて、ヤンは声の主を見た。そこにいたのはハリアお付きの給仕係長で、彼はチラリとヤンを見やる。

「ハリア様がヤン様をお呼びです」

「えっ？」

今しがた、ヤンを抜いて夕食をと聞いたのに、今度はヤンだけを呼んでいるらしい。しかも給仕係が捜しに来たということは、ハリアの気まぐれで急遽、呼ばれたようだ。

「分かった。ヤン、行ってこい」

「は、はい……」

王と二人で食事なんて、一体、何を話すのだろう？

一気に緊張し始めた心臓を宥《なだ》めつつ、ヤンは給仕係長のあとについていった。

◇◇◇

騎士団長補佐という階級は、本当に名ばかりだな、とヤンは思う。レックスがいなければ何もできないし、権限もない。一体どうして、この方は自分を城に置いたのだろう、とハリアと顔を合わせるたびに思うのだ。

「――それで？」

「え、えっと。僕も皆さんのお役に立てるよう、早く色々覚えないとな、と感じました」

ヤンが答えているのは、城で生活する上で困ったことはないかという質問に対してだ。

大抵はヤンの力不足でレックスに迷惑をかけているので、それを正直に話すと、ハリアは目を細めて口の端を上げる。

「ヤン、こちらに来なさい」

食事をしながらだというのに、ハリアはヤンを近くに呼び寄せる。素直に立ち上がってハリアのそばに行くと、美しい王はヤンの頬を撫《な》でた。

笑っていても、その奥に冷えたものを湛《たた》えた瞳。けれど綺麗だ。

ハリアの指がヤンの首筋を撫《な》で、あるところで止まる。

「……っ」

ヤンは反射的に身を引いて、首筋を押さえた。確かここは、レックスに痕《あと》をつけられた場所だ。

「本当に、それだけか？」

クスクス笑うハリアは、ヤンをからかっているらしい。熱くなる顔を自覚しながらも、睨《にら》むわけにはいかず「それだけです」と答える。

けれどハリアは面白がるように笑い続けた。どうやら嘘だと見抜いているようだ。

「ヤンの活躍で、騎士志願者が増えた」

「え？」

いきなり話が飛んだように思えて、ヤンは聞き返す。志願者が増えたなんて、レックスからは聞いていない。

「猫と蛇《へび》を倒しているからな。住民の脅威を退《しりぞ》けたという確かな実績だ」

「あ、ありがとう、ございます……？」

そこでハリアはニコリと笑う。機嫌が良さそうな笑みにヤンがホッとすると、加虐嗜好《かぎゃくしこう》がある王はそのままの笑みでこう言った。

「レックスもさらに忙しくなりそうだ。今後も、番《つがい》としての時間が取れるといいな」

「……っ」

やっぱりハリアはからかっている。そして楽しんでいる。しかも、国王という立場を活《い》かしてレックスさえも邪魔できないようにして。

「もう……からかわないでください……！」

堪《たま》らずそう声を上げると、ハリアは笑いながら席を立った。ヤンは負けじとハリアの金の瞳を見つめる。すると、その顔が近付いてきた。

「……っ」

動いたら負けだ、とヤンは辛《かろ》うじてその場に留まる。ハリアの瞳は美しいが、その美しさに囚《とら》われれば、たちまち餌食《えじき》になる。ハリアはそんな人だ。

彼はヤンの首元でスン、と鼻を鳴らす。獲物として見られていると本能で察したヤンは、それでも逃げまいと足を踏ん張った。

耳元で、低く甘い声が囁《ささや》く。

「寂しかったら、私のところに来るがいい」

「……っ、けっ、けけけ結構ですっ！　僕にはレックス様という番《つがい》がいますから！」

ヤンが一歩下がると、ハリアはまた楽しそうに笑って席に戻った。食事を再開しようと促《うなが》され、やはりこの食事は自分をからかうことが目的だったか、とヤンはため息をつく。

「カトラリーも扱えるようになったな。なに、私も初めから完璧を目指せなんて言わない」

「……はい、お気遣い痛み入ります」

ヤンはひたすら恐縮するしかなかった。思えば城に来てからというもの、知らないことがありすぎてパンクしそうだったのだ。けれど、レックスを始め周りの仲間たちは、ヤンが一つずつ成長していくのを見守ってくれている。

それが、村での境遇と雲泥《うんでい》の差なのだと、最初は分からなかった。

レックスは、「ヤンを大切にしていたのなら、一人でも生きていけるように教育したはずだ」と言ったが、その通りだと感じ始めたのはごく最近のこと。何も分からないまま、何も知らないままナイルに追われ村外へ飛び出した際には食べ物にすら困ったことを思うと、本当に自分は運が良かったと感じる。

その後は穏やかに食事を済ませ、ヤンは一安心した。

けれど、ハリアが去り際に「レックスとの時間が欲しかったら、私に言いなさい」と言い、恥ずかしさで悲鳴を上げそうになる。

(多分、というか絶対、みんな僕を甘やかそうとしている)

どうしてだろう。騎士としても、レックスの補佐としてもまだまだ中途半端《はんぱ》なのに。

そう思ってレックスの仕事部屋に入ると、彼は食事を摘《つま》みながら、机上の書類と睨《にら》めっこをしていた。

「レックス様、戻りました」

「ああ」

短い返事があり、これは集中したいのかな、とヤンはそばで読み書きの勉強を始める。レックスの仕事机の横に用意してもらった机に向かうと、その彼に呼ばれた。

「はい、なんでしょう?」

「そっちの机に『施工記録』と書いた書類の束があるはずだ、取ってくれるか？」

ヤンは返事をすると、言われた机を見にいく。

（ええと、せこうきろく……）

綺麗に並べられた書類は、分類されているようだ。そこから言われた通りの書類を見つけ、レックスのもとへ持っていく。

「これでしょうか？　ぅわぁ！」

「完璧だ」

「レ、レックス様っ！　お仕事はっ？」

てっきり書類を受け取ってもらえると思っていたのに、腕を引かれて膝に座らされた。普段はこんなことしないのに、と慌てていると、レックスはヤンから受け取った書類を眺めつつもしっかりと抱きしめてくる。

「ハリア様に何かされたか？」

「へぇっ⁉　い、いえ何も！」

「本当に？」

間近で見つめてくるレックスの金の瞳に、ヤンは嘘をつけなかった。視線を泳がせながら、「ちょっとからかわれただけです」と呟《つぶや》く。レックスは深いため息をついた。

「……あの人は……」

「で、でもっ、レックス様との時間が欲しかったら、言ってくれと……」

自分たちのことを気遣ってもらえているると考えているヤンは、ハリアのフォローをする。けれどそれを聞いたレックス様は、ヤンを膝から下ろして頭を抱えた。

「あ、の？　レックス様？」

「あの人が素直に人のことを気遣うと思うか？」

「え、違うんですか？」

人のことをからかいはするものの良い人だな、と純粋に思っていたヤンは、レックスの顔を覗き込む。今度は背凭《せもた》れに身体を預け、大きくため息をついたレックスに、どう声をかけたらいいのか分からず戸惑《とまど》った。

「どうせ交換条件を出してくるだろう。例えば、この仕事をこなしたらしばらく休暇をやろう、とか」

「……ああ……」

確かにハリアの言いそうなことだ、とヤンも遠い目になる。そしてそこまで考えられなかった自分の浅はかさに苦笑いした。

「おそらく、今夜の食事でそれが告げられるだろう。それまでに、できるだけ片付けておきたい」

「はい、分かりました」

レックスがそう言うということは、ヤンには構っていられないから話しかけないでくれ、と同義語だ。もちろんヤンとしても上司の邪魔はしたくないし、スムーズに仕事が進むようサポートしたい。だから大人しく元いた机に戻り、勉強を再開する。

（レックス様は僕との時間を確保しようとしてくれている。……僕だって同じ気持ちだ）

そう思うと、多少触れ合う時間が減っても乗り越えられる。

そう考えていた。


(――そう考えてたのに……)


二週間後。

ヤンは私室でレックスの帰りを待っていた。

あれから本当にレックスは忙しくなり、睡眠時間すら減っている。しかも彼は遅くまでヤンを働かせたくないらしく、「先に休め」と一人で寝室に帰すのだ。

身を清め、寝巻きに着替えてもレックスは帰ってこない。ヤンが一人で寝るには大きすぎるベッドは冷たく感じ、眠れない。そこで以前使っていたシュラフを持ち込んでみたものの、温《ぬく》もりの違いに気付いてしまい、こちらもそっと片付けた。

(僕、いつの間にか甘えてたんだなぁ)

レックスの体温がないと眠れないなんて、騎士として有事の際はどうするのか。そう思うけれど、やっぱり穏やかに眠れるならレックスと、と思ってしまう。

「……そうだ、あれを見て落ち着こう」

ヤンは独り言を呟《つぶや》いて部屋を移動し、自分の騎士服のポケットを探《さぐ》る。そこから出したのは手のひらサイズの巾着袋で、かわいらしいヤンバルクイナの刺繍が施《ほどこ》してあった。

アンセルの手作りであるそれは、ヤンの宝物袋だ。そっと袋の口を開けると、手のひらに中身を慎重に出す。

出てきたのは透明で綺麗な石が数個、それからキラキラとしたビーズで作られた、ハシビロコウのチャームだ。

ヤンはチャームの紐を持って目の前に掲げると、それを眺めて微笑《ほほえ》む。

ヤンは元々光るものが好きだ。ついつい眺めてしまうし、こうして集めてしまう。それを知ったアンセルが、ハシビロコウのチャームと共に巾着袋もプレゼントしてくれた。

デフォルメされたハシビロコウは、少し不細工だけれどかわいらしい。

ちなみに、アンセルはレックスにも、ヤンバルクイナのチャームをプレゼントしていた。さらにいうと、レックスはそれをベルトのループにつけていて、騎士服のジャケットで隠している。

(おそろいのものを持つと、心も繋がるような気がする)

こんな気持ちになるのは初めてだ。アンセルは分かっていてプレゼントしてくれたのだろうか。だとしたら感謝しかない。

ヤンはチャームを手のひらに戻すと、そっと握りしめた。その手を胸に当て、愛しい人の名前を呟《つぶや》く。

レックスの大きな身体に触れたい。

そう考え、自分の思考の恥ずかしさに驚いて首を横に振った。

(僕、自分からレックス様と繋がりたいだなんて……)

これは以前にはなかった感情だ。たった二週間、番《つがい》としての触れ合いがなくなっただけで、こんなふうになるなんて思わなかった。

「……寝よう」

レックスはいつ戻ってくるか分からない。それに先に休めと言われたし、とヤンは宝物を巾着袋に戻し、騎士服のポケットに入れる。

ベッドに入り、レックスの仕事が早く終わりますようにと願って、眠りについた。

◇◇◇

それからさらに二週間後。

ヤンは執務室で告げられたレックスの言葉を、思わず聞き返す。

「視察……ですか？」

「ああ、ハリア様のご命令だ。もちろん、ヤンも一緒に」

レックスは机で書類をトントンと揃《そろ》えながら言った。

詳しく聞くと、そこはディクスという領主がいる地域で、ヤンの村を襲ったナイルの家があった場所の近くらしい。ナイルが処分されて安心したものの、最近また領内で不審な人物が出てくるようになったのだとか。戦闘向きではない領主と住民は不安になり、それに気付いたハリアがレックスとヤンを調査員に選別したという。

「それは怖いですね。でも、その領主様にも仕える騎士はいるんですよね？」

ヤンがそう言うと、レックスは目を細めて頭を撫《な》でてきた。「この国のしくみもしっかり勉強しているな」と褒められ、くすぐったくなる。

「もちろん騎士もいる。けれど、やっぱり土地柄か、戦闘が苦手な者が多くてな……」

それは騎士としてどうなのだろう。けれど、自分も元々、戦闘向きではない上、普段はレックスの補佐しかしていないので、そういうものか、とヤンは納得した。

「というわけで、この後は出発の準備だ。明日、出立する」

「かしこまりました。……って、明日ですかっ？」

またどうしてこんな急なことに、と慌てると、レックスは珍しく眉尻を下げる。

「すまない。言うタイミングを完全に逃していた」

「い、いえっ。最近、お忙しかったですもんね……」

ヤンが両手を振ると、その手を取られた。仕事中には絶対にしないレックスの行動に、ドキリとする。しかも取られた手に指を絡めて握られた。

「レックス様っ？」

「……これが終わればハリア様は休暇をくれるそうだ」

その言葉に、ヤンは総毛立った。レックスの少し疲れたような声が、さらに色気を増している気がして、まともに番《つがい》を見られなくなる。

「レ、レックス様……お仕事中ですから……」

なんの説得力もない声で咎《とが》めると、その手を引かれた。慌てて片手を机の上について身体を支えているうちに、呼吸を奪われる。

唇を撫《な》でたレックスのそれは、少し熱かった。すぐに離れたけれど、間近で見る彼の目には激しい欲情が表れている。

「あ」

思わず声が漏れた。たったそれだけで身体に火がつき、もっと触れたい、繋がりたいと願う。

仕事中にキスなど、普段は絶対にしない。つまり、レックスも同じ気持ち——自分に触れたいと思ってくれているのだ。そう思うだけで背筋に何かが走った。

その時、ドアがノックされる。驚いたヤンの声はひっくり返ったが、レックスはさすがで、いつもの声で誰何《すいか》した。

「あ、もしかしてお邪魔しちゃった？」

入ってきたのはアンセルだ。

「ああ。……なんの用だ？」

「なんの用だ？　って、数日分のひな鳥ちゃんの服を頼んだのはレックスでしょ？」

ほんと俺の前では遠慮しなくなったよね、と笑うアンセルは大きな布袋をヤンに渡した。受け取ったヤンは「どうしてこれを？」と戸惑《とまど》う。

「王都からはるばる行くんだ、権力を示すためにも、それなりの格好をしないとね」

そういうものなのか、とヤンは布袋を握りしめた。

身一つで城に来たヤンには荷物がない。着替えも未だ最低限の枚数しかなく、私服はさらに少ない。だから気を利かせてくれたレックスが、アンセルの実家に注文したそうだ。

「じゃあ、俺は失礼するね～」

「あ、ありがとうございました、アンセル様」

服を渡しに来ただけらしいアンセルが、手をひら、と振って執務室を出ていく。ヤンはお礼を言って頭を下げた。

「レ、レックス様も、ありがとうございます。その、……お代はちゃんと返しますので」

「……出世払いでいい、と言いたいところだが、ヤンが出世すると俺の地位が危《あや》うくなるな」

真面目に考える素振《そぶ》りをするレックスは、本当に出世払いでいいと思っているのだろうか。ヤンが「きちんと払いますのでいくらですか」と聞くと、彼は大真面目な顔でヤンを見る。

「身体で払ってもらおうか」

「レ、レックス様……」

かあ、と顔が熱くなった。確かに、それならヤンの得意分野だし、レックスを満足させられるかもしれない。

しかしレックスはすぐに「冗談だ」と書類を手に取った。先程までの熱を帯《お》びた空気は霧散《むさん》する。

ヤンはレックスがこのまま冗談で済ますつもりだと悟った。

（せっかく……想いは同じだと感じたのに……）

残念だ、と思いかけて今は仕事中だと首を横に振る。でも、とヤンは拳を握った。

「レ、レックス様。それだと、僕には代償ではなく、ご褒美にしかなりません……」

頬が熱いのは自覚していた。

しかし、身体で払うには足りないほどの恩が、レックスにはある。その上、いくら奉仕してもヤンにとっては喜びにしかならないので、料金と身体での支払いは同等にならない。

そこでレックスが動きを止めた。油が切れたからくり人形のようにぎこちなく立ち上がり、深々とお辞儀をする。頭を下げたままこちらを見たので睨《にら》みつけているような顔になり、ヤンは思わず悲鳴を上げそうになった。

「分かった。ではやはり身体で払ってもらおう」

「へ？　あ、いや！　レックス様っ!?」

言うやいなや、レックスはヤンを軽々と抱き上げる。足を怪我していた頃はよくされていた、お姫様抱っこというやつだ。

「え？　え？　まさか今からですかっ？」

「違うのか？　せっかく我慢したのに、煽《あお》ったのはどこのどいつだ」

ヤンとしては、身体で払うのはヤンの喜びにしかならないので代償にはならないと言いたかったのだが。レックスは違う意味に捉《とら》えたらしい。

「ですからねっ？　視察の準備を……！」

「その前に煽《あお》った責任を取ってもらおう」

「す、すみませんごめんなさい……っ！」

慌てて謝ったのに、レックスの足は止まらない。そのままソファーの上に下ろされ、長い腕に囲われて逃げられなくなる。すぐにレックスの顔が近付いてきた。

「レックス様っ、こ、ここ！　執務室ですっ！」

誰か来たら、と忠告したけれど、レックスは聞いていない。プチプチと騎士服のボタンを外され、露《あらわ》になった白い肌にレックスの熱い唇が這《は》う。

「……っ」

それだけでヤンの身体は完全に欲情してしまい、大袈裟《おおげさ》なほど肩が震えた。服と肌の間に入り込んでくる手と、首筋を這《は》う唇と舌が心地良くて、だめだと思ってもどうしようもなく身体が昂《たかぶ》る。

「レックスさま……っ、お仕事を終わらせないと……！」

——明日の出立が怪しくなる。

手放しそうになる理性を必死で捕まえ、ヤンはレックスの腕をぎゅっと握った。

そこでやっとレックスの動きが止まる。ヤンは上がりかけた呼吸を整えつつ彼を見て、その表情に心臓が止まりそうになった。

レックスはいつになく息を乱し、熱の籠《こも》った視線でヤンを見ていたのだ。

「ここのところ、触れ合えなくて我慢していたのは、俺だけだったか？」

「い、いえ……っ」

そんなの、僕も同じです、とヤンは返す。

いつだって、好きな人とは触れ合いたい。それは性的な意味ではなく、精神的に癒《いや》されたいという意味で、だ。

レックスの大きな手はヤンを安心させるし、もっと触れたいと思う。

性的な触れ合いはその延長線上にあると思っていた。

「ただ、レックス様のお仕事の邪魔はしたくないんです。そもそも、僕はレックス様のサポート役なわけですし……」

サポート役が自ら上司に仕事をサボらせてはいけない。明日からの視察も上手くこなさなければ、レックスの信用が落ちる。それは嫌だ。

そう告げるとレックスは大きく息を吐いた。まるで落ち着けと言い聞かせているような彼の顔を、ヤンは覗き込む。

「あ、いや、……あまり見つめないでいてくれると助かる。ここのところの疲れからか、あまり自制が利かないようだ」

その言葉に、ヤンは頭が爆発した。

「あ、あの……では、少しお手伝いしましょうか？」

心臓がドキドキして苦しい。ヤンは唾を飲み込むと、震える声でそう伝える。しかし案の定、レックスはそこまでしなくていい、と返してきた。

「ヤン、お前の言う通りだ。明日の出立に影響が出るのは控えたい」

だから、とレックスはヤンに一つ口付けを落とすと、外したボタンを丁寧に戻していく。

――残念だ、と思ってしまった。レックスも自分も同じ気持ちなのに、どうしてだめなのか。それを許さない状況に軽く苛立《いらだ》つ。

「レックス様……」

服を元通りにして離れようとするレックスの腕を、掴んで止めた。視線が合うと、彼の金の瞳が揺らめく。

「僕も……同じ気持ちですから。だから……」

ヤンが掴んだ手に力を込めると、レックスはゆっくりと頭を下げた。そしてたっぷり三秒は止まり、またゆっくり頭を上げる。

「休暇まで……な」

「はい……」

焦《こ》がれるような想いをひた隠しにして仕事をしなければならないのは辛《つら》い。けれど、相手も同じだと思えば頑張れる。

(視察が終わればレックス様と――)

そのためにはまず、目の前のことを片付けなければ。

立ち上がったレックスに手を引かれ、ヤンも立ち上がる。レックスの顔はもう、先程の熱っぽさはなりを潜《ひそ》めていて、さすがだな、と笑った。

◇　◇　◇

王都から南にある、ディクスが領主を務める地域は、主に観光や娯楽施設などの収益で成り立っている。特に国立自然公園の美しい景観が有名で、ハリアが管理を任せるほど、領主は自然の手入れが得意らしい。

というのもディクスはヨタカであり、荒れた地は落ち着かない習性のようだ。誰もいなくなった公園を夜な夜な掃除しているという話を、ヤンはレックスから聞いた。

なるほど、戦闘には向かないわけだ、とヤンは納得する。

実は自然公園の端に、ナイルが住んでいた家があったらしい。公園といってもとても広いので、ヤンには位置関係がまったく分からなかったが、住民も領主もナイルには近付かないようにしていたようだ。被害がなくて良かったと思う。

「すまない。きちんと説明すべきだったし、話せばあの猫のことを思い出すかと……」

「大丈夫ですよ、レックス様」

移動中、馬車の中での会話でヤンが微笑《ほほえ》むと、レックスは幾分かホッとしたような表情を見せた。

確かに、村を出た頃はナイルに復讐することばかり考えていたものの、今はもう、レックスとどう生きるかに注力したい。

ありのままの自分を受け入れてくれた、レックスに対する感謝の気持ちがそうさせているのだ。

ディクスの屋敷に着くと、もう日が傾いていた。

ヤンは先に馬車から降り、レックスと自分の荷物を運び出す。すぐに使用人らしき人たちが出てきて、荷物を預かってくれた。すでに夕食の用意もしているそうで、レックスと共に案内される。

「こっ、このたびははるばる、ようこそおいでくださいましたっ」

部屋では長テーブルに所狭しと料理が並んでいた。豪勢なおもてなしにヤンが感動する一方で、レックスはキョロキョロとあたりを見回している。

「ど、どうぞ席にお座りください」

「……どこだ？」

レックスは小声でヤンに尋ねた。ヤンは何を尋ねられたのか分からず、首を傾《かし》げる。

「……何がです？」

「ディクスだ。どこにいる？」

「え？」

ヤンはそこにいるじゃないかと指を差す。

そこには焦《こ》げ茶《ちゃ》の壁とベルベットの椅子の赤色に同化した、中年の男性が立っていた。ヤンには初めから見えていたけれど、レックスには見えにくかったらしい。

「ど、どうしましたか？　料理がお気に召されませんでした？」

「い、いえっ。ディクス様のお姿が見えづらくて……」

「失礼した。歓迎感謝する」

レックスがすすめられた椅子に座り、ヤンもそれに倣《なら》って座る。改めてディクスを見ると、彼はホッとしたようだった。

壁と似た褐色《かっしょく》の肌に、同じ色の髪の毛はウェーブがかかっていて濡れたように艶《つや》めいている。その髪は一部分だけ白のメッシュになっていて、それがなければヤンも見つけられなかったかもしれない。彼の服も部屋の内装と同じような色で、なるほど似たような色だから見つけられなかったのか、と思う。

ヤンの、茂みに隠れる習性とは違い、ヨタカであるディクスたちは、風景になりきることで敵の目を欺《あざむ》いて生きてきた種だ。小心者ではあるけれど、自然好きが高じてハリアに自然公園の管理を任されたのだから、その知識と技術は素晴らしいものだ——と事前にレックスに教えてもらっていた。

「早速だが、話を聞かせてもらえるだろうか？」

そのまま食事が始まり、レックスは早々と切り出す。ディクスも早く解決したいと思っていたのだろう、もちろんです、と話し始めた。しかしどこか落ち着かない様子だ。そこが気になったものの、話を聞くことが先だ、とヤンは居住まいを正す。

そいつは夜中に現れては、何もせず逃げていくらしい。何かを盗まれたり、危害を加えられたりしたことは今のところないが、目的が分からないので住民は不安がっているそうだ。

「しかしそれよりも！　奴が現れた場所は必ずと言っていいほど荒らされてるんです！　私が手塩にかけて整備した芝生ちゃんやお花畑ちゃんがぐちゃぐちゃにされて！」

「そ、それはお気の毒に……」

ヤンは思わず苦笑する。ディクスの自然への愛は、愛称を付けることで表現されるようだ。

「どんな姿なんだ？　見た者はなんと言っている？」

冷静に話を聞くレックス。さすが騎士団長、とヤンは彼を尊敬する。

「そっ、それが、姿に関してはどれも証言がバラバラでして……。騎士団長様くらいの大男だったと言う者もいれば、全身毛むくじゃらで犬みたいだったと言う者もいます」

「確かに、体毛が多い種もいるが……」

レックスは顎《あご》に手を当てて、考える素振《そぶ》りを見せた。ヤンは村の中と城の中のことしか知らないので、犬は見たことがない。まだまだ知らないことばかりだ、と頭の中の勉強するリストに付け加えておく。

「それにしても身長や姿かたちがまちまちなのは、確かに気になるな」

「そうですね」

複数人に侵入されているとすれば、組織的な陰謀が働いている可能性がある。そう考えると、レックスとヤンだけで事足《ことた》りるのだろうか、と不安がよぎった。

「これ以上、私の大事なお花ちゃんが穢《けが》されないためにも！　どうか早急に調査をお願いします！」

ディクスはプルプル震えている。さっきからどうしてそんなに落ち着かないのだろう、とヤンは不思議に思った。

「ああ、分かった俺の休暇のためにも」

思わず本音が漏れてしまったらしいレックス。ディクスは気にしていないようで、しきりに礼を言った。

「それでは、私たちに協力してくれる騎士を集めてくれ。食事を終えたら早速、調査に向かおう」

「分かりました！　騎士団長様は大きくて顔は怖いけど頼りになる方だ！」

ヤンは遠い目をする。やはりレックスの強面《こわもて》はディクスも怖かったらしい。

それにしても、それを本人に言ってしまえるディクスは、小心者なのかそうじゃないのか。

その後、ディクスにはさらに詳しい話を聞きながら、食事を進めた。


数時間後。

すっかり日が落ちたディクスの屋敷の庭に、レックスとヤンは佇《たたず》んでいた。そよそよと心地よく吹く風が妙に寂しく感じるのは、二人きりだからだろうか。

ヤンは嘆息《たんそく》する。

「……協力できる騎士は、誰もいないそうです……」

「予想の範疇《はんちゅう》だ」

味方であるはずのレックスにまで怯《おび》えていたディクスだ。そんな彼が領主なのだから、彼以下の領民たちは推《お》して知るべし。

「仕方がない。行くか」

「はい」

こんな時なのに、ヤンは二人きりになれて嬉しいと思った。この任務も悪くない。

「……任務中だ。騎士がそんな気の抜けた顔をするんじゃない」

「は、はい……すみません……」

どうやら笑ったのを見られていたらしい。ヤンは顔を引きしめ、ディクスから貰《もら》った屋敷周辺の地図を見る。

「目撃情報はみな、屋敷周辺だと言ったな」

「はい。もしかしたら、公園内に潜《ひそ》んでいるのかもしれないですが、何せ広いですし、人がいないので……」

うむ、とレックスは頷《うなず》き、まずは近くの目撃現場だ、と歩き出した。

屋敷に着いてすぐは余裕がなかったけれど、改めて見た庭は月明かりの下でも、本当に美しく整備されている。多くの人がこの景観に魅了されるのも無理はない。人工物は最低限で、しかも自然に馴染《なじ》むように造られている。庭を流れる小川や、ランダムに咲いているように見える花、生えている木でさえも散策しやすいように整えられているなと感じるのは、訓練で整備されていない森を走ることがあるからだ。

（芝生も、長さまで綺麗に整えられてる）

そこまでするのは偏執的《へんしつてき》にも思えるが、先程のディクスの態度からして喜んで手入れしているに違いない。やはり領主なだけあって、とても個性的な人だ。

「目撃情報は夜、屋敷周辺に集中している。夜が得意でない俺たちが、どこまでできるか分からないが……」

そう言って、レックスは一度立ち止まってお辞儀をした。

「これが終われば休暇が待っている」

それを聞いて、ヤンは笑う。先日アンセルもぼやいていたが、最近は本当に遠慮がなくなってきているレックス。嬉しいものの、仕事に支障が出ない程度にお願いします、とヤンは心の中で呟《つぶや》いた。

「……まあ、こうして警備をするだけでも、抑止力にはなるからな」

「はい」

大事な任務だというのに、二人で散歩をしている気分で、ヤンは歩き出したレックスを追いかける。

「ヤン」

突然、レックスが名前を呼んでくれた。見上げると、彼はあたりを見回している。

「お前は隠れるならどういうところに行く？」

「僕、ですか？」

ああ、と頷《うなず》くレックス。ヤンは地図を見ながら答えた。

「僕なら森に行きます。木の陰とか、葉の裏とか」

そう答えた瞬間ゾワッとし、何かの気配がした。ヤンは振り返って、その気配を探《さぐ》る。

「どうした？」

「……何かの気配がしました」

じっとして神経を研ぎ澄ましてみるけれど、後ろは先程と変わらない。屋敷と、花畑、芝生があるだけだ。

「……いなくなったようです」

「そうか。しかしさすがだな」

レックスはまた歩みを進める。

「俺ではそこまで察知できない。ディクスすら見落とすところだった」

ヤンは苦笑した。堂々といたのに、背景と同化していたせいで見えにくかったのは確かだ。

「……屋敷周辺に出るというのは確からしいな」

声を潜《ひそ》めて呟《つぶや》いたレックスは「警戒して行くぞ」の声と共に森へ入る。

「灯りをつけましょう」

夜目が利かない二人はランタンに火をつけた。ぼんやりとあたりが照らされ、ヤンはそこを見回す。

森は、木こそ多いものの、地面には短い草しか生えておらず、隠れるのは難しそうだ。

「レックス様、森を実際見て思ったのですが、僕なら隠れるのに、この森は使いません」

「だろうな。低木がまったくないし、木の間隔もある」

広大な公園の敷地内をほぼこのような森に仕立て上げているディクスの技術には執念すら感じるな、とレックスが呟《つぶや》いた。

「元々、低木がなく、落ち葉がたくさんある森が好みらしい」

「ああ、……なるほど……」

それなら納得だ、とヤンは思う。自分が落ち着く環境をつくり、それを収益にしてしまうのだから、やはりディクスはなるべくしてなった領主なのだな、と。

「昼間の森も見てみたい。もう少し様子を見たら、屋敷に戻ろう」

「はい」

結局その後もしばらく歩きながら様子を見ていたけれど、何事もなく警備は終わった。

屋敷に戻ってディクスに報告すると、彼は怖がって部屋に逃げてしまった。必ず捕まえ、正体を明かしてくださいとドア越しに叫ばれて、レックスとヤンは肩を竦《すく》める。

そのまま出てこなそうなので、仕方なく案内された二階の部屋に入った。

そこはリビングに簡易キッチン、そしてレックス用だと思われる立派な寝室と、続き部屋に簡素な寝室がある。どうやら主人と従者が使うと想定して造られた部屋らしい。

「ヤンも立派な騎士なんだがな……」

「仕方ありません。騎士団長補佐なんて階級、普通は分かりませんから」

そう言ってヤンは、自分の荷物が運ばれている従者用の部屋に行こうとした。ところが、急に腕を引かれ、転びそうになる。

「うわっ」

たたらを踏んで何かにぶつかった。レックスの腕の中だ。慌てて体勢を立て直し、レックスを見上げる。

「レ、レレ、レックス様……っ？」

「騎士なら、使う部屋はこっちだ」

「あ、いや、さすがにそれは……！」

ヤンを抱きしめながら、グイグイとベッドのほうへ行くレックスに、ヤンは慌てる。こういう部屋の造りは想定内なので、自分のシュラフを持ってきたのにと抵抗するけれど、レックスは聞いていない。彼は器用に騎士服のジャケットを片手で脱ぐと、もう片方の手でヤンの顎《あご》を掴み、唇を奪った。

「んっ……ん……！」

この時を待っていたかのように、すぐに舌が入ってくる。性急なそれにヤンの腰は震え、足の力が抜けそうになって膝が曲がる。それをどうにか堪《こら》えてレックスの胸にしがみついた。

「レ……っ、ん……っ」

人の屋敷でこんなこと、とヤンはなけなしの理性で抵抗する。けれど彼の熱い舌はヤンを容易《たやす》く蹂躙《じゅうりん》し、逆らう意識を崩していく。

「……っ、は……っ、レックスさま、だめですって……！」

こんなに余裕がないレックスは初めてだ。彼はいつだって理性的で、皆が憧れる騎士の鑑《かがみ》で、こんな――無理やりことを運ぼうとするなんてなかったのに。

「……っ!!」

いつの間にか尻に回っていた手に驚いているところを、両手で思い切り掴まれた。

「あ……っ、やあ……っ！」

自分でも驚くほど甘ったるい声が出て、思わず口を塞《ふさ》ぐ。頬ずりしてきたレックスの肌は熱く、それにつられたのかヤンの身体も熱くなっていった。

（レックス様の頬、熱い……っ）

彼はヤンの尻を撫《な》でながら、時折、狭間に指を差し込んでこようとする。息を乱し、ここに入りたいとでも言うようだ。

ヤンは理性ではだめだと思いながらも、触れられることには抵抗せず、また声も上げない。出てくるのは小さく抑《おさ》えた喘《あえ》ぎ声《ごえ》で、口を塞《ふさ》いだままふうふうと呼吸を荒らげ耐えるだけである。

「少しだけ触らせてくれ」

「で、でも……、あ……っ」

こんなことをするなら最後までしてほしい。

そう思いはするものの、やっぱり任務中であり、ディクスの屋敷なのではばかられた。触れられること自体は嬉しいけれど、拒みきれない自分の理性の弱さが情けない。

そう思った瞬間。

「……っ⁉」

ヤンはハッとした。先程、庭で感じた気配がしたのだ。しかも見られているような気がする。

彼は身を捩《よじ》ってレックスを止める。

「どうした？」

ヤンの様子に、レックスは尻を撫《な》でる手を止めた。ホッとしながら気配を探《さぐ》ると、やっぱり近くにこちらを窺《うかが》う気配がする。

「庭で感じた気配があります。み、見られているような……」

小声でヤンがそう言うと、レックスは無言で離れた。ヤンは、はぁと息を整える。下ろした視線の先にレックスのズボンが目に入り、その膨らみに気まずくなって視線を逸《そ》らした。

「……どのあたりだ？」

さすが騎士団長、そんな状態でも慎重に小声でヤンに質問する。脱いだジャケットを拾って羽織ると、もうすっかり騎士の顔になっていた。

「えっと……こちらです」

「待て、俺が先に行く」

気配を感じるのはベッドの近くの窓。案内しようとしたヤンは、レックスに制された。

二人でそっと近付き、窓を挟んで立つ。ヤンがレックスを見ると、彼は一つ頷《うなず》いた。ヤンが腰に佩《は》いていたダガーに手をかけているのを確かめ、素早く窓を開ける。

「……っ」

しかし、そこには何もなかった。

確かにあったはずの気配は消え、ヤンは息を吐きながらダガーから手を離す。

「……何もないな」

「すみません、逃げたようです」

窓の外をぐるりと見回していたレックスは、いや、と窓を閉めた。

「お前は悪くない。それに――」

そのままヤンのところまで来ると、一つお辞儀をする。

「ここのところ、お前は騎士として急成長している。以前ならこんな場面、怖がって窓にも近付かなかっただろう」

　確かに、とヤンは思った。以前は、気配を感じたら隠れることばかり考えていたけれど、今は正体を突き止めるためにレックスと協力した。

　でもそれはレックスがいるから、という安心感が大きい。

　怯《おび》えて隠れ、やり過ごすのも一つのやり方だけれど、無駄に怖がるのはよくない、と教えてくれたのはレックスだ。戦い方さえ間違えなければ、ヤンは強いと剣の扱い方を教えてくれたのもレックス。

　ヤンバルクイナの特性である臆病な性格を強みだと言ってくれる彼がいるからこそ、ヤンは騎士として振る舞えるのだ。

「それは……レックス様がいるからです。レックス様は僕に勇気と安心感をくれますから……」

　照れくさくはあるが、ヤンはレックスへ感謝の気持ちを伝えた。すると彼は息を詰め、お辞儀をする。しかも何度も。

「え、レックス様？」

「騎士としてどんどん頼もしくなっていくし、それと共に看過できないほど色気も増している」

　お辞儀をしながらブツブツとそんなようなことを呟《つぶや》いているレックスに、ヤンは引いた。

　自分はまだまだ騎士としてもひよっ子だし、少しでもレックスに追いつけるように頑張っているだけだ。それに、色気とはなんだろう？

「あああの、レックス様？」

顔を上げてください、とヤンがお願いしても、レックスはまだお辞儀を続けている。

「最近、俺の牽制《けんせい》もむなしく近付いてくる輩《やから》がいるからな。目立つところに印をつけても、話しかけようとしたり」

「う……」

「おかげでお辞儀が止められん。正直、……休暇が待ち遠しくて仕方がない」

「……っ」

レックスのストレートな発言に、ヤンは頭が爆発しそうだ。最近、愛情表現が過剰な気がする。状況的に睦《むつ》み合《あ》うのは控えているから、そう言われるのは嬉しいけれど。

「……とりあえず、頭を冷やしに水浴びをしてくる」

部屋の外に出るなよ、と釘を刺し、レックスは部屋の中にある浴場に向かった。

「……っ、はあああああ……」

ヤンはその場に座り込む。求められているのは本当に嬉しい。自分だって同じ気持ちだ。こんな感情、レックスに会うまで持ったことはなかったし、なにより仕事としてではない触れ合いは、とても――

「……っ、やめやめ！　うん、落ち着こう！」

危《あや》うく想像してしまいそうになり、大きな独り言を零す。

レックス様も頭を冷やすと言っていたし、とヤンは騎士服のポケットから巾着袋を取り出した。その体勢のままハシビロコウのチャームを目の前に掲げる。自然にため息が漏れた。

蝋燭《ろうそく》の灯りが半透明のビーズに当たって、キラキラ反射するのが綺麗だ。思わずもう片方の手の指でつつくと、仏頂面《ぶっちょうづら》のハシビロコウはゆらゆらと揺れる。

持ってきて良かった。こうしているとなんだか落ち着くし、精神統一もできそうだ。

(でも……)

ヤンは少し考えたのち、あたりを見回す。レックスがまだ戻ってこないことを確認すると、ハシビロコウに軽くキスをした。

「今はこれで我慢します」

自分がしたことの恥ずかしさに耐えきれず、顔を伏せて悶《もだ》える。しばらくそうして心を落ち着かせ、ヤンはよし、と立ち上がった。

それからレックスと交代で水浴びをし、就寝する。

レックスは同じベッドでと言ったけれど、そうなるとヤンも触れたくなってしまうので、軽く唇にキスをして逃げるように従者用の個室に入った。


翌朝。

ディクスは怯《おび》えて部屋から出てこなくなり、なんでもいいから早く解決してくれ、と伝言を寄越した。これにはヤンも苦笑し、以前の自分もこうだったのかな、などと思う。

「明るい時に見ると、また違うな」

仕方なく外を巡回することにし、レックスと庭を歩く。確かに、夜とは雰囲気が違って穏やかだ。

「レックス様」

歩きながらヤンは彼を見上げる。レックスは夜でも昼と大差なく動けるようにしたいのだろう、景色をじっと見ていた。

「やはり、ディクス様にも協力していただかないと……闇雲に探しても無理があります」

庭といっても広大な公園の中だ、かなり広い。だから目撃者本人からも話を聞きたい、とヤンは提案する。

「確かにそうだな。……ん？」

あたりを観察しながら歩いていたレックスが、何かに気付いた。つられてヤンもそちらを見ると、芝生の上でディクスが何かを叫びながら這《は》いつくばっている。

「どうしたんでしょう？」

「行ってみるか」

さっきは部屋から出なかったくせに、とヤンは思う。多分レックスもそう思ったのだろう、ため息混じりにそちらへ向かう。

近付くにつれ聞こえてきたのは、ディクスが芝生を心配する声だった。

「痛かったよねぇ、こんなにされて！　かわいそうに、私の芝生ちゃん！」

おいおいと泣き崩れる様子は、まるで身内を傷付けられたかのようだ。

ヤンはそっと首を伸ばしてそこを見る。確かに芝生が土ごとえぐれている箇所がいくつかあった。

「ディクス様？」

「なんだ!?　私は今、忙し……ひいいいい!?」

ヤンの声に振り返ったディクスは、ヤン――ではなく、レックスを見て震え上がった。そのまま素早く立ち上がり、直立不動であさっての方向を見る。

「どうした？」

レックスが質問するも、ディクスは黙ったままだ。ヤンはなんとなく察し、代わりに質問をする。

「芝生に何かあったんですか？」

「み、見ての通りだ！　私の芝生が傷付けられて困っている！」

ただ泣いていただけだ、とは言わない。

普通にしていればディクスもカッコイイのに、今は思い切り身体を細めて木の枝みたいになっている。

(レックス様が怖くて固まってるのかな)

なるほど、とヤンは思う。確かにレックスは強面《こわもて》な上に大柄だ。本能的に固まるのも無理はない。

「……あれ？」

けれどヤンはあることに気付く。そこは、昨日入った森の近くだったのだ。

「レックス様、昨日僕たちが気配を感じたところの近くですね」

「そうだな」

やはりレックスも気付いていたようだ。

ということは、このあたりに例の人物はいたことになる。

それなのに、昨夜、慎重に姿を探した時は見つからなかった。これは骨が折れそうだ、とヤンは微動だにしないディクスを見やる。

「ディクス様、やはり貴方の協力が必要です。探すのにも二人だけというのは……」

「む、無理だ！　私が見た時あいつはナイフを持っていたんだぞ⁉　そんな危険な奴を探すのに、うちの騎士は貸せない！」

ヤンは呆れた。そんな重要な情報を、なぜ今になって言うのか。それなら早く見つけないと、誰かが危害を加えられてからでは遅い。

「なぜそれを早く言わない？」

同じことを思ったらしいレックスが口を開いても、ディクスはだんまりだ。

「ディクス様」

ヤンはできるだけ優しく、話しかける。

「領主である貴方がこの自然をとても愛していらっしゃるのは分かります。けれど、このままでは住民も不安でしょう。いくら自然が美してくも、住民に余裕がなければこの地域の良さが半減してしまいます。どうかご協力ください」

臆病でも、無駄に怖がるのはよくないことだ。ヤンはレックスからそう教えてもらった。

だから、それをディクスに伝える。

騎士として、民が——みんなが笑顔になれるように。

すると、ディクスがヤンを見た。

「きみ、名前は？」

「えっ？」

そういえば、自己紹介すらしていなかった。

ヤンは慌てて名乗る。ディクスは今まで微動だにしなかった身体を動かし、ヤンの両手を掴む。

「あのベンガル山猫を倒した騎士様だったのか！　これは失礼した！」

「え、いえ……？」

その態度の急変に、ヤンはたじろぐ。

「まさかこんな頼りない……いえ、かわいらしいお方があの猫を倒したとは思わず……！　しかもヤン様、騎士だというのになんと柔らかい手だ！」

そのまま両手をもみもみと揉《も》まれ、ヤンは手を引こうとした。けれど思いのほか強い力で掴まれていて逃げられない。しかも軽く失礼なことを言われたようなのは気のせいだろうか。

「実は私、強面《こわもて》大男と国王だけは大の苦手でして！」

ぶんぶんとヤンの手を振るディクス。

ハリアは分からなくもないけれど、大男とはレックスのことだろうか。やはりレックスの前で様子がおかしくなるのは、怖いかららしい。

「……まず、その手を離してもらおうか、ディクス」

「えっ？　……ひぃいいいい！」

横からした声に、ディクスは悲鳴を上げて固まった。ヨタカは擬態の天才というだけあって、身の危険を感じると微動だにせず、植物や物のように振る舞うらしい。

レックスはまだ握ったままだったディクスの手を離させると、ヤンの手をしっかり握った。大きな手にヤンが安心したのも束の間、彼はディクスの顔を間近で睨《にら》む。

「俺が苦手なのは一向に構わん。しかしヤンは俺の番《つがい》だ、触るのは許さん。覚えておけ」

「……っ」

もはやディクスは声も出ないのだろう。固まることしかできない彼を見て、ヤンはまたしても苦笑した。

「そういうわけでディクス様、僕たちも一刻も早い解決を望んでいます」

「わ、分かった……。好きなだけ騎士を連れていけばいい」

できるだけ協力する、という言質《げんち》を取ったので、ヤンは満面の笑みをディクスに見せる。すると彼が惚《ほう》けたようにヤンを見つめた。

「あ、ヤバい好き……」

「あ？」

思わず、といった感じでディクスは呟《つぶや》き、それに反応したレックスが眉間に皺《しわ》を寄せる。

途端にまた、あさっての方向を見て固まったディクスに、ヤンは「何回このやり取りするんです？」と呆れた。

その後。

ディクスに仕える騎士たちに協力してもらい、ヤンたちは屋敷周辺をくまなく探した。けれどやはり昼間も夜も何も起こらず、また屋敷の部屋に戻る。

「俺たちのやり方が間違っているのか、それとも……」

解決の糸口が見つからず、無駄足というのは精神的ダメージがある。これは根気が必要ですかね、とヤンは苦笑した。

「ハリア様が嫌な笑みを浮かべていたからな。そういうことだと思う」

そう言って、レックスはお辞儀をしながらジャケットを脱いだ。

「水浴びしますか？」とヤンが問うと首肯する。それを確認したヤンは、自分の部屋に移動しようとした、その時――

「うわあ！」

「易々《やすやす》と手を握られて惚《ほ》れられてるんじゃない」

腕を引かれて、またレックスの腕の中に収まった。「あれは」と言い訳しようとしている途中に、指を絡めて握られる。

「妻子ある身なのに尻軽な男だ」

「……って、ディクス様はご家族がいるんですかっ？」

ヤンは驚いてレックスを振り返った。レックスはヤンを見下ろしている。そこにすでに熱が籠《こも》っていて、ドキリとする。

「ああ。なのに一切そんな素振《そぶ》りを見せないだろう？」

おかしいと思わないか、とレックスはヤンの頭頂部にキスを落とした。

「……っ、たしかに、そうですね……」

大袈裟《おおげさ》に反応したヤンは声が震える。

些細《ささい》なことで熱くなる身体は、そろそろ理性の限界だと訴えていた。

そしてそれは、レックスも同じなのだと、密着した身体から伝わってくる。

「今日はこちらのベッドで寝るんだ」

「で、でも……」

絡めた指が動く。レックスの太い指がヤンの狭い指の間を行き来した。

それが何を意味しているのか気付かなければ良かった、とヤンは思う。

「レックス様……」

——少しだけならいいだろうか？

つい魔が差しそうになる。

自分たちは番《つがい》だし、お互い同じ気持ちなら遠慮する必要がどこにあるだろう？

そう思った瞬間。

「……っ」

ゾワッと肌が粟立《あわだ》った。今回はレックスも気付いたようで、静かに手を離す。

「いるな」

「はい」

短く言葉を交わして、気配がするほうへ向かった。場所は昨日と同じ、ベッド近くの窓だ。またレックスと窓を両側から挟み、ヤンはダガーに手を添える。

（今度こそ……）

レックスが壁に身を潜《ひそ》めながら、そっと窓を開けた。静かに開いた窓から、外の空気が入り込んでくる。

レックスは頷《うなず》いた。まだ気配は外にある。

しかし突然、またしても気配が消えてしまう。逃がすものかとヤンは窓から飛び下りる。

「ヤン！」

レックスの声が後ろから聞こえた。

ヤンの身軽さなら二階から飛び下りるなど造作もない。地面に降り立ったヤンは、その場であたりを見回し気配を探《さぐ》る。

窓のそばにいたからまだ近くにいるはず。追えるだろう、と目を閉じて神経を研ぎ澄ます。けれど、もう気配はどこにも感じられない。

「無茶をするな」

部屋に戻ると、レックスがすぐにそばに来てくれた。心配をかけてしまったのは申し訳ないが、これで一つ分かったことがある。

「レックス様、奴は僕の危険察知能力でも追えないほど、隠れるのが上手です」

「……なるほど」

昨夜は窓を開けただけだけれど、今回は外まで追いかけた。屋敷の庭は広いとはいえ、ほんの数秒で隠れられるほど近くに森はない。

ならば素早く動いたのかと考えたが、それなら目で追えるし、気配もあるのが普通だ。

「ヨタカの仕業か……？」

「……と、僕も思いました」

擬態の天才だというヨタカなら、意外なところに隠れるなんてことは容易《たやす》いだろう。そしてこの予想が合っているなら、ディクスが何かを知っている可能性が、極めて高い。

「話を聞いてみる必要がありそうだな」

「ええ」

ヤンはそのまま、レックスと共にディクスの部屋へ向かった。

しかし相変わらずドアの向こうから「部屋の外へは出ない」と言い張られる。それでもいい、と二人は彼に質問した。

「今しがた奴が姿を現した。俺より素速く動けるヤンが追いかけても、姿を見失ったんだ」

それはヨタカではないのか、と俺たちは踏んでいる、とレックスは続ける。

部屋の中でガタッと大きな音がした。何かあったのかとヤンは慎重に中の気配を探《さぐ》る。どうやら、ディクスは無事らしい。

「そ、そんなわけない！　私が見たのは全身毛むくじゃらでナイフを持ってて……！」

ドアの向こうから聞こえる情けない声が嘘を言っているようには感じなかった。

ディクスの言葉が正しいのなら、そんな見た目の者はヨタカではないだろう。ただ、ヨタカが集まるこの地でほかの種が侵入したならば、もっと大騒ぎになってもいいはずだ。

そうならないのはなぜなのか。

目撃情報も噂程度しかないのは、ヤンが体験したように、すぐに隠れてしまうからではないのか。

「ディクス様、貴方も見たならお分かりでしょう？　奴と遭遇した後、次の瞬間には姿をくらませていたんじゃないですか？」

ディクスは黙った。けれど、ヤンにはドア越しにでも彼がどうしているのかを感じる。

彼はハッと息を呑み、思い当たる節があるような雰囲気だ。

「だ、だが私の仲間に限って……」

「ええ、そう思いたいのは分かります。でも、今まで誰も傷付いていないことから、奴も傷付ける意思はないんじゃないでしょうか」

思い当たる人物がいれば教えてください、お願いします、とヤンは頭を下げた。

「し、しかし、……本当に分からないんだっ、うちの騎士たちは違うと言い張るし、妻と息子とはもう何年も口をきいていないっ」

「調査したのか。なぜそれを言わない？」

聞くたびに出てくる新しい情報に、レックスは語気を強める。

確かに、あえて言わずにいたのなら、自分たちの調査の邪魔をしていることになる。早く解決してほしいと言いながらその態度では、解決を願っていないようにも見えるだろう。

「だっ、だって！　どうしても国王に頼るのだけは怖くて嫌だったんだ！　けど、ここまでやって何も解決できないなんて、私の評判が落ちるし……！」

「騎士団長の俺とヤンが派遣されているんだ、ハリア様の耳にも届いていると同義だろう？」

「そうだよ！　なんて地獄耳なんだ国王は！」

ヤンは聞こえないふりをした。ハリアへの悪口は、不敬だと捉《とら》えられかねない。今の発言は聞いていない、とそっぽを向く。

「あのドS国王め、私が怖がるのを面白がる性悪だ！」

ディクスのその意見には、ヤンもレックスも何も言えない。確かに——いや確実にその通りだけれど、肯定するのははばかられる。

レックスが咳払いをした。

「とにかく、明日も奴は同じような時間に現れるかもしれない。昨日今日と、俺たちが部屋に戻ってきた時に出たからな」

その時には協力してもらう、と言って踵《きびす》を返す。ディクスからは返事がなかった。

「大丈夫でしょうか？」

レックスのあとを追いかけながら、ヤンは問いかける。軽くため息をついた彼は、肩を竦《すく》めた。

「どうだか。結局、家族については何も話さなかったな」

「……そういえば」

心配ではないのだろうか？　やはりそこにやましいことでもあるのか？　そう考えたくなってしまう。

ディクスはもう何年も家族と話していないと言っていた。『家族』を亡くしたヤンにとって、大切な家族と話さないという感覚は分からない。色々な事情があるのだろうなとは思うものの、なんだか悲しくなってきた。

「おおかた、ディクスが何かしたんだろう」

「ですかね？」

それはありそうな気がする、とヤンは苦笑する。

二人で部屋に戻ると、ヤンは自分の寝室に行こうとした。しかし腕を取られ、引っ張られる。

「レレレ、レックス様っ、何を!?」

「水浴びくらい一緒にしてもいいだろう」

そう言って、ズルズルとヤンを浴場に引っ張っていくレックス。昨日も今日も同じようなタイミングで邪魔されたからなと言う彼に、ヤンはハッとした。

「レ、レックス様それって！」

ヤンは浴場の前で踏みとどまる。そこでレックスは離してくれた。

「僕たちを見張っている、というふうには推察できませんか？」

ヤンを見下ろした後、軽くお辞儀をする。顔を上げた彼の表情は、真剣だ。

「なるほど。聞かせてくれ」

「相手は隠れるのが上手いヨタカだと仮定すれば、ですけど」

ヤンは自分の考えを伝える。

ヨタカなら、自ら危険に近付くよりも、やり過ごすほうを選ぶはずだ。けれど奴はヤンたちのそばまで来ていた。そしてヤンたちが気配に気付いて近付くと逃げ、すぐに隠れた。自分たちに近付く意味を考えると、誰が来たのか、どういう奴なのか探《さぐ》りに来た、と考えるのが妥当じゃないかと思う。

「しかし、俺たちが来る前にも奴はいた。それはどう説明する？」

「それは……そうですね……」

ヤンは肩を落とす。せっかく奴に近付くヒントがあると思ったけれど、レックスの冷静な意見で、まだ考えが甘かったことに気付かされた。

しかしレックスは優しい目でヤンを見ていて、頭を軽く撫《な》でてくれる。

「あらゆる可能性を考えることは大切だ。確かに、二回も俺たちのそばまで寄ってきたなら、こちらに関心がありそうだな」

「……っ、はいっ」

どうやら、レックスはヤンの意見の半分は受け入れたようだ。まだまだ騎士としてひよっ子な自分だけれど、彼の役に立てるのなら嬉しい。

その後、やはり考えながら水浴びをすると言ったレックスを見送り、ヤンは自室に戻る。

「少しは調査が進んでるといいんだけど……」

長期戦になるなら、触れ合うこともこのままお預けなのかな。任務中にもかかわらず、頭が勝手にそちらへ考えが及ぶのは、疲れからなのか煩悩《ぼんのう》が強すぎるせいなのか。

ヤンはふるふると頭を振り、ハシビロコウのチャームで癒《いや》されようと、ポケットに手を入れた。

「――あれ？」

ポケットの中には手に当たる感触が何もない。サッと血の気《ちけ》が引く。

「うそ」

念のため、ポケットをひっくり返してみる。

やはりそこには何もなく、反対側のポケットにもズボンのポケットにも巾着袋は入っていなかった。

「落とした？」

今度は焦《あせ》りで顔が熱くなる。さらに自分の荷物をひっくり返してみたが、どこにもない。

「どうしよう……」

そう呟《つぶや》いた時、ピリッと空気が張り詰めた。

ヤンはハッとし、その場で静かに気配を探《さぐ》る。

――また、レックスの部屋の窓の近くにいるようだ。

こう何度もこちらに来るということは、やはり自分たちに関心があるに違いない。

そっと立ち上がったヤンは、物音を立てないように窓のそばに寄る。壁に背中をつけて、外を窺《うかが》った。レックスは気付いていないのか、まだ浴場のようだ。

(僕だけで太刀《たち》打《う》ちできるかな)

不安ではあるものの、レックスはまだ出てくる気配はないし、逃げられても困る。逡巡《しゅんじゅん》後、身を乗り出すと、そこに見えたものに全身が粟立《あわだ》った。

奴はディクスが話した通りの、全身毛むくじゃらの外見だった。その長い毛の隙間からギョロリとした目が見え、ヤンと目が合う。

「……っ」

反射的にヤンは窓を開けて「待て！」と声を上げる。浴場のほうからレックスの声がするが、待っている時間はない。

その隙に奴は庭を走っていた。ヤンはすかさず追いかける。見失うものか、と全速力を出した。

（なんだあれは……！）

月明かりに照らされた奴は、やはり全身毛むくじゃらでヤンよりも少し大きい。動くたびにわさわさと長い毛が揺れて重そうなのに、追いつけない。

（速い……！）

こちらは本気を出して走っているのに、徐々に距離が離れていく。あんな姿でよく動けるなと思った時、奴が何かを持っていることに気が付いた。

——手のひら大の、巾着袋だ。

「待て……！」

あれはヤンの宝物だ。取り返さなければ、と声を上げる。

しかし当然ながら止まるような奴ではなく、森に向かっていく。

（もしかして、土地勘がある人？　森に入ったら見失う！）

迷わず森に向かっていることから、ヤンは屋敷や庭に精通している人だと予測する。本当にヨタカで土地勘があるなら、奴はディクスの身内なのかもしれない。

「待てぇぇぇぇっ!!」

あと一歩及ばず、奴は森に入ってしまった。月明かりも届かない暗闇の森で、ヤンは奴を見失う。

「……っ、はあっ！　なんて逃げ足が速いんだ！」

立ち止まって切れた息を整える。森に入ったところは確実に見たのに、どこにも気配を感じない。

――これは、どこかで擬態してこちらが去るのを待っている。

ヤンの直感がそう告げた。

あの長い毛は周りの風景に溶け込むのに丁度いいのだろう。暗くて色まではよく分からなかったものの、伏せて芝生になりきることも――

そこまで考えて、気付く。初めて奴と遭遇した翌日、芝生が抉《えぐ》れてディクスが泣いていたな、と。

すぐに見失ったと思ったけれど、本当はそばにいたのかもしれない。

(だったら……)

絶対この近くにいるはずだ。

そう思って、近くの木に触れて進路を確認する。

「……あれ？」

木が柔らかくて温かい。おまけにそこだけ苔《こけ》みたいな、長い繊維質のようなものがついている。

もしかしてこれは。

ヤンはそこを指でつん、とつついてみた。

「ぎゃあああああああ!!」

「ひぃいいいいい!!」

大きな木のコブに苔《こけ》が生えているように見えていたのに、それは悲鳴を上げて動き出した。一瞬、殺気を感じて反射的に避けると、頬が熱くなる。

「わっ、わわっ」

ヤンは森を出ようと後ずさりした。その間も空気を切る音がして、直感的にナイフだ、と悟る。

「お、落ち着いてくださ……、わあっ！」

ヤンは自分でも驚くほど冷静に判断していた。次第に月明かりで見えてきたナイフの太刀筋《たちすじ》が訓練を受けた者の技だと気付く。

これは自分も抵抗しないとやられる。

（エモノは刃渡り手のひらくらい）

次々と繰り出される攻撃の合間に、ヤンは分析する。こんなもの、普段からレックスの剣を受けている自分にとっては、素速さも力も断然に劣る。だからできる、と。

ヤンは素速くダガーの柄《つか》に手をかけ、ナイフの刃だけを狙って振り抜いた。

「あっ！」

狙い通り奴の手からナイフが弾き飛ばされ、地面に刺さる。その行方《ゆくえ》を追っていた奴は戦意喪失したのか、ヤンを見て立ち尽くした。

「危なかったぁ……」

「ヤン！」

ホッとしてダガーを鞘《さや》におさめたところに、レックスが走ってやってくる。彼は毛むくじゃらの奴を睨《にら》みつけ、その胸ぐらを掴んだ。

「ひ、ひいいいい！」

「王国騎士団のナンバー３に怪我をさせるとは、いい度胸だな？」

「レ、レックス様！　相手はもう戦う気はありませんから！」

どうやらレックスは、ヤンの頬に傷がついたことを怒っているらしい。胸ぐらを掴まれて身体を硬直させた奴は、その行動からやはりヨタカなのだと分かった。

「そ、そうだよ！　めちゃくちゃ近くにこられたからつい威嚇《いかく》しちまって！」

毛むくじゃらの中から聞こえる声は、男のようだが少し高くて幼い。「本当に戦う意思はない！」と叫ぶ彼を、レックスはそのまま引っ張って屋敷に連れていった。

「ちょ、おい！　離せって！」

「その巾着袋はお前のじゃないだろう」

「これは！　落ちてただけ！」

「話は中で聞く」

そのまま強引に歩くレックスに、ヤンはついていく。

彼の姿は、見れば見るほど不思議な格好だ。屋敷の中に入って灯りがあるところで見ると、特殊な服を着ていることが判明した。長い毛は藻《も》や苔《こけ》のように見えるし、色も深緑や茶色……木や枯れた草を模した色をしている。それで全身覆《おお》っているのだ。なるほど、だから見つけられなかったのか、と納得した。

ヤンたちはディクスの部屋の前に着くと、捕まえたと報告する。

ところが、後処理はそっちでやってくれと返された。それに口を尖《とが》らせたのは意外にも毛むくじゃらの彼だ。

「そっちが勝手にビビってたくせに……」

「どういうことだ？　まあいい、なら俺たちの部屋で話すか」

そう言ったレックスはそのまま借りている部屋に向かう。

「まずはそれを脱げ。巾着袋も返せ」

毛むくじゃらの彼は、レックスの命令口調にふてぶてしい態度を保ちながら、服を脱いだ。中から出てきたのは、やはり浅黒い肌に濃い色の髪、白のメッシュが入った少年だ。

顔立ちもハッキリしていて、そのイケメンぶりは誰かにそっくりだ。

ヤンは彼に巾着袋を返してもらう。良かった、と袋を両手で握りしめると、その様子を見ていたレックスが続けた。

「名は？」

「……リムル」

「ヨタカだな？　こんな服まで着て、領内で迷惑になっていた自覚はあるか？」

「迷惑だって⁉　オレはただ見回りをしていただけだ！」

リムルと名乗った少年は、ヨタカにしては気が強いようだ。レックスを真っ直ぐ睨《にら》み上《あ》げ、負けじと声を張り上げる。

「オレがあのボンクラ親父に代わって、猫がまだいないか警戒してたんだ！　文句を言われる筋合いないね！」

ヤンはなるほど、と納得した。

リムルはどうやらディクスの息子らしい。そして父親より、領地を守りたいという気持ちは強いようだ。

「ではなぜ俺たちの部屋を覗いていた？」

「それは……っ」

レックスは先程から平静に話している。リムルはその質問に弾かれたように肩を震わせたが、急に大人しくなり、チラチラとヤンを見た。

なんだろうとヤンは首を傾《かし》げる。

リムルは両手の人差し指の先を合わせ、視線を彷徨《さまよ》わせる。肌の色が濃いせいで顔色は分からないけれど、態度は明らかにもじもじとしていた。分かりやすい照れ方だ。

「ほんとに……困ってたんだよ、あの猫に……。そいつを倒したヤンが来たって聞けば、どんな奴か見たくなるだろ……？」

「……ほう？」

レックスの眉間に皺《しわ》が寄る。

「実際見たらかわいいし、強面《こわもて》のアンタと一緒にいてもスゲー優しい顔してるし、……なんか、そーゆーの見てると、この辺がムズムズして……」

そう言って下腹部あたりを撫《な》で、「これってなんだ？」と聞いてくるリムル。

「ゲホン！」

レックスはわざとらしい咳払いをした。ヤンも黙っておいたほうが良さそうだ、とリムルから視線を逸《そ》らす。

「それで？　そんな大層な服まで着て俺たちを覗きながら警備をしていたと」

「そう！　これ、特注で作らせたんだけどよ、擬態が得意な仲間にも見つからない、優れものだ」

ただ、ディクスの前ではなんだかムカついて、ナイフで斬りかかりたくなったらしい。

ディクスは相当嫌われているな、とヤンは苦笑した。

「これで擬態しながらなら、もし本当に危険な相手でも見つからない。ナイフは護身用で持ってただけ」

その説明に、レックスは大きく息を吐いた。

リムルの言うことが本当ならば、彼は領地を守るために動いていたのであって、ディクスが大袈《おおげ》裟《さ》に騒いだだけ、ということになる。

「ディクスが針小棒大な言動をする人物であることは、なんとなく感じてはいたが……、まさか自分の息子に怯《おび》えていたとは……」

レックスは目頭を指で押さえ、首を横に振った。

「まぁ、会話も数年していなかったみたいですし、行き違いがあったのかもしれませんね……」

ヤンも苦笑する。まだ大人になっていないリムルだ、年頃的にも父親に色々と思うことはあるのだろう。しかし、リムルはヤンの言葉に眉を上げた。

「行き違い？　いや、親父が悪い」

「え、ど、どうしてです？」

「アイツはオレの子育てに一切協力しなかった。いつも芝生ちゃんが、お花ちゃんが、と言って遊んでもくれなかった」

その上、浮気をしていたらしいと聞いて、ヤンはレックスと思わず目を合わせる。

どうやらディクスの自然への愛は、自分の妻子へのそれを凌駕《りょうが》してしまっていたらしい。「それは大変でしたね」とヤンが声をかけると、リムルの日が一瞬にして輝く。

「でも、オレも目標ができた。力をつけて、王国騎士団に入りたい」

そしてヤンと一緒に仕事をしたいと言われ、ヤンは面映《おもはゆ》い気持ちになった。

自分より強い騎士は王国騎士団にはたくさんいるし、自分は運が良くてレックスに仕えることができただけだと。

しかし、それを否定したのはレックスだ。

「それは違うぞヤン。騎士団ナンバー3と言った俺の言葉は嘘じゃない」

「そう、ですかね？　でも、リムルの太刀筋《たちすじ》は良かったですし、僕なんてすぐ抜かされ——」

「本当か？　ヤン！」

リムルはそう言うやいなや、ヤンの両手を取って握る。

「……って、うわ！　手ぇ柔らか！」

「え、リムルっ？」

「親子で同じことをするな」

ヤンが握られた手を揉《も》まれて戸惑《とまど》っていると、レックスが間に入って離してくれた。

「何をするんだ」とレックスを睨《にら》む様《さま》はディクスと正反対だが、好きなものを前にして止まらなくなるというのは似ている。

「ヤンは俺の番《つがい》だ。勝手に触ることは許さないし、お前が王国騎士団に入っても俺が地方に飛ばしてやる」

「職権乱用～！」

「なんとでも言え」

開き直ったレックスはもういつもの顔だ。ヤンが「もうこれで解決ですね」と言うと、レックスは頷《うなず》いてリムルに向き直った。

「領主と民を不必要に怯《おび》えさせたお前にも問題はあるし、勝手にお前を化け物と勘違いしたディクスにも問題がある」

これは双方話し合ってお互いの意見を聞くようにとレックスが促《うなが》すと、リムルは声を上げた。

「はあ!?　なんでオレも悪いみたいな言い方!?」

納得いかない、と騒ぐリムルに、レックスは静かに返す。

「怯《おび》えていたのはディクスだけじゃない。それに、その奇っ怪な服を作る金はどこから出た？」

親の金だろう、とレックスが言うとリムルはグッと黙った。さすがに物事の流れを理解できないほど、子供ではないらしい。

「リムル、僕はレックス様に教えてもらいました」

ヤンはリムルを見つめて、伝わるように願いを込める。

「人はそれぞれ、得意分野があります。それを活《い》かせばもっと良くなると」

英雄と持《も》て囃《はや》され、自分の評価と周りの評価の乖離《かいり》に焦《あせ》っていた頃、ヤンの長所を教え、それを活《い》かせばいいとレックスは言ってくれた。

「それは結果的に、互いの短所を補うことになります。そうしたら、この領地は強くて美しい場所になるでしょう」

だからぜひ、ディクス様と協力して素敵な領地にしてください、とヤンは笑顔で告げる。するとリムルは目を見開き、次第にその目をキラキラさせていった。胸に拳を当てて呟《つぶや》く。

「やばい……すげー胸が苦しい。なんだ、これ？」

「これで一件落着だな。では我々は報告のため夜が明けたら出立する。話は終わりだ、解散」

レックスがリムルの腕を掴んで部屋から追い出した。リムルはその間も惚《ほう》けたようにヤンを見つめている。ヤンは苦笑しながら彼を見送った。

「どうやら俺の番《つがい》だというのが、分かっていなかったらしいな」

「仕方ありません。多分恋もしたことがないんでしょうから」

眉間に皺《しわ》を寄せ、ため息をつきながら自分のもとへ戻ってきたレックスに、ヤンは眉尻を下げて笑う。

子供でも大人でもない時分の心は、複雑なものだと聞いている。自分にはそういう時代がなかったから、どこか羨《うらや》ましいと思う部分があった。

けれど、過去があったからレックスに出逢えたのだと思えば、これまでを恨む気持ちなんて微塵《みじん》もない。

「……夜が明けたらもう一度ディクスに報告して、城に帰る」

「はい」

レックスがヤンの手を取って指を絡めた。返事が幾分か甘くなってしまったのを自覚し、ヤンは恥ずかしくなる。

これで、しばらくは誰にも邪魔されない時間が取れる。

そう言って、レックスはヤンの唇を軽く啄《ついば》んだ。

◇　◇　◇

翌朝。

目が覚めると何やら階下が騒がしかった。ヤンは簡易ベッドから下り、すでにレックスが部屋にいないことに気付く。

「……っ、起こしてくださいよっ」

そう言って慌てて着替え、部屋を飛び出し一階に行く。玄関ロビーには多くの人がいて、レックスはもちろん、リムルもディクスの姿も見えた。

しかしそれより、ひときわ目立つ人の存在に、思わず声を上げる。

「ハリア様、どうしてここに？」

「ああ、ヤン、無事解決したようだな。ご苦労」

片手を上げてにこやかに挨拶《あいさつ》をするハリアは、やっぱり美しい。その横で、直立不動で目を閉じ天井を仰《あお》いでいるディクス。その姿にヤンは笑った。

「軽く話は聞いた。長引くようなら私が赴《おもむ》いたが、私が出る幕もなかったな」

なぁ、ディクス、とハリアは笑顔で彼を見る。けれど、額《ひたい》に大量の汗を浮かべたまま、ディクスは動かない。本当に、ディクスはハリアが苦手らしい。

「ハリア様、すみませんでした……」

その代わり、ディクスとは反対側にいたリムルが眉を下げていた。こちらは殊勝《しゅしょう》に反省している姿を見せている。ハリアはそれを「いや」の一言で流した。

「それより、リムルの作った特殊な服を見せてくれ。ヨタカ以外が着ても使えそうか検討したい」

「……っ、はい！」

嬉しそうに返事をするリムル。すかさずレックスが会話に入った。

「ハリア様、それなら私が昨日、没収しましたので」

ならば持ってきてくれ、とハリアは歩き出す。

ゾロゾロと、来た時に通された部屋に移動する間、ヤンは素早く動いてリムルが着ていた特殊な服を持ってきた。それをすでに着席していたハリアに渡す。

そこで彼に腕を掴まれた。

「え、ハリア様？」

「まさか私が来るまでに解決しているとは。さすがだな」

「も、もったいないお言葉です……」

ある意味、リムルがヤンに興味を持っていたからこそ解決できたのだ、そうでなければこんなにすんなりとはいかなかっただろう。

そう思っていると、掴まれた腕をぐい、と引かれる。途端にレックスに咎《とが》められた。

「焦《じ》らされた分、燃え上がりそうだろう？」

「……っ!!」

耳元で囁《ささや》かれた言葉と声音に、ヤンは慌てて耳を庇《かば》う。ハリアの手はするりと離れたものの、心臓がバクバクして顔が赤くなったのは、バレバレだろう。実際、ハリアは目を細めて楽しそうにくつくつと笑っている。

「……レックスに飽きたら、私が番《つがい》になってやろう」

「え、遠慮しますっ」

頭に伸びてきた彼の手を避け、ヤンはそばに座っていたレックスの後ろに立った。やはり面白そうに笑った国王は、レックスに「休暇が楽しみだな」と言う。

「いいところだろう？　街中には私の保養所もあるから、好きに使うといい」

「ありがとうございます」

さすがレックス。国王の前では平静な顔を崩さない。

「それで？　レックスが言うには、原因はディクスが自分のご子息から逃げ回っているせいだと？」

「め、めめめ滅相もないことでございます！」

ハリアの視線がディクスに向く。彼はあさっての方向を向いて目を閉じ、極力存在感を消そうとしていた。そんなディクスに、ハリアが「ほう？」と片眉を上げる。

「そうか。では、私に忠実な王国騎士団長が嘘をついているとでも？」

ヤンからはディクスの顔色の変化は見えない。けれど顔も身体も滝のように汗をかき、見るからに追い詰められているのは分かる。

ディクスはこれから、ちゃんとリムルと話し合って領地をどう守っていくかを決めなければいけない。

（観光地として土地を整備するディクス様、それを守るリムル……）

協力すればこれ以上ない組み合わせなのに、二人の溝は深いようだ。

ディクスは相変わらず、自分が責められることにビクビクしているし、リムルはそんな父親を見もしない。

ハリアは一つため息をつくと、リムルを見た。リムルは緊張で身体を強ばらせたものの、さすがこちらは、しっかりとハリアを見据《みす》えている。

「レックスから聞いた。太刀筋《たちすじ》はいいそうだな」

「あ、ありがとうございますっ」

褒められて嬉しかったのか、リムルの目が輝く。ハリアはそれを目を細めて見ていたが、その様子にヤンは本能的に肩を震わせた。まずい、何か良くないことが起こりそうだ。

「オレ、いつか王国騎士団に入って、ヤンと仕事がしたいんです。だから——」

「……ほう」

ハリアの金の目が妖しく光った。何を考えているのか分からない彼は怖い。

そう思って、ヤンはすかさず会話に入る。

「ハ、ハリア様。結局この件はディクス様とリムルのすれ違いから起きたことでした。怪しい人物はいませんでしたし、リムルが作った特殊な服も今後、何かの役に——」

「そうだな。そこまで言うのなら王国騎士団に入団するか?」

一息に話を始めたものの、ハリアは綺麗に無視する。

「あう」と呻《うめ》くヤンはハリアを止めようとしているのに、意地が悪い王は楽しそうに笑う。

「お前のやる気が出るのなら歓迎しよう。ただし、いくら領主の息子でも、王国騎士団では従騎士からのスタートだ」

「え、いいんですか!?」

「その代わり、この服の作り方諸々を、アンセルに隠さず話すんだ。従騎士として生活しながら、この服を騎士団の皆が使えるかどうか、研究することを命じる」

「っ、はい！　やります！」

やっぱり、とヤンは苦笑する。

面白そうなことがあると、すぐにからかおうとするハリアのことだ、これで城が騒がしくなるな、と言っているのはわざとだろう。

「それでだ、ディクス」

「は、はぃぃいい！」

もはや名前を呼ばれただけで、失禁しそうなディクス。姿だけを見ればかわいそうだけれど、自分が蒔《ま》いた種なので同情はしない。

「我々はしばらくこの領地に滞在する。もちろん、もてなしてくれるな？」

「も、もっ、もちろんです！　喜んで！」

ディクスは幾分かホッとしたように見えた。今回の騒ぎを、ハリアたちをもてなすだけで済むのなら安いものだと思ったのだろう。

しかし一向に息子と話し合う姿勢を見せないところや、都合が悪い時は逃げようとする姿勢は、やはり、好きじゃないな、とヤンは思う。

（でも、領主様に対してそんなふうに考えるなんて……）

自分はいつからそんなに傲慢《ごうまん》になったんだ。『家族』を殺したナイルは別として、それはヤンにとって初めての感情だった。

その後、揃《そろ》ってハリアの持つ保養所へ行くことになった。そのためにヤンたちは、各々《おのおの》荷物をまとめに部屋へ戻る。

「どうしていつも急なんだか」

「ですね。こちらにおいでになるとは思いませんでした」

直前に問題を解決していたから良かったものの、もしまだ調査中だと報告しなければいけなかったら、どうなっていたか。

今のところ、ヤンにはからかって遊ぶ以外の顔を見せたことがないハリアだが、容赦《ようしゃ》がないのも知っている。現にレックスはここの視察の直前まで睡眠時間を削るほど働かされていた。

「観光地へ視察に行かせた後、休暇を取れと言うとは……元々そのつもりだったのかもしれんな」

「あー……あはは……」

ヤンは乾いた笑い声を上げる。

確かに、ハリアなら考えそうなことだ。

「ヤン」

荷物をまとめていると、レックスに呼ばれる。どうした、と聞かれたのでヤンは苦笑した。

「ディクス様、色々事情があるんだと思いますけど、なんか……少しもリムルを見ないのが……」

反射的に答えたものの、上手い言葉が見つからなくて口ごもる。するとレックスがそばに来て、一つお辞儀をした後、抱きしめてくれた。

「リムルは健康で、家柄もいいしお金もあるのに……」

「……自分より恵まれているのに？」

レックスの言葉に、ハッとヤンは顔を上げる。彼はヤンを優しい瞳で見下ろし、大きな手で頭を撫《な》でてくれた。

本当の家族に捨てられた身からすれば、リムルは羨《うらや》ましいほど恵まれている。せっかく「本物の」家族がいるのに、仲違《なかたが》いしているのがなんだか悲しい。

もちろん、お互いに事情があるのは理解しているつもりだ。

「人に対して、嫌だと――好きじゃないななんて……。傲慢《ごんまん》だな、と反省していたところです」

「……ヤン」

大きな手が、ヤンの両頬を包む。温かくてホッとして、心地よい愛する人の手。

「それは傲慢《ごんまん》なんかじゃない。普通の感覚だ」

「え？」

「お前は他人に対して、好きか嫌いかなんて感情を、持っている場合ではなかっただろう？」

確かに、男娼をしていた頃は客を選べなかったし、仕事として割り切って人と接するしかなかった。それが当たり前の世界で生きていたから、好き嫌いの感情を持たないことが普通だと思っていた。

「ちゃんと、自分の気持ちと向き合うのは大切なことだ。仕事として割り切らなければならない時もあるからな。けど、俺の前ではそういうことはしなくていい。全部、教えてくれ」

「……レックス様……」

自分にとって何が好きで、何が大切なのか。それを知ることは、心の強さになる。レックスはそう教えてくれた。

「番《つがい》というのは、お互い愛している人であり、家族だ。家族に遠慮はいらない」

俺も私的感情で言えばディクスは好かない、と彼は言う。

「だが、ディクスがいなければ、これほど美しい景観を創れなかっただろう」

そう言って、レックスはヤンの頬を親指で撫《な》でた。柔らかい優しい視線は、自分だけに向けられたものだと思うと胸が締めつけられる。

「……初めて、人のことを好きじゃないなって思いました」

「……ああ」

レックスの手が動いた。親指でヤンの唇をなぞり、柔らかさを確かめるように下唇を軽く押す。

「そういう初めての感情が、今後さらに出てくるだろう。戸惑《とまど》ったり、取り乱したりもするかもしれない。だが、大丈夫、俺がいる」

ヤンはレックスの広い胸に擦り寄った。

そう、自分はあまりにも物事を知らなすぎる。それは一般常識だけでなく、自分のことすらも。従うことだけを強要された生活だったから、考えることすらも奪われ、無知にならざるを得なかったのだろう。そうレックスは言う。

「だが前にも言ったが、お前はものすごく努力している。だから大丈夫、どんなことでも乗り越えられる」

「ありがとう、ございます……」

ヤンはレックスの背中に腕を回し、ぎゅう、と力を込めた。

自分の力を信じてくれていると感じた途端、胸が熱くなったのはなぜだろう。

でも以前の自分なら、レックスにそう思われていることすら、恐縮していた。その変化にヤンが戸惑《とまど》っていることも、レックスは知っているのだろうか。

ポンポン、とレックスがヤンの背中を叩いた。

「さあ、ハリア様がお待ちだ。支度を急ぐぞ」

「はい」

離れると、レックスは軽くお辞儀をしてくれる。この求愛行動を、愛を示されていると感じるほかにも、「信じている」「そのままでいい」と思えることがあったな、とヤンは考える。

(それをひっくるめて『愛』なのかも?)

変わらないレックスの愛が嬉しい。

そう思いながら荷造りを再開した。


荷物をまとめ階下に行くと、リムルもすでに荷物をまとめ、家を出る気満々だった。どうやらそのまま城までついてくるらしい。

ぞろぞろとディクスの屋敷を出て、馬車で保養所へ向かう。

街中にあるというそれは、いくつもの宿泊施設が建ち並ぶうちの一つだ。観光地らしく土産屋や娯楽施設もたくさんあり、ヤンは初めての雰囲気に膝が震える。

「こ、これ……自然だけじゃなく、こういう施設がたくさん領内にあるってことですよね？」

「そうだ」

隣に座っていたレックスが頷《うなず》いた。

これは一日かけても回りきれない。だからみんな長い休暇を取ってこういうところに来るのか。短い休暇ならヤンも経験はあるが、その時は大体レックスと部屋に籠《こも》って——

（いやいやいや。お、思い出しちゃだめだっ）

そんな時は熱く濡れた雰囲気にばかり浸《ひた》っていたなと思い出しかけて、ヤンは頭を振る。しかし散々禁欲させられた身体は、じわじわと勝手に熱くなってしまう。

「……っ」

気まずくてレックスを見られない。

景色を見るふりをして窓から外を見ていると、そのレックスに呼ばれた。

「何か気になるものでもあったか？」

「い、いえっ。どれも珍しくて、見て回るのが楽しみだな、と……！」

まさか部屋に入ったら、ずっとレックスと籠《こも》っていたい、なんて言うわけにもいかず、ヤンはそう誤魔化す。いくらなんでも、長期休暇のすべてを部屋で過ごすわけにはいかない。

するとレックスはいきなり、ヤンの耳にキスをする。驚いたヤンは少し身を引いたのに、彼はその分近付いてきた。

「レ、レックス、様……何を……？」

「やっと二人きりになれるというのに、待ちきれないのは俺だけだったか……？」

そう言って、また同じところにキスをする。

大袈裟《おおげさ》に震えたヤンの肩が、それが答えだと教えてしまい、レックスを喜ばせた。

「もういいだろう。散々我慢した」

「で、でもっ、……もうすぐ着きますし……！」

「着いたら体調が悪いふりをしておけ。俺が運んでいく」

そんな、というヤンの言葉は発せられなかった。

軽く耳朶《じだ》を噛まれた後、熱い舌が穴の中まで入ってきたからだ。

ゾクゾクと背中に何かが這《は》い、ヤンは声を上げそうになって慌てて膝の上で拳をギュッと握った。

「だ、だめですってこんなところで……！」

小声でそうは言うものの、ヤンの身体はレックスを拒否しない。与えられる快感に従順に応え、一気に熱くなる。

それに気付いたレックスが、太ももの内側を撫《な》でた。

「……っ！」

「ここはそうは言っていないようだが？」

耳を食《は》まれ、足の間の膨らみも撫《な》でられる。指先だけが這《は》う感触に、ヤンの腰が意思とは関係なく動く。

（どうしよう、ほんの少し撫《な》でられただけなのに、箍《たが》が外れたようにどんどん熱くなっていく）

「レックス様っ、ほんとにっ、……すぐに出ちゃいますから……！」

ヤンが小声で訴えると、そうか、とレックスは敏感なヤンの先端をズボンの上から撫《な》でた。身を捩《よじ》って逃げようとするけれど、同時に耳も舐《ねぶ》られて声を上げそうになり、両手で口を塞《ふさ》ぐ。

（レックス様も限界なんだって、分かってる。でも……！）

何もここでしなくてもいいじゃないか。

しかしそんな思考もすぐに霞《かす》み、ヤンは口を手で覆《おお》ったまま首を反《そ》らした。耳と下半身に絶えず与えられる刺激で視界が潤《うる》み、弾む呼吸を繰り返すことしかできなくなる。

「あ……っ、……っ！」

ヤンの身体が大きく跳ねた。いよいよ絶頂が目前に迫ってきて、口を塞《ふさ》いだ手に力を込める。

このままじゃ下着の中に出してしまう。

けれどレックスの手は止まらない。もはや抵抗する力などなく、ヤンはか細い声を上げて耐えるしかない。

「だめ……、だめです……っ、……レックス様……！」

「かわいいな。もうこんなに濡れている」

「――ア……ッ！」

先端を擦られ、一瞬にして視界が白くなり意識が遠のいた。強い快感が脳を支配し、全身が大きく痙攣《けいれん》する。

「……ッ！」

意識が戻った時には、ヤンはぐったりとレックスに凭《もた》れかかっていた。乱れた呼吸を繰り返し、ボーッとする頭でレックスを見上げる。

ちゅ、と唇が軽く吸われた。

「着いたぞ。動けるか？」

動けないようにしたのはレックスなのに。

ヤンはくらくらする頭で動こうとする。けれど力が入らなくて、再びレックスに凭《もた》れかかった。

「う……」

濡れた下着が気持ち悪い。よく見ると、騎士服のズボンにまで染みていて、思わずレックスを睨《にら》んでしまう。けれど彼は涼しい顔をして、ヤンの脇と膝裏に腕を入れるのだ。

「仕方がない、俺が運んでやろう」

「……最初からそのつもりだったじゃないですか」

そう言って、ヤンはレックスの首に腕を回す。普段は強面《こわもて》で遠巻きに憧れられる存在だけれど、ひとたび火がつけば止まらない性格なのを、一体どれくらいの人が知っているのだろう。

軽々とヤンを抱き上げたレックスは馬車から降りた。すでにハリアたちは玄関の前にいて、ヤンたちを待っているようだ。

「おや、どうした？」

ハリアが片眉を上げて尋ねる。幸い、濡れた部分はジャケットで隠れたので、ヤンは話せないほど体調が悪いふりをした。――実際、話す気力もなかったけれど。

「疲れからか、車に酔ったようです。休ませます」

「そうか。ではお前たちはあそこの離れを使え。私はディクスたちと買い物をする」

レックスの嘘にハリアは疑う素振《そぶ》りも見せずそう言い――本当は、気付いていたかもしれないけれど、歩いていく。リムルだけが留まり、何か言いたげな顔をした。

「どうした？」

「ヤン……大丈夫か？」

レックスの問いにリムルは眉尻を下げる。純粋に心配しているのだと分かり、騙《だま》してごめんなさい、とヤンは心の中で謝った。

「ええ、少し休めば。……ありがとうございます」

できるだけ元気がないように微苦笑を作ると、リムルは呻《うめ》いて胸を押さえる。あ、これはまた良くないスイッチを押してしまったかな、とヤンは視線を逸《そ》らした。

「リムル、早くヤンを休ませてやりたい。ハリア様のもとへ急ぐんだ」

「……っ、はい！」

騎士の顔をしたレックスがそう言うと、リムルは素直に走り去る。その様子を彼が見えなくなるまで見守っていたレックスは、踵《きびす》を返すなり早足で離れに向かって歩き出した。

「いいか、待たされた分、抱くからな」

やっと二人きりになれた。そんな気持ちがヤンをまた昂《たかぶ》らせる。

レックスも同じ気持ちなのだろう、荷物持ちの使用人をも置いて、長い足でスタスタと進んだ。

「……すまない」

「え？」

いきなり謝られて、ヤンはレックスの顔を覗き込む。彼はいつもの表情だけれど、その額《ひたい》には少し汗をかいていた。

「抱き潰す自信がある。無理だと言われても止まれないかもしれない。……覚悟してくれ」

「……そんなの」

ヤンはレックスに抱かれたまま、唇を彼の耳に寄せる。

「僕も同じ気持ちですから」と言うと、強面《こわもて》騎士団長は息を詰めた。

ずっと、任務中でなければ繋がりたいと思っていたし、レックスに触れたいと考えていた。それがようやく心置きなくできると思ったら、身体も期待してしまう。

二人はハリアに教えられた離れに着くと、使用人に鍵を開けてもらった。休むので構わないでほしいと伝え、使用人たちをすぐに部屋から出す。

「……立場のある身だということが、こんなに煩《わずら》わしいと思ったことはない」

そう言って、レックスは寝室に向かった。どこに行くにも誰かしらがついてくるから、一人になりたい時は部屋に籠《こも》るのだとか。

おそらくハリアが使うであろう、とても大きなベッドにヤンはそっと下ろされる。

レックスは目線を合わせるように身を屈め、真っ直ぐヤンを見据《みす》えた。その強い金の瞳に、ヤンは興奮を隠せない。

「任務は終わったし、人払いもした。ハリア様お墨付きの休暇もある。……いいな？」

そう言う間にも、レックスの表情は次第に欲情を隠しきれない獣の顔になっていく。ふるりと身を震わせたヤンは、そんな彼の頬を両手で撫《な》で、自ら顔を寄せた。

「ん……」

ほんの少し唇で撫《な》でるつもりだったのに、離れた唇を追われて吸われ、そのまま押し倒される。互いの間にある服すら煩《わずら》わしいとばかりに脱がされ、露《あら》わになった肌を大きな手が撫《な》でた。

「あ……っ」

先程食《は》まれたのとは反対側の耳を舐《ねぶ》られ、ヤンの身体が再び熱を持つ。

期待した分身体の反応が良すぎる。

ヤンの視界は潤《うる》んでいった。

「レックス様、も、脱いで……」

「……ああ」

自分の声はすでに掠《かす》れて息が弾んでいる。レックスも表情こそあまり変わらないものの、触れた肌は熱かった。

お互いに服と靴をすべて脱ぎ去ると、また唇が重なる。食べ尽くしたいと言わんばかりに頬や唇にかぶりつかれ、同時に胸の敏感なところも触れられて、ヤンは甘い声を上げた。

「ずっと触りたかった……ヤンの肌がこんなに柔らかいなんて、今後知るのは俺だけでいい……」

「そ、……なの、レックス様以外に触らせたくありません……っ、あ……っ！」

レックスの手が柔らかさを確かめるように太ももの裏側——尻に近いところを揉《も》む。かと思えば、足の間の袋をやわやわと握られ、ヤンは背中を反《そ》らした。

いつもより性急だと思うけれど、早くレックスが欲しい。

ヤンの腰は揺れ、早く触れと主張した。待ってましたとでも言うように彼の指が秘部に触れる。

「あっ、……んっ」

レックスの指が中に入りそうになるたび、ヤンの身体に熱が溜まっていった。それをどうにかしたくて身体がくねる。

よがっているように見えるかもしれないが、実際そうなのだからと開き直った。

「……もう少し、我慢できるか？」

そう言ったレックスの声も掠《かす》れ始《はじ》めている。息も軽く弾んでいるので、珍しく彼も限界が近いらしい。

ヤンが頷《うなず》くと、彼は潤滑剤を取り出した。

——いつの間に用意していたのだろう？

潤滑剤を手に取り、レックスは再びヤンの後ろに触れる。

「しばらくぶりだからな。無茶はできん」

「……はい。……っ、ん……っ」

いくらヤンが慣れているとはいえ、準備もせずに致すのは危険だ。早く欲しいのをグッと堪《こら》え、レックスの長い指を受け入れる。その指はぐるりと中で回り、潤滑剤を塗《ぬ》り広げていった。

その動きが時折性感帯に触れ、ヤンは身悶《みもだ》えする。

そんな優しい触り方しなくていい。そう言いかけて我慢した。

多少激しくされることにも慣れているけれど、レックスはそうすることをよしとしない。

なぜならこれは仕事ではなく、番《つがい》がする情交なのだから。

「ふ、……ん、んん……っ」

レックスの指が中のいいところに当たるたび、ヤンは鼻に抜けた声を上げる。焦《じ》れったくてもどかしくて、早く早くと後ろがひくついた。

「こら、あまり締めると……」

「だって、気持ちいいから……！」

声を上げながら、ヤンはレックスを引き寄せてキスをする。あまり下半身ばかりに意識を持っていかれると、すぐに達してしまいそうだ。

絶えず来る快感の波にキスすら苦しくなり、ヤンはふるふると首を振った。そんなに強い刺激ではないはずなのに、身体が勝手に昂《たかぶ》っていく。まだだめだと思うものの、耐えようとすればするほど、後ろや身体が震えた。

「……指でいきそうなのか？」

「あ……っ、……ッ!!」

レックスの問いに答えることができず、ヤンは大きく背中を反《そ》らす。音と光が一瞬途切れ、意識が飛ぶ。すぐに戻ってきたけれど、呼吸は大きく乱れ、身体は昂《たかぶ》ったままだ。

「——ああ……っ」

不意に指が抜かれ、すぐに熱いものがあてがわれた。ひゅっと息を呑むと、それが圧倒的な質量で入ってくる。

「う……っ、ぅんん……っ」

「……すまない。痛いか？」

呼吸もままならないほどの圧迫感に、ヤンの目尻から涙が零れ落ちる。それを指で拭《ぬぐ》い取《と》ったレックスは、はあ、と一つ、息を吐く。

「苦しいな……。悪い、少し早まったか……」

そう言って、眉尻を下げた番《つがい》が軽く頬にキスをしてくれる。

大体、こんなに早く先に進むこと自体が珍しいのだ。だからレックスもヤンをこれ以上なく求めていることが分かった。ヤンのなかで脈打つレックスの怒張は、やはりいつもより余裕がなさそうだ。

「なるべく優しく動く。……いいか？」

「は、い……っ」

涙声でヤンが返事をすると、レックスは本当に小さく揺さぶるだけの動きに変える。それじゃあ満足しないだろうと、ヤンは彼の動きに合わせて腰を動かした。

「……っ、こら、しんどいんじゃないのか」

レックスの眉間にわずかに皺《しわ》が寄る。ヤンは激しく呼吸しながら、その顔をかわいいと思って見つめた。

「だ、って、……僕だってレックス様を、気持ち良くしたい。遠慮、してほしくない、です……っ」

熱情を抑《おさ》えた金の瞳を眺めながら、ヤンは彼の頬を撫《な》でる。胸と後ろがきゅう、と締まる。途端に目を眇《すが》めたレックスは、何かに耐えるようにゆっくりと息を吐いた。

「……こちらが気を遣っても、無自覚に煽《あお》るのはいつものことだな」

「え……？」

レックスの言葉が聞き取れず聞き返すけれど、もう次にはそれどころではなくなった。いきなり最奥を穿《うが》たれ、目の前に星が散り、声も上げられずに喘《あえ》ぐ。

「……ッ！　――ッ!!」

あまりの衝撃にヤンの手はレックスから外れ、それでも何かに縋《すが》り付《つ》きたくてシーツを握った。その手をレックスが掴み、指を絡めてくる。ベッドに押さえ付けられ、逃がさないとでもいうような状態に、ヤンは激しく太ももを震わせた。

「ああっ！　……レックスさま……っ！」

肉がぶつかる音をバックに、高く掠《かす》れた声を上げる。その直後に下半身が燃えるように熱くなって、胸や首元に体液が飛んできた。

「……ああ、また出てしまったな」

それに気付いたレックスが、ヤンの精液を塗《ぬ》り広《ひろ》げる。その間も彼はヤンを突き上げ、止まることはなかった。

ヤンは羞恥心《しゅうちしん》と下半身への刺激で、また肩を震わせる。いつもなら、ヤンがいったら止まって落ち着くまで待ってくれるのに、と涙がまた浮かんだ。

「あっ、熱い……っ！　また――！」

ガクガクガク、と腰が震える。背中と首を反《そ》らし、歯を食いしばると視界がチカチカした。

「……っ、すごいな」

その様子を近くで眺めていたレックスが、やはり止まらずさらに穿《うが》つ。このままでは自分の意識がもたない。ヤンは必死で訴えた。

「ああ！　だめです……！　何度もいっちゃ……！」

しかしその訴えも最後まで口にできずに、また足腰が痙攣《けいれん》する。

激しすぎる快感は苦しい。

けれどそんなヤンを間近で見るのが好きらしいレックスは、下半身への刺激とは別物のように優しいキスをくれた。

不思議なことに、そんなキスでさえ甘く強烈な快感になり、やっぱりヤンは背中を反《そ》らす。

「……きついか？」

レックスの息が上がってきている。当たる吐息も熱い。それなのにこちらを気遣ってくれる彼が、とてつもなく愛《いと》おしい。

ヤンは答えの代わりに、絡めた手に力を込めた。

「あ……っ！　……レックスさま……っ、――もっと……！」

「……っ」

金の瞳を見つめ、視線が合ったと思ったらまた意識が飛ぶ。

苦しいけれど、レックスからもたらされるものならば、どれも甘くて気持ちいい。――だから全部受け入れたい。

「……お前はもう少し加減しろ」

「だってっ、気持ちい……っ!!」

また視界が明滅する。

――両想いになった頃は、こんなに乱れる自分は淫乱《いんらん》なのでは、と悩んだこともあった。前の職業が職業なだけに、騎士ではなく、やっぱり男娼のほうが合っていたのでは、とも思った。

けれどレックスは「それは違う」と何度も説いてくれた。職業としてするセックスと、番《つがい》がするセックスの何が違うのかを、実体験で教えてくれたのだ。

しっかり愛されていると分かるまで身体に教え込まれた、慈《いつく》しみながら触れられる喜びを、ヤンはこの愛《いと》おしい人から学んだ。

――騎士としてだけではなく、生きる上で大切なことも教えてくれたレックスには、感謝してもしきれない。

「……っ、んぅぅぅ……ッ！」

もう何度目か分からない絶頂に、ヤンは呻《うめ》く。同時にレックスも小さく息を詰め、動きを止めた。

「……っあ、んん……っ」

唇にかぶりつかれて、息が苦しい。

けれど中で大きく脈打つレックスの熱が、大好きだと言っているようで切なくなる。

「レックスさま……」

上にいるレックスを見つめると、彼は額《ひたい》にキスをくれた。呼吸が整うまで待とう、と言うので、ヤンは息を弾ませながら笑う。

「待って、どうするおつもりですか？」

「決まってるだろう、もう一回だ」

その宣言と同時に、中に入った彼の怒張が大きく動いた。萎《な》える気配がないそれに応えるように、ヤンの後ろもきゅうと締まる。

「……少し気が急《せ》いたからな。ちゃんと、触りたい」

そのままレックスに抱き起こされ、彼のモノが入ったまま、向き合う形でももの上に座った。途端に深く入った怒張に、ヤンはふるりと背中を震わせる。

「レ、レックスさま、これ……っ」

まさかずっと挿入したままなのだろうか、とヤンは狼狽《うろた》える。こんな状態で愛撫《あいぶ》されては、たちまち自分が保てなくなりそうだ、と恐怖すら覚えた。

「嫌か？」

「い、いやじゃ、ないですけど……っ」

それならいい、とレックスはヤンの顎《あご》を引き寄せる。強引なその行動にドキドキしながらも、ヤンは素直に従った。

「ん……、ふ……っ」

そのまま舌が絡み合う。

下半身に圧迫感があるので息が苦しい。息継ぎの時にうっすら目を開けて、ヤンは失敗した、と思った。

タイミング良くレックスも目を開けたのだ。

いつも平静な金の目は、鈍いとよく言われる自分でも分かるほど、激しい情を湛《たた》えている。

——ゾクゾクして、心臓が大きく脈打った。

ふるり、と腰が震え、後ろが締まる。それが刺激になって、ヤンは喘《あえ》いだ。

キスどころじゃなくなって顔を逸《そ》らすと、レックスが追いかけてくる。顎《あご》を掴まれまた唇を吸われて、ヤンの太ももが大きく震えた。

「——ッ、はぁ……っ！」

唇が離れて、大きく息を吸う。

やっぱりこの体勢はだめだ、後ろへの刺激が微弱ながらもずっと続くから。

「レ……っ」

不随意に後ろが動いている。震える腰を止めようと腰を浮かせると、不意に腰を掴まれ強く引き落とされた。

「……ッ⁉」

「この体勢でいいだろう？」

ヤンは手で口を塞《ふさ》ぎ、声にならない声を上げる。腰から背筋を通って強い快感が脳を貫《つらぬ》き、ヤンの先端から精液が飛び出した。

それがレックスの腹を汚す。ヤンは興奮と羞恥心《しゅうちしん》でますます身体が熱くなる。

「す、すみませ……っ」

「気持ちいいのか？」

レックスの強い瞳に見つめられ、ヤンは素直にはい、と頷《うなず》く。

どうやらレックスは、こんな自分を見ても引かずにちゃんと興奮してくれているらしい。中の怒張は萎《な》えるどころか、さらに強くいきり立ち、ヤンの中でひくひくと主張を続けている。

「で、でもっ、僕ばかり……、っあ……！」

自分ばかり気持ち良くなってしまっては、レックスがつまらないのではないか。そう言いたかったけれど、彼に胸の粒に触れられ言葉が途切れた。

「俺がどういう状態か分かっているだろう。それでもそういうことを言うのか？」

くにくにとそこを摘《つま》まれ、ヤンは甘い声を上げながらふるふると首を横に振る。

「こうしてお前に触るたび、俺を刺激してるのは誰だ？」

「や……っ、あ、ゃだあ……っ」

確かに、こうして触られるとレックスを受け入れている場所が締まるのが分かる。

けれどこれは意図してやっているわけではないし、ヤンが刺激していると言われてもよく理解できない。

「ヤン、いい加減覚えろ。お前がただ感じているだけで、俺も気持ちがいいと」

「……っ、や！　やだっ、またいっ……！」

ブルブルとヤンの肩が震えた。

この、射精を伴わない絶頂を教えてくれたのもレックスだ。

それまでも気持ち良くなることはあったが、ヤンは自分は鈍いほうなのだと思っていた。

だからこんなに感じて、こんなに乱れた姿を見せるのはレックスだけ。これが番《つがい》がするセックスだというのなら、ヤンはとっくに覚えている。

「お前は、俺が忍耐強く我慢してることを、もう少し自覚したほうがいい」

「……っあ！」

レックスの言葉と共にヤンは尻を掴まれ、上下に動かされた。軽く揺さぶる程度なのにヤンの足腰は震え、また頂点へ達する。

「お前に積極的に動かれると、俺の立場がなくなる。分かってるか？」

「ど、どうしてっ!?　あああっ！」

ズン、と下からも突き上げられ、ヤンはまた意識が飛んだ。苦しいほどの快感に息も絶え絶えになっていると、レックスは止まって待ってくれる。しかしそれも少しの間で、またゆさゆさと揺さぶられ、ヤンは堪《たま》らず声を上げた。

「あっ、だ、め！　またすぐいっちゃうからぁ……！」

「……っ」

足でレックスの身体を挟み、彼の肩に腕を回して抱きつく。短く呻《うめ》いて絶頂の痙攣《けいれん》をやり過ごし、そのまま彼に凭《もた》れた。

「お前が手練手管《てれんてくだ》で俺に尽くしたら、間違いなく理性が吹き飛んでお前を壊してしまう自信がある」

「え……？」

だから今のままでいい、と背中を撫《な》でられ、ヤンは身体を震わせる。

「それとも、ヤンの手で呆気なく果てる俺を、見たいとでも？」

それは少し興味がある、とヤンは思ってしまう。その沈黙を肯定と取ったのだろう、レックスは眉間に皺《しわ》を寄せた。

「……俺にだって多少プライドはある」

「す、すみませんっ。……っあ、ぁんん……っ」

またレックスが動き出し、ヤンは背中を反《そ》らせた。

もしかして、ヤンから触るのを初めからよしとしていなかったのは、それが理由？

ヤンは突き上げられながらそう思う。

確かに、経験数は圧倒的にヤンのほうが上だ。

けれどレックスの前では自分でもびっくりするくらいグズグズになってしまうし、主導権を取ることなどどうでもいい。

でもレックスはやっぱり、普段から主導権を握りたいのだろうか？

意外と負けず嫌いなのかも、と思うのは、ヤンが出世したら自分の地位が危ないと、心配していたからだ。真面目で誠実であるがゆえに、誰よりも騎士らしくと思ってやってきたことが、レックスを騎士団長という立場に昇らせたのかもしれない。

「……ふふ」

「おい」

かわいいなと思って笑うと、レックスは動きを激しくする。途端にまた星が散って、ヤンは達した。

「この状態で笑うとはいい度胸だな？」

「やぁ……っ、だっ、だって……！　あああっ！」

熱くなった後ろが燃えるかと思うほど溶け、ヤンはレックスにしがみついた。彼の肌が同じくらい熱いのが嬉しくて、それだけでいってしまう。

「まったく。……お前には勝てない」

「れっ、くすさまっ。ぼくは、あなたに勝とうなどと……！」

首の後ろに回した手に力が入る。

レックスは短く呻《うめ》いて、動きを止めた。ぎゅう、と力強く抱きしめられ、彼の大きく動く胸をダイレクトに感じる。

フーッ、フーッ、とレックスは苦しそうに息をした。後ろの感触から彼が達した様子はなく、何かに耐えているようだけれど、何に耐えているかなんて一目瞭然《いちもくりょうぜん》だ。

「ああかわいい……。本当に、めちゃくちゃにしてしまいそうだ……っ」

「うわ……っ、あっ！　やあ……っ！」

切なげに叫んだレックスは、繋がったままヤンを再び押し倒した。そして今度こそ遠慮なく、強く激しくヤンを貫《つらぬ》く。

「待たされた分、楽しもうと思ったが……結局煽《あお》られていつものパターンだな……っ」

身体がぶつかる音をバックに、レックスは苦しげな表情を浮かべた。ヤンはもはや声も出せず、全身を震わせながら泣いて、足を彼の身体に絡ませる。腕で愛しい人を引き寄せると、首筋に痛みが走って悲鳴を上げた。

「あぁ……っ！　痕《あと》っ、つけちゃ……！」

これじゃあまたみんなにからかわれる。そう思うけれど、その痛みすら次第に快感になっていった。――レックスがくれる刺激は全部嬉しい。そう感じてしまう。

やがてレックスが息を詰めて動きを止めた。ヤンは全身を震わせながら彼の躍動を中で感じる。身体が勝手にレックスの残滓《ざんし》を呑み込もうと動いた。

「すき、です……」

安心する大きな身体にしがみつき、息も絶え絶えにそう伝える。直後に、唇を軽く吸われ、それだけでヤンの身体は反応した。

しかしレックスはそのまま、首筋に舌を這《は》わせる。途端にビクついたヤンは、戸惑《とまど》う。

「あ、あの……一回休憩しませんか？」

さすがに抜かないまま三連続はしんどい。そう思うのに、レックスは止まらずヤンの身体にキスをし続けている。

「やっ、あ……っ、ちょ、……レックス様っ」

「聞こえないな」

「しっかり聞こえているじゃないですか⁉」

そう騒ぐヤンの声はすでに甘く、弱った涙腺から出る涙と一緒に、すぐグズグズになっていく。

「俺も愛している」

「……っ！　分かりましたからぁ……っ！」

戸惑《とまど》いはするけれど、嫌じゃない。それを見透かされているから、レックスが止まらない。

——幸せだなぁ。

好きな人とする睦《むつ》みごとは、こんなにも幸せなのか。生きるためにしていた頃よりも、断然こっちのほうが気持ちいい。

「かわいい……」

ヤンはレックスの囁《ささや》きに身を委《ゆだ》ね、深い快楽の底に落ちていった。

◇　◇　◇

次の日。

ヤンは敷地内にある川のほとりに座って、ぼーっとしていた。

あれから、今までしたことがないことをやった気がする。快楽に身を委《ゆだ》ねると、ああまで乱れることができるのか、とどこか遠い意識で川を眺めていた。

川の水面《みなも》は太陽光を反射して、キラキラしている。普段ならキラキラを見ると心が高揚するけれど、今はただ、自分の淫乱《いんらん》ぶりを受け止められず、遠い目になった。

「……身体は大丈夫か？」

声がしたほうを見上げると、レックスがトレーに載った軽食を持って、そばに立っていた。

番《つがい》が近付いたことさえ気付かないなんて、今の自分はなんの役にも立たないな、と苦笑する。

実は、ヤンが起きたのはつい先程だ。気付いたら日付が変わっていた上に昼食時間も過ぎていて、慌てて起きようとして派手にベッドから落ちた。……なんだか既視感のある光景だな、と痛む腰を撫《な》でたものだ。

案の定、先に起きていたレックスがすぐにやってきて、着替えを手伝われ、天気がいいからとお姫様抱っこされ、ここまで来たというわけだ。

ヤンは隣にトレーを置いて座ったレックスを睨《にら》む。

「大丈夫じゃないです……」

本当に、騎士団長という名は伊達《だて》ではない。体力おばけに文字通り抱き潰され、足腰が立たなくなるなんてレックスと以外ではない経験だ。しかもレックスは満足したのか機嫌が良さそうで、かいがいしくヤンの世話をしてくれる。

「こんなの、騎士の風上にも置けないじゃないですか……」

ヤンが口を尖《とが》らせて言うと、レックスは軽くお辞儀をした。

「休暇中だから別にいいだろう」

それに、それを言ったら俺もだ、とレックスはスープが入ったカップをこちらに寄越す。

ヤンはそれをありがたく受け取って、一口飲んで置いた。

確かに、思う存分レックスと睦《むつ》み合《あ》うことを待ち望んでいた。実際、気が済むまでしたけれど、何度か気を失った気がするし、何回達したかも分からない。……こんな経験は初めてだ。

顔が熱くなってくる。

穴があったら入りたい。やっぱりついでにそこに巣を作って籠《こも》りたい。

セックスに関しては色々と知っていると思っていたのに、そんな自分が呆気なくドロドロに溶かされるなんて。

(やっぱりレックス様は僕の師であり、憧れだ)

色んなことを教えてくれる人。無知でいることを強要されていたのにすら気付かなかった自分を目覚めさせてくれた人。

「レックス様……」

幾分か熱が籠《こも》ってしまった声で呼ぶと、彼は一つお辞儀をした。

そしてその場で跪《ひざまず》く。次いで口を開いて、閉じた。

「レックス様？」

何か言いたげだな、と思っているうちに、レックスはそのまままた軽くお辞儀をする。

「……好きだ」

「……は、はい。……僕もです」

ヤンが笑うと、彼はさらにお辞儀をする。やがて意を決したように口を開いた。

「その、……正式な番《つがい》になるための儀式がしたい」

「え……？　……それはどうやるんでしょう？」

ヤンは戸惑《とまど》った。レックスとはすでに番《つがい》になっていると信じていたから、儀式が必要だとは思っていなかったのだ。

でも、騎士になるのもハリアに認めてもらう儀式があったので、そういう節目には必要なことなのかな、と気付く。

「す、すみません無知で……。でも、僕はもう、レックス様とは番《つがい》になっていると思っていたので……」

「それは間違っていない」

またお辞儀をしたレックスに認められ、ヤンはますます困惑した。もう番《つがい》になっているならば、その儀式はなんのためにするのだろう？

「お互いがお互いに永遠の愛を誓い、それを皆に見せびらか——いや、見守ってもらう儀式だ」

「な、なんだか恥ずかしそうな儀式ですね……」

ヤンは顔が熱くなる。

今、レックスは見せびらかすと言ったような気がした。こんなちんちくりんを、どうして自慢したいのだろうか。自分はまだまだ周囲から羨望《せんぼう》の眼差《まなざ》しを受けるほど、立派な騎士ではないのに。

「周囲にきちんと俺とヤンが番《つがい》だと伝えるんだ。そうすれば、話しかけられる頻度も少しは……減るだろう」

なぜか間を置いたレックスは、小声で「多分な」と付け足す。話しかけられて、前に進めないこともままあるので、そうなればありがたいことだけれど、とヤンは思う。

「それでだ。この休暇中に、指輪を買いたい」

「指輪、ですか？」

それが儀式と何か関係があるのだろうか。

ヤンが疑問に思っていることを察したらしいレックスが説明してくれる。

「儀式で誓いと共に交換をするんだ」

「交換……って、僕、そんなお金持ってませんっ」

なんてことだ、とヤンは慌てる。そんな大事な儀式に使うのなら、きっと高価なものが必要なのだろう。けれど、新米騎士のヤンにはレックスがくれた数日分の服の代金すら支払えないのだ。

「俺がヤンの指輪も買う……」

「それはだめです！」

ヤンは勢い良く手を前についた。前のめりになった体勢は足腰が震えるほどしんどいけれど、強い意思を込めてレックスを見上げる。

「互いに誓うなら、……交換と言うのなら、僕もレックス様の指輪を買います」

時間がかかるかもしれませんが、とレックスの手を掴む。

「しかし、俺のはサイズが大きいだろうから、そのぶん値段が――」

「待っててください。僕、頑張りますから」

ぎゅっと握る手に力を込める。レックスは数秒ヤンの目を真っ直ぐ見つめていたけれど、小さく息を吐いた後、お辞儀をした。

「まったく。お前は素直に甘やかされてくれないな」

だからハリア様にも気に入られているのだろう、とレックスは苦笑する。どんどん魅力的になっていくから、もっと周りへ牽制《けんせい》したかったがな、と言われ、ヤンは息を詰めた。

「う……、僕は何もしてませんよ？」

「そこがいいんだ」

「そう、ですかね？」

「ああ」

吐息混じりのレックスの返事の後、二人は少しの間無言になる。どちらからともなく軽いキスを何度かして、こんなところで盛っちゃいけない、と昨日の熱が再燃しそうなのをグッとこらえた。

◇　◇　◇

それから一ヶ月後。

ヤンは予想以上に多くの人を前にして、緊張していた。

「レ、レレレ、レックス様……。僕、こんな豪勢な儀式だなんて聞いてません……！」

「ハリア様のご厚意だ」

ヤンは小声で叫ぶ。その声も足も震えが止まらない。レックスはいつも通りだが、どうしてそんなに冷静でいられるのか、と叫びたくなった。

場所は謁見の間。玉座で待ち構えるハリアに向かってヤンたちは歩いていく。見守る面々も位の高い人たちばかりで、割れんばかりの拍手で迎えてくれた。

特別な儀式には特別な衣装でということで、二人は昼間用正式礼服《モーニングコート》を着ている。もちろん、アンセルの実家で仕立てられたものだ。

王族御用達《ごようたし》とあってかなり値が張るものだったけれど、正装をしたレックスはいつもより五割増しでカッコイイので、ヤンはその点は良かったと思う。

ヤンがこれほど早く指輪と衣装を手に入れられたのは、ハリアのおかげだ。

休暇が終わった後、レックスが番《つがい》の儀式をすると報告した際、ヤンの懐《ふところ》事情を聞いたらしい。するとと彼は、国王とは思えない発言をしたそうだ。

——そういえば、蛇《へび》も猫も撃退して、その上、今回の視察でも活躍したそうだな。すっかり褒美をやるのを忘れていた。

そしてレックスを通じてヤンの手に渡されたのは、身に余るほどの大金だ。

どうしようこんなに頂けませんと慌てて返そうとしたものの、レックスからヤンの手柄に相当する金額だと言われてしまう。

そんなこんなで、頂いたお金でレックスの指輪を買うことができた。

「ハリア様は僕を甘やかしすぎです」

「俺には素直に甘やかされないくせに。複雑だ」

ヤンは笑った。けれどすぐに顔を引きしめる。今の会話でだいぶ緊張がほぐれたとはいえ、ハリアの目の前で笑ってはいられない。

実はこの儀式の進行役を買って出たのがハリア自身だった。

（そりゃあ、国王が声をあげればみんな集まってくるよね……）

なんとなくではあるが、レックスが儀式をしてヤンと番《つがい》になったことをアピールしたがっているのをハリアは知っていたような気がする。

その時、朗々《ろうろう》と語るハリアの声が響く。

「今日この日を迎えるにあたり、二人は自身の言葉で番《つがい》の誓いを立てた。皆の前で番《つがい》誓約を宣言してもらおう」

事前に打ち合わせた通りに儀式は進む。やっぱり緊張は完全にはなくならないけれど、そのたびにレックスが大丈夫だと視線を送ってくれるので、心強い。

ヤンはレックスを見上げ、呼吸を合わせた。

「本日、私たちはご列席くださった皆様の前で番《つがい》の誓いをいたします」

誓いの言葉はシンプルだ。

どんなに忙しくても、二人の時間を大切にすること。どんな時でも、感謝の気持ちを忘れないこと。レックスは今までもそれを忘れたことはなかった。大切にしてくれている……そう感じるからヤンも彼を大事にしたい。そう思って言葉に気持ちを込める。

「番《つがい》として、一生を共にすることを誓います」

「わあ！」と歓声と拍手が上がった。ハリアも笑顔で手を叩いている。みんなが受け入れてくれたと感じて、ヤンは胸と目頭が熱くなった。

「皆、聞いたな？　それでは指輪の交換だ」

再びハリアの進行で、アンセルが小さなクッションに載せた指輪を持ってきてくれた。彼はすでに泣《な》き腫《は》らしたのか目が真っ赤で、小声でおめでとうと言ってくれる。

「レックスがちゃんと番《つがい》を迎えるなんてね。羨《うらや》ましいよ」

「なに、アンセルも近いうちに……と、無責任には言えないな」

「それね。恋のこの字も知らない男ですから」

アンセルは眉尻を下げた。実直すぎるレックスの言葉も、彼は柔らかく受け止める。

飾らない二人に、仲が良いってこういうことをいうのかな、とヤンはまたしても思った。

レックスが指輪を受け取ると、彼はそれをヤンの左手薬指にはめる。

指輪はお互いの瞳の色の宝石を入れたものだ。ヤンはレックスの金、レックスはヤンの赤。

指輪を交換したヤンはキラキラ光る宝石を眺める。

「これ、剣を持つ時は邪魔じゃないですか？」

「……普段は紐を通して、首にかけておけばいい」

なるほど、とヤンは笑う。すると、またハリアがよく通る声で言った。

「では誓いのキスだ。これでヤンとレックスは永遠の番《つがい》となり、今日の日を皆は忘れないだろう」

その言葉にヤンは硬直する。話には聞いていたけれど、本当に衆人環視の中でするのか、とレックスを見上げた。すると彼はヤンの両肩を軽く掴み、顔を近付けてくる。

「あ、あの……ほんとにやるんですか……?」

「これをしないと番《つがい》だと認められない」

「うう、うそだ……」

恥ずかしすぎる。

ヤンは覚悟を決めてぎゅっと目を閉じた。気配が近付き、思ったよりもそっと唇が合わさる。

同時に参列者が沸いた。

あちらこちらから「おめでとう!」「お幸せに!」という声が聞こえ、本当に仲を認められたんだと胸が熱くなる。

本当の家族に捨てられた身だけれど、こんなにたくさんの人に認められ、祝福されるなんて幸せ者だ、とヤンは泣いた。

「これで儀式は無事、結びとなる。余韻に浸《ひた》りたい者は、宴の用意をしているから来るといい」

まずは番《つがい》の二人に退場してもらおう、とハリアはヤンたちを促《うなが》した。

すると突然足を掬《すく》われ、ヤンは驚く。いつかと同じように、レックスがお姫様抱っこをして歩いていくではないか。

「ちょっ、レックス様！　歩けますから！」

「これだけ見せびらかしても、横から掻《か》っ攫《さら》う輩《やから》がいるかもしれないからな。……リムルとか」

「えっ？」

レックスが横目で見ているほうをヤンも見る。そこには、悔しそうな顔でこちらを見ているリムルがいた。

「リムル！」

ヤンは反射的に声を上げる。途端にしんとなる謁見の間。ヤンは抱かれたまま、リムルに告げた。

「番《つがい》にはなれませんが、騎士として一緒に仕事ができるの、待ってますから！」

「ヤン……。うん！　いつか追いつくから！」

また場が沸く。「やっぱり騎士の鑑《かがみ》だ」とか「新米頑張れよ」という声が上がり、ヤンは歩き出したレックスにしがみつく。

「僕、どうやら似たような境遇の子に弱いみたいです」

「だな。悪いことじゃない」

「……妬《や》きました？」

レックスは何も言わない。それが答えだとヤンは笑った。表情は変わらないのに、ヤキモチを妬《や》いているレックスがかわいいと思ってしまう。

「好きです、レックス様」

「俺もだ」

ゼロ距離で交わす甘い言葉は、何度言っても足りない。

こんな気持ちにさせてくれるレックスが、この上なく愛《いと》おしい。

「この後の宴、抜けるか」

「えっ？　僕たち主役ですよねっ？」

「いい。皆、分かってくれるだろう」

「いいいいや、分かられたら困りますって！」

「騒ぎたいだけだから、俺たちがいなくても気にしない」

そう言って謁見の間を出たレックスは、そのままスタスタと歩いていく。向かっているのは——

やはりレックスの自室のようだ。

「だからっ、僕たちがいないと……！」

「無理だな。こんな綺麗な衣装を着たヤンを放っておけるわけがない」

いつもの冷静な顔で、とんでもないことを言っている気がする。ヤンは全身が熱くなった。

いやでもしかし、と抵抗するものの、レックスはまったく聞く耳を持たない。既視感を覚える展開だ、とヤンは心の中で泣いた。そのままレックスの首筋に顔をうずめて、呟《つぶや》く。

「……言い訳はレックス様がしてくださいよ？」

「分かっている」

まったくもうこの人は。

結局、ヤンもレックスには敵《かな》わないのだ。

「……こういう甘えられ方は悪くないな」

「もう」

ヤンが笑うと、レックスも笑った。

番《つがい》の笑った顔は、珍しいから嬉しくなる。

そして、まあいいか、と思ってしまうのだ。

——貴方が幸せなら、僕も幸せです。

そう言いながら、ヤンはレックスの唇にそっとキスをした。

この作品に対する皆様のご意見・ご感想をお待ちしております。

おハガキ・お手紙は以下の宛先にお送りください。

【宛先】

〒150-6019 東京都渋谷区恵比寿 4-20-3 恵比寿ガーデンプレイスタワー 19F
（株）アルファポリス　書籍感想係

メールフォームでのご意見・ご感想は右のＱＲコードから、
あるいは以下のワードで検索をかけてください。

アルファポリス　書籍の感想　検索

ご感想はこちらから

本書は、「アルファポリス」（https://www.alphapolis.co.jp/）に掲載されていたものを、
改題、改稿、加筆のうえ、書籍化したものです。

臆病《おくびょう》な従騎士《じゅうきし》の僕《ぼく》ですが、
強面《こわもて》騎士団長《きしだんちょう》に求愛宣言《きゅうあいせんげん》されました！

大竹 あやめ　（おおたけ あやめ）

2025年 3月 20日初版発行

編集－黒倉あゆ子
編集長－倉持真理
発行者－梶本雄介
発行所－株式会社アルファポリス
〒150-6019 東京都渋谷区恵比寿4-20-3 恵比寿ガーデンプレイスタワー19F
TEL 03-6277-1601（営業）03-6277-1602（編集）
URL https://www.alphapolis.co.jp/
発売元－株式会社星雲社（共同出版社・流通責任出版社）
〒112-0005 東京都文京区水道1-3-30
TEL 03-3868-3275
装丁・本文イラスト－尾村麦
装丁デザイン－AFTERGLOW
（レーベルフォーマットデザイン－円と球）
印刷－中央精版印刷株式会社

価格はカバーに表示されてあります。

落丁乱丁の場合はアルファポリスまでご連絡ください。

送料は小社負担でお取り替えします。


ISBN978-4-434-34982-9 C0093